은해상단 막내아들 30

초판 1쇄 발행 2025년 11월 21일

지은이 ı 향란
발행인 ı 최원영
편집장 ı 이호준
편집디자인 ı 박민솔
영업 ı 김민원 조은걸

펴낸곳 ı ㈜ 디앤씨미디어
등록 ı 2002년 4월 25일 제20-260호
주소 ı 서울시 구로구 디지털로32길 30 코오롱디지털타워빌란트 1301-1308호
전화 ı 02-333-2513(대표)
팩시밀리 ı 02-333-2514
E-mail ı papy_dnc@dncmedia.co.kr
블로그 ㄴblog.naver.com/gnpdl7

ISBN 979-11-364-6503-0 04810
ISBN 979-11-364-4602-2 (SET)

※ 저자와 협의하여 인지는 붙이지 않습니다.
※ 이 책은 ㈜ 디앤씨미디어(파피루스)가 저작권자와의 계약에 따라 발행한 것으로 본사와 저자의 허락 없이는 어떠한 형태나 수단으로도 내용을 이용할 수 없습니다.

30

신무협 장편소설

은혜상단
막내아들

30

간 신무협 장편소설

은혜상단
막내아들

148장. 여춘객잔 ·············· 7

149장. 황보세가 ·············· 51

150장. 제가 원하는 보답은요 ·············· 121

151장. 일석이조 ·············· 151

152장. 위조전표 사건 ·············· 223

153장. 초설희 ·············· 283

다음 날.

대규모 교역 선단의 출항을 앞둔지라 남경 전체가 분주했다.

"도자기 실었어?"

"네!"

"꼼꼼하게 포장 잘했지? 저번에 깨진 도자기로 인해 손해를 얼마나 많이 봤는데! 이번에도 그런 일이 있으면 그땐 네 대갈통이 깨지는 거야!"

"헙! 다시 살펴보겠습니다!"

나는 이번에 출항하는 배들을 둘러보며 포구를 걸었고, 배에 물건을 선적하는 행수들과 반갑게 인사를 나누었다.

그들 모두 안면이 있는 이들이니까.

곧 은해상단의 배에 당도했다.

"수고 많으십니다."

"소단주님 오셨습니까?"

"간밤에 즐거운 시간 보내셨는지 모르겠습니다."

내 말에 그들은 입을 모아 말했다.

"무척 즐거웠습니다."

"소단주님 덕분에 마음껏 먹고 즐겼습니다."

"술이 있었으면 좋았겠지만, 그건 어쩔 수 없죠."

"예끼! 술을 마셨으면 우리가 지금 이렇게 멀쩡하게 움직일 수나 있었겠냐?"

"아……."

내가 출항 전날에 마음껏 즐기고 오라고 저들을 보낼 수 있던 가장 큰 이유는, 아직 금주령이 풀리지 않았기 때문이다.

그러니 술을 먹고 사고 칠 염려도 없었고, 숙취 때문에 고생할 일도 없으니까.

"선적은 어느 정도 마무리되었습니까?"

"약 삼 할 정도 마무리되었습니다. 아마 오늘 오후쯤은 마무리될 겁니다."

"그렇군요."

선적은 최대한 늦게 하는 편이다.

아무래도 배는 물 위에 떠 있기 때문에 습기가 많다.

그렇기에 상품이 상하지 않도록 최대한 습기에 노출되는 시간을 줄이는 것이다.

"그런데 명명상단의 행수들이 안 보이는군요."

"아, 그들은 필요한 물건이 있다고 해서 장시에 갔습니다."

"그렇군요."

그때 송죽 항해사가 나에게 다가왔다.

"저, 소단주님."

"네. 말씀하십시오."

"이를 말씀드리는 게 맞을지 계속 고민했는데, 일단은 말씀드리는 게 맞을 듯합니다."

"무슨 일이십니까?"

그는 목소리를 낮추며 말했다.

"이번에 명명상단에서 온 행수들이 좀 이상합니다."

"이상하다고요?"

"네. 후추 구매를 위한 자금 중 일부를 전표로 바꾸더군요. 금산전장에 일이 있어서 잠시 들렀는데, 그들이 돈을 전표로 바꾸는 것을 보았습니다."

그건 확실히 이상하다.

금산전장의 전표가 매우 신뢰성이 높다고는 하지만, 그게 외국인 대월국에서까지 통용되지는 않는다.

그렇기에 금이나 은을 가져가야 교역이 가능할 텐데, 오히려 그것을 전표로 바꾼다고?

이곳까지 함께 온 명명상단의 대행수가 전표를 돈으로 바꿔서 행수들에게 주었다고 들었는데…….

그런데 그걸 다시 전표로 바꾸는 이유는 하나뿐이다.

그 돈을 대월국에서 가서 쓰지 않고, 꿀꺽하기 위함이지.

금이나 은은 무겁기도 하지만, 만약의 상황에서 잃어버린다면 찾을 수 없다.

그러나 전표는 아니다.

전표를 발행할 때 같은 내용의 전표를 하나 더 작성해서 전장에 보관한다.

그렇기에 전표를 잃어버린다고 해도 안심할 수 있지.

"그런데 그냥 개인적인 돈을 바꾼 것일 수도 있지 않습니까? 무슨 근거로 그 돈이 후추 구매 자금이라고 생각하신 겁니까?"

"그건, 그들이 돈을 꺼낸 주머니가 후추 구매 자금을 넣어 보관하는 주머니였기 때문입니다. 일전에도 봤기에 기억하고 있습니다. 결정적으로……."

그는 말을 이었다.

"그들 중에 하나가 걱정스럽게 묻더군요. '이거 너무 많이 바꾸는 것 아니오? 이러다가 후추를 구매할 때 문제가 생기면 어쩌려고 그러오?'라고요."

"……."

이 정도면 확실하네.

나는 고개를 끄덕이고는 송죽 항해사에게 포권했다.

"제보, 감사드립니다."

이거, 뜻하지 않게 큰 증거를 하나 확보했네.

그렇게 은해상단의 배를 다 살펴보고는 객잔으로 돌아와 성 소단주를 찾았다.

"준비는 다 되셨습니까?"

"네."

성 소단주와 두 명의 행수와 호위무사들은 준비를 마친 채 나를 기다리고 있었다.

이제 그들은 창문을 통해 나가서, 마치 지금 도착한 것처럼 할 것이다.

내가 선단을 살펴보고 온 건 다른 이유도 있지만, 이들이 언제 움직여야 할지 알아보기 위한 이유가 가장 컸다.

"지금, 움직이면 됩니다."

"네."

나와 호위무사들은 창문을 열고 한 사람씩 안고 바깥으로 뛰어내렸다.

내가 성 소단주를 안고, 서우 무사와 진유 무사가 행수들을 한 명씩 안았다.

사람을 안고 창문을 통해 뛰어내린 것임에도 소리는 거의 나지 않았다.

탓.

뒤이어 뛰어내린 성 소단주의 호위무사들이 우리를 보며 감탄했다.

"모두 실력이 상당하시군요."

"좀 더 정진해야겠습니다."

그들이 있음에도 나와 내 호위무사들이 나선 건, 우리의 실력이 더 높았기 때문이다.

솔직히 사람을 안고 뛰어내리는 건 제법 힘들거든.

그사이 바깥에서 망을 보고 있던 여응암 무사와 이필 무사가 수신호를 보냈다.

아무도 없다는 의미다.

"그럼, 저를 따라오십시오."

우리는 그대로 뛰어올라 지붕을 타고 인적이 드문 곳으로 향했다.

그곳에는 마차 한 대가 준비되어 있었다.

"오셨습니까요?"

"수고했어. 명종 무사님과 창운 무사님도 수고하셨습니다."

성 소단주가 나에게 포권했다.

"이렇게까지 도움을 주시다니 정말 감사드립니다."

"부패한 자들을 잡아내는 일이니까요. 그래야 저희 선단도 마음 편하게 다녀오지 않겠습니까? 그리고 저희가 받을 것도 있고요."

"그리 말씀해 주시니 한결 마음이 놓입니다."

"우선, 금산전장에 가 보시는 게 좋겠습니다."

"어째서입니까?"

나는 의문을 표하는 성 소단주에게 자초지종을 설명해 주었다.

"그런 일이 있었군요. 역시…… 그랬습니다."

성 소단주도 뼈가 굵은 상인이다.

어찌 움직여야 하는지 알고 있을 테니 더 말을 하지는 않았다.

"그럼, 가 보겠습니다."
"네. 이따 뵙겠습니다."
나는 멀어져 가는 마차를 보며 씨익 웃었다.
오늘, 재밌겠네.
.
.
.

그날 오후.
일을 마치고 객잔으로 선원들이 돌아왔다.
종일 흘린 땀을 씻어 내고, 각자 식탁 앞에 앉아 음식이 나오기를 기다리고 있었다.
그들 중에는 명명상단의 선원들도 있었다.
나 역시 식사를 위해 일 층에서 기다리고 있었다.
이제 슬슬 도착하겠군.
그리 생각하고 있을 때, 문이 열리며 성 소단주가 객잔 안으로 들어왔다.
"이곳이, 은해상단 선원들이 묵고 있는 곳이 맞습니까?"
마치 이곳에 오는 것이 처음이라는 듯이 행동하는 모습에 나는 자리에서 일어나 그에게 다가갔다.
"어? 명명상단의 성 소단주 아닙니까? 이곳까지 어인 일이십니까?"
그사이 상대의 정체를 알아본 명명상단의 세 행수들이 그에게 다가가 인사했다.
"소단주님을 뵙습니다."

성 소단주는 그들의 인사를 받아 주지 않고, 나에게 말했다.

"이렇게 갑작스럽게 방문해서 송구합니다. 다름이 아니라 이번에 대월국 상행을 위해 저희 명명상단에서 파견한 행수들을 교체하기로 했습니다."

그 말에 행수들은 격하게 반발했다.

"출항을 하루 앞두고 그게 무슨 말입니까?"

"왜 갑자기 사람을 바꾼다는 겁니까?"

이에 성 소단주가 단호하게 말했다.

"이번에 자네들이 처리했던 서류에서 중요한 오류가 발견되었네. 그것에 대해 아는 자들이 자네들밖에 없기에 부득불 사천으로 돌아가야 하는 상황이네."

"무슨 오류입니까?"

이에 내가 말했다.

"상단의 일을 이런 자리에서 물어보다니! 그러고도 행수라고 할 수 있습니까? 이거, 혹시 일부러 저희에게 그 일을 듣게 해서 정보 유출죄를 뒤집어씌우려는 겁니까?"

내 반응에 그 말을 한 행수가 당황했다.

"그, 그건 아닙니다."

성 소단주가 나에게 포권하며 말했다.

"저 역시 사과드립니다. 동 행수의 언행이 부적절했습니다."

"그런 의도가 아니라고 하니, 이만 넘어가겠습니다."

"감사합니다."

성 소단주가 몸을 돌려 그 세 명의 행수를 보며 말을 이었다.

"하여, 임 행수와 동 행수는 제가 데려온 두 행수와 임무를 교대하도록 하십시오."

이에 그들은 표정을 관리하는 것조차 잊고 머뭇거렸다.

"무슨 문제라도 있습니까? 왜 그런 표정입니까?"

"그, 그것이……."

"아무래도 저희가 현지에 대해 더 잘 알기에……."

"그래서 두 명만 교체한 겁니다. 그래도 부족한 건 은해상단에서 도움을 주실 겁니다. 아니 그렇습니까?"

그 물음에 나는 흔쾌히 고개를 끄덕였다.

"물론이지요. 얼마든지 도와드리겠습니다."

성 소단주가 고개를 돌리며 말했다.

"그리고 여기 두 행수도 후추 교역에 대해 두 분 만큼이나 경험이 많은 이들입니다."

"……."

"또 문제 있습니까?"

"그 후추 교역상이 저희하고만 거래하기로 약속을 했습니다!"

"그런 질 낮은 후추를 파는 교역상이라면, 차라리 거래를 끊는 것이 낫습니다."

"그, 그건, 흉년으로 인해서……."

"아무리 흉년이라고 해도, 그 가격에 걸맞은 상품을 구해 주는 게 상인의 도리입니다. 그런데 그런 도리가 없는 자라면, 거래를 끊어야지요."

"……."

성 소단주의 말에 그들은 더 이상 변명할 거리가 없었는지 입을 다물 수밖에 없었다.

"그럼 임 행수와 동 행수는 새로 온 두 행수에게 인수인계를 해 주십시오."

* * *

명명상단에서 저번 교역에 이어 이번 교역에도 참여하기로 했던 세 행수들은 갑자기 벌어진 상황에 매우 당황했다.

행수 교체라니!

전혀 상상도 하지 못했던 일이기 때문이다.

그때 그들 대신 배에 오르기로 한 행수가 임 행수에게 물었다.

"후추 구입 자금은 자네가 가지고 있나?"

"네? 아, 네, 그, 그렇습니다만……."

"나에게 넘기면 되네."

"알겠습니다."

그는 그 주머니를 꺼내 넘겨주려다가 문득 중요한 사실을 깨달았다.

그 돈의 일부를 전표로 바꾸었다는 사실.

행수라면 당연히 주머니를 받은 즉시 금액을 세어 볼

것인데…….

등에서 식은땀이 주룩주룩 흘렀다.

위기였다.

"왜 그러는가?"

"저, 그, 그것이…….."

"공금 주머니를 이리 주게."

"……."

그 행수는 주머니를 뺏듯이 가져가더니, 탁자 위에 돈 주머니를 올려놓았다.

그리고 돈을 꺼내 계산하기 시작했다.

잠시 후, 그는 고개를 갸웃하더니 성 소단주에게 말했다.

"돈이 빕니다."

"그게 무슨 말인가? 돈이 비다니?"

"말 그대로입니다. 원래 후추 구입 자금보다 훨씬 부족합니다."

이에 성 소단주는 미간을 찌푸리더니 임 행수에게 물었다.

"임 행수, 이게 어찌된 일인가?"

"그, 그것이, 그러니까……."

임 행수가 동 행수를 가리키며 말했다.

"저자가 돈을 훔쳤습니다!"

이에 동 행수는 당황했지만, 곧 상황을 알아차렸다.

자신을 팔아넘긴 것.

이대로 가만히 있으면 공금을 착복한 자가 되고 만다.

그는 얼른 항변했다.

"아닙니다! 임 행수가 돈을 빼돌려서 그것을 전표로 바꾸어 가지고 있자고 제안했습니다!"

"그, 그게 무슨 말인가? 내가 언제 그랬다고!"

이에 동 행수가 다시 소리쳤다.

"그리고 그 전표, 아직 자네가 가지고 있잖아!"

이에 성 소단주가 호위무사들에게 말했다.

"수색해 보게."

"네."

임 행수는 자신에게 달려드는 호위무사들에게 저항했지만, 무림인을 힘으로 당할 수가 없었다.

곧 그의 품에서 금산전장의 전표가 발견되었다.

그 전표의 금액을 확인한 행수가 말했다.

"이 전표까지 하면, 돈이 딱 맞습니다."

"그렇군."

이에 임 행수가 결백을 주장했다.

"오해입니다. 그 돈은 제 돈입니다!"

"말도 안 되는 소리를 아는군. 누가 외국에 가면서 이런 거금을 전표로 바꿔 가는가? 중간에 도망갈 생각을 하는 사람이나 그렇지."

그때 뒤에서 들리는 목소리가 있었다.

"사실대로 말하는 게 좋을 겁니다. 이번 교역에 대해서는 태자 전하께서 주관하신다고 하셨습니다. 이 일 역시 이번 교역을 방해하는 일, 태자 전하께서 들으시면 곱게 넘어가지 않으실 겁니다."

"……."

"태자 전하께서 이번 일을 주관하시게 되면 금의위에서 그대들을 조사하고 심문하게 될 겁니다."

은서호의 경고에 행수들의 얼굴은 하얗게 질렸다.

그들도 금의위의 악명을 알기 때문이었다.

털썩.

결국, 그 세 명의 행수들은 그 자리에 주저앉았다.

* * *

성 소단주가 바닥에 주저앉아 있는 행수들을 보더니 내게 부탁했다.

"은 소단주. 미안하지만 무사들을 좀 빌려 주십시오."

"알겠습니다."

그들은 팔다리를 묶은 채 방에 구금되었다.

아마 상단 자체에서 해결할 생각이겠지.

성 소단주는 나에게 포권했다.

"일을 시끄럽게 만들어 죄송합니다."

"아닙니다. 저도 이해하니, 괘념치 마십시오."

그리고 한쪽 눈을 찡긋했고 이에 그 역시 한쪽 눈을 찡긋했다.

다음 날.

나는 아침 일찍 황궁으로 향했다.

태자 전하와 선일 형님 내외를 모시고 포구로 가야 하기 때문이다.

어젯밤에 성 소단주는 교체되지 않은 행수와 긴 면담을 했다고 했다.

내 추측으로는 아마도 약간의 협박과 회유가 섞인 면담이 아니었나 싶다.

곧 나는 황궁에 도착했다.

"으. 왠지 이 궁은 볼 때마다 뭔가 좀 기분이 그렇긴 합니다요."

팔갑에 말에 나는 하하 웃었다.

참 감이 좋은 녀석이라니까.

청수 도사님의 말씀은 팔갑에게는 비밀로 해야겠군.

"다녀올게."

나는 혼자 조천궁 안으로 들어가 태자의 처소에 도착했다.

그런데 그 처소 앞에서 익숙한 기운이 느껴졌다.

일전에 내게 황제의 성지를 전해준 초절정의 고수다.

그런데 왜 내관 차림으로 있는 거지?

나는 의문을 뒤로하고 그에게 다가갔다.

"소상, 은서호. 태자 전하를 모시기 위해 왔습니다."

"안에 고하겠소이다."

그는 안에 내가 왔음을 고했고, 안에서 태자의 목소리가 들려왔다.

"잠시 기다려 주게. 곧 나가겠네."

나는 태자를 기다리며 그에게 말했다.

"저번에 뵈었을 때는 몰랐는데, 내관이셨군요."

"그렇습니다. 아정 내관이 불의의 사고를 당해 태자 전하를 보필할 내관이 한 명 부족해지지 않았습니까?"

"아, 그래서 그 자리를 채우려고 오신 거군요."

"맞습니다. 황제 폐하의 명을 받아 그 공석을 채우기 위해 남경에 왔습니다."

나는 잠시 생각하다가 물었다.

- 동창이십니까?

내관이면서 이 정도의 실력이라면 답은 동창뿐이지.

그러나 그는 그 물음에는 대답하지 않고 말했다.

"소개가 늦었습니다. 조생이라고 합니다."

나는 마주 인사하며 속으로 생각했다.

역시 황제 폐하다운 일처리로군.

이 정도의 실력자를 보냈다는 건 태자의 호위를 강화하겠다는 의도니까.

이번 아정 내관의 사건으로 인해 저들의 마수가 태자에게도 뻗쳐 있다는 것을 알게 되었을 터.

"소상 은서호라고 합니다."

마주 인사하며 그의 기운을 살폈다.

그에게서 수라혈교의 기운이라든지, 다른 꺼림칙한 기운은 느껴지지 않았다.

순수한 황궁무공의 기운······.

어라?

그런데 내관들은 따로 익히는 무공이 있지 않았나?

그런데 황궁무공의 기운이라니······.

물론, 내관들이 황궁무공을 익히지 말라는 법은 없지만, 매우 특이한 경우일 터.

일반인이 내관들의 무공을 익힐 순 없지만, 내관들도 황궁무공은 익힐 수 있으니까.

그게 황궁무공의 장점이다.

동창이냐는 물음에 명확하게 답하지 않은 데 이유가 있는 걸까?

내관만이 동창이 될 수 있으니까.

그때 문이 열리고 태자가 나왔다.

"소상, 태자 전하를 뵈옵니다. 천세 천세 천천세!"

태자가 나에게 예를 갖추지 말라고 했지만, 모두가 보는 앞에서까지 그럴 수는 없지.

"일어나라."

"성은이 망극하옵니다."

"아, 여기 조생 내관과는 초면이겠지?"

"방금 인사를 나누었습니다."

"그랬군. 그럼 가지."

"네."

그사이 준비를 마친 다른 이들도 조천궁 앞에서 태자를 기다리고 있었다.

그들은 태자를 보자 정중히 예를 갖춰 인사했다.

이에 태자는 그들에게 일어나라 명한 후 배에 오를 이들에게 말했다.

"오늘 그대들은 이 제국의 위대한 통치자이신 아바마마의 명을 받들어 각각 대월국과 마래서국으로 향하게 되었네. 힘들고 고단한 길일 터. 하지만 그대들이라면 주어진 임무를 완수할 것을 믿고 있네."

태자는 숨을 돌린 후, 말을 이었다.

"제국을 위해 고생 좀 해 주게나."

"이 목숨을 바쳐 명을 이행하겠나이다."

"되도록 다치지 말고, 죽지 말게나. 그리고 건강 챙기도록 하고. 그럼 출발하지."

"네."

그렇게 태자가 앞섰고, 모두 그 뒤를 따랐다.

특별한 경우가 아닌 이상, 태자보다 앞서서 가는 것은 법도에 어긋나기 때문이다.

"은 소단주, 안내하게."

"네."

그 특별한 경우 중 하나가 길을 안내해야 할 때이다.

하지만 그것도 옆에 서야지, 태자의 정면에 설 수는 없다.

잠시 후.

우리는 포구에 도착했다.

포구에 나와 있는 자들은 각 배의 선장들뿐.

선원들은 각자의 자리에서 항해를 시작할 준비를 하고 있기 때문이지.
 전에는 예부의 관리가 축문을 읽고 제를 진행했지만, 이 자리에는 태자가 있다.
 그렇기에 태자가 제를 진행했다.
 축문을 읽고 축문을 태워 하늘로 날렸다.
 높이 날아가는 축문.
 그걸 보며 길조라고 모두 좋아했다.
 제를 마치고 각자 타야 할 배에 사람들이 오르기 시작했다.
 나는 선일 형님과 시나아 공주에게 다가갔다.
 "네 덕분에 이렇게 장인어른을 만나 뵐 수 있게 되었구나. 고맙다."
 "뭘요. 저에게도 이득이 되니 움직인 것입니다."
 "너라면 그렇게 말할 줄 알았다."
 "긴 여정이 될 것입니다. 건강 잘 챙기고, 무사히 다녀오십시오."
 "알겠다. 잘 다녀오마."
 나는 선일 형님과 인사를 나누고는 시나아 공주에게로 고개를 돌렸다.
 "그리고 형…… 수님도 무사히 잘 다녀오십시오."
 "고마워요."
 내가 뒤로 물러나자, 임시가교가 배 안으로 들어갔다.
 뿌우우우우-!

둥둥둥둥!

뿔나팔 소리와 북소리가 요란했다.

출항을 선언하는 것.

나는 손을 흔들며 그들을 배웅했고, 그렇게 모든 배는 바다를 향해 나아갔다.

그렇게 배가 멀어지는 것을 확인하고 태자에게 향했다.

"태자 전하, 소상은 이만 북경으로 돌아가려 합니다."

"이렇게 빨리 말인가?"

"예, 북경에서 할 일이 많이 밀려 있습니다."

"하긴, 자네가 북경에서 벌여 놓은 일이 많기는 하지."

태자는 고개를 끄덕였다.

"부디 잘 돌아가게. 그리고 이것저것 고마웠네."

"소상은 그저 제게 주어진 소임을 다할 뿐입니다."

"돌아가면 아바마마를 뵙게 될 텐데, 안부를 전해 주게나."

"네."

그렇게 태자와 인사를 마친 나는 객잔으로 돌아왔다.

나와 북경에서 남경으로 같이 왔던 이들은 떠날 준비를 마친 상태였다.

행수들과 선원들이 다 떠나 버리니 객잔이 뭔가 휑하게 느껴졌다.

그리고 명명상단의 성 소단주 일행은 이미 어제 사천으로 떠났다.

아무래도 사안이 급박하다 보니 북경에 들를 여유가 없었다.

하여 남경에서 명성과 신용이 높은 표국과 계약을 맺어 바로 사천으로 향한 것이다.

혹시 몰라 은풍대 무사들도 일부 동행시켰다.

"저희 객잔을 이용해 주셔서 감사합니다."

"덕분에 편하게 지냈습니다."

"그럼, 다시 모실 날을 기다리겠습니다."

그렇게 우리는 객잔을 떠났다.

그나저나 이 객잔의 점주, 상당히 괜찮은 사람이란 말이지.

우리가 제법 오래 이 객잔에 머물렀음에도, 그 어떤 소문도 저잣거리에 돌지 않았다.

그 말은 즉, 입이 무겁고 아랫사람들을 잘 다룬다는 의미다.

객잔을 운영하는 능력도 훌륭하고…….

이런 사람을 우리 상단의 사람으로 고용해야 하는데 말이지.

아직 이 남경에는 은해상단의 지부가 없다.

아무래도 호북의 본단과 멀지 않고, 이곳에서 사업을 하는 게 없었기 때문이다.

하지만 남경 역시 지부를 둘 필요성이 있는 곳이다.

두 번째 수도라 불릴 정도로 제국에서 중요한 곳이며, 이제는 태자가 상주하는 곳이다.

또한, 외국과의 교역의 중심지가 될 곳이기도 하지.
그리고 내 개인적으로도 남경이 중요한 이유가 있다.
남궁세가가 위치한 안휘성과 멀지 않다는 것.
백천상단의 상단주가 남궁세가 사람인 것도 있지만, 무림맹주 역시 남궁세가의 사람이니까.
아버지께 남경 지부를 세우는 것에 대해서도 건의를 해 봐야겠군.
그리고 우리가 묵은 객잔의 객잔주를 영입하는 것도 추진해 봐야겠고.
그곳에서 오랫동안 객잔업을 했으니, 정보대 쪽이 좋으려나?
그것도 저 객잔주가 수락할 때의 일이지만.

그렇게 우리는 남경에서 북상했고, 개봉에 도착했다.
개봉 역시 고도 중 하나로서 상당히 번화한 곳이다.
황하 유역의 중심지 중 하나기도 하고.
"도련님, 오늘 저녁에 묵을 객잔을 찾아봐야지 않겠습니까요?"
"그래야지."
팔갑의 말에 고개를 끄덕이며 적당한 객잔을 고르려던 그때.
"음?"
저 앞에 낯익은 인물이 보였다.
"어?"

그 역시 나를 알아본 듯 다가왔다.
"이게 누구십니까? 은해상단의 은서호 소단주 아니십니까?"
"문 객잔주는 이곳에 어인 일입니까?"
"객잔주라니요. 그냥 공자라고 불러 주십시오. 아직 객잔주는 연 어르신입니다."
나와 마주친 이는 문주성 공자.
득행상단의 열일곱 번째 아들로서, 복시령과를 구하려다가 나와 인연을 맺은 인물이다.
그가 찾았던 오색빙정화는 아직 내 비고에 있다.
내가 소개해 준 여춘객잔을 크게 키운 그를 보며, 그가 단순히 운이 좋아서 큰 인물이 된 것이 아니었음을 알게 되었지.
"여긴 어인 일이십니까?"
"아…… 저희 객잔의 개봉점을 살피러 왔습니다."
"개봉점이요?"
"네. 이곳 개봉에 여춘객잔의 지점을 세웠습니다."
벌써 그 정도로 여춘객잔이 성장했군.
"축하드립니다."
"감사합니다."
"어머님께서는 잘 지내십니까?"
"네. 편안하십니다."
- 유유검제 어르신과 파두파파 어르신도 잘 계십니까?
내 전음에 그가 자연스럽게 고개를 끄덕였다.

"무탈하십니다."

"다행입니다."

그때 문주성 공자가 나를 보며 말했다.

"지금 객잔을 찾고 계신 듯한데, 맞습니까?"

"네. 그렇습니다."

"그렇다면 부탁을 하나 드려도 되겠습니까?"

"무엇입니까?"

"제가 객잔비를 내어 드릴 테니, 오늘밤 여춘객잔의 개봉점에서 묵어 주십시오. 그리고 미비한 점에 대해서 조언을 부탁드립니다."

"위장 손님을 말씀하시는 거군요."

"맞습니다."

위장 손님이라는 건 손님으로 위장한 시찰자를 의미하는 말이다.

은해상단처럼 제법 큰 상단은 혼자서 모든 것을 할 수 없기에 믿을 만한 자에게 일을 맡길 수밖에 없다.

하지만 그러다 보면 개중에 일을 엉터리로 하는 자들이 있기 마련이지.

하여 시찰자가 손님으로 위장해 그곳을 감찰하는 것이다.

그리고 문 공자가 내게 요청한 게 바로 그 위장 손님이다.

"은 소단주님의 안목이라면, 믿을 만하니 말입니다."

"그리 높이 평가해 주시니 감사합니다."

남의 돈으로 객잔에 묵을 기회를 놓칠 수는 없지.
게다가 문 공자가 세운 지점이라면 흥미가 가기도 하고.
"알겠습니다. 제가 위장 손님이 되어 드리지요."
"감사합니다."
"그런데 저희 인원이 좀 많습니다만."
"오히려 좋습니다. 그만큼 대응 능력을 볼 수 있으니 말입니다."

.

.

.

반 시진 후.
나는 한 객잔 앞에 서 있었다.
[여춘객잔 - 개봉점]
그 현판을 보자 피식 웃고 말았다.
개봉에 여춘객잔의 지점을 내겠다는 문주성 공자의 제안에 두 어르신은 어떻게 반응하셨을까?
아마 뭘 귀찮게 그런 일을 하냐고 하시면서도, 알게 모르게 물심양면으로 지원해 주셨겠지.
그분들은 그런 분들이니까.
다음에 뵈러 갈까? 보고 싶네.
그리 생각할 때 안에서 점소이가 얼른 달려 나왔다.
"어서 오십시오! 묵고 가실 겁니까?"
"네. 그렇습니다."
"이쪽으로 모시겠습니다."

그리고 어느 한쪽을 향해 소리쳤다.

"마구간! 여기 말!"

"네!"

마구간 쪽에서 쏜살같이 달려온 이들이 우리의 말을 인계받아 마구간으로 향했다.

우리는 객잔 안으로 들어가자마자 감탄할 수밖에 없었다.

객잔 내부는 마치 여춘객잔의 본점에 온 것처럼 매우 깨끗했다.

"식사부터 하시겠습니까?"

이에 내가 대답했다.

"먼저 씻고 싶습니다."

"알겠습니다. 그럼 이쪽으로 오십시오. 객실부에서 객실을 안내해 드릴 겁니다."

객실부?

나는 그에게 물었다.

"객실부가 따로 있는 것입니까?"

"네. 저희 여춘객잔은 객실부와 접객부가 따로 구분되어 있습니다."

점소이들의 일에 전문성을 주겠다는 거군.

객실부의 점소이가 나에게 물었다.

"몇 명이십니까?"

"모두 열두 명입니다."

"방은 어떻게 하시겠습니까? 이인실, 삼인실, 사인실,

육인실까지 네 종류가 있습니다."

"가격은 얼마나 됩니까?"

내 물음에 점소이는 각각 객실의 가격을 말해 주었다.

나는 속으로 피식 웃었다.

문주성 공자는 우리가 모두 이인실에 묵을 수 있는 돈을 주었으니까.

"이인실 여섯 개 주십시오."

"여기 열쇠 받으십시오."

점소이는 우리에게 방 번호가 달린 열쇠를 주었고, 우리 옆에 서 있던 점소이가 말했다.

"방을 안내해 드리겠습니다."

잠시 후.

호위무사들이 방을 살핀 후, 나는 방 안으로 들어갔다.

침구를 살핀 나는 만족스러움에 고개를 끄덕였다.

"와! 방이 무척 깨끗합니다요."

"내 생각도 그래."

보통 객잔에 가면, 구석구석 손이 잘 닿지 않는 부분에는 먼지가 남아 있곤 했다.

하지만 이곳은 그런 곳이 없이 깨끗했다.

게다가 침구도 얼룩 하나 없이 깔끔했다. 이 정도면 객실의 시설 위생 부분은 합격이군.

그럼 목욕하러 가 볼까?

이곳은 객실에 욕탕이 없었다.

대신 공동탕 옆에 개인탕이 있었고, 나는 그곳에서 몸을 씻었다.

그곳 역시 무척 깨끗해서 마음에 들었다.

그 와중에 특이한 것을 하나 발견했다.

욕탕에 놓인 향조였는데, 상당히 향이 좋고 씻는 효과도 매우 좋았다.

고급 향에 익숙해진 내가 호평할 정도면 꽤 품질이 좋은 향이라는 의미.

씻고 일 층 식당으로 내려와 점소이에게 향조에 대해 물었다.

"아, 그 향조는 저희 여춘객잔만의 향조입니다."

"그렇습니까?"

"뛰어난 조향 장인과 향조 장인께 의뢰하여 만든 것인데, 손님들 모두 호평하십니다."

"상당히 향도 좋고, 잘 씻기더군요."

"좋게 봐 주셔서 감사합니다. 그럼, 식사 주문하시겠습니까?"

"네. 이 객잔의 특별한 음식이 있습니까?"

"이곳 개봉에 오셨으면 소룡포를 맛보셔야지요. 그리고 잉어요리와 황금색을 띠는 닭 요리도 있습니다."

"상당히 많군요."

"이곳 개봉은 제국 전역의 미식가들이 모여드는 곳이기도 하기에, 저희 객잔은 다양한 음식을 준비해 놓고 있습니다."

"그렇다면 소룡포와 잉어 요리, 그리고 닭 요리와……."

그렇게 음식을 주문한 후 점소이들을 자세히 살폈다.

도대체 교육을 어떻게 했기에 하나같이 최선을 다해 일하는 거지?

저런 교육을 우리 상단에도 적용할 수 있으면 좋겠는데 말이지.

그때였다.

쨍그랑!

그릇이 깨지는 날카로운 소리와 함께 누군가의 고성이 들린 것은.

나는 그곳을 바라보았다.

한 남자가 성질을 부리고 있었다.

"아니! 내가 뭐 무리한 요구라도 했어? 그냥 손 한 번 잡아 보자는데 뭘 유난이야?"

"손님, 이곳은 기루가 아니고, 저는 기녀가 아닙니다."

"그거 되게 비싸게 구네. 이런 쌍!"

쨍그랑!

"흐억!"

"피, 피해!"

어디에나 개차반은 있다더니…….

여자 점소이를 희롱하는 것도 모자라 기물 파손에 다른 손님에게 피해를 주기까지.

과연 이 객잔에서는 저 진상 손님을 어떻게 처리할까?

그때였다.

"손님, 여기서 이러시면 안 됩니다."

남색 동의를 입은 대여섯 명의 이들이 들어와 그를 둘러쌌다.

무림인들이다.

그는 잠시 겁먹은 표정을 지었지만, 이내 목소리를 높였다.

"뭐, 뭐야? 나 이곳 손님이야!"

그때 그들 가운데 나서는 한 남자.

"저는 이 여춘객잔 개봉점의 점주입니다."

"네놈이 점주야? 대체 직원 교육을 어떻게 한 거야?"

그 말을 들으며 나는 피식 웃었다.

어쩜 저렇게 하는 말이 똑같은지 모르겠네. 어디서 교육이라도 받나?

하지만 점주는 눈 하나 깜짝하지 않고 말했다.

"저희 객잔의 직원 교육은 흠잡을 데 없다고 생각합니다. 그러니까 손님 같은 격 떨어지는 분도 접객을 하는 것 아니겠습니까?"

"뭐? 격 떨어져?"

"자고로, 배운 사람이라면 때와 장소를 가릴 줄 알아야 하지 않겠습니까?"

이에 그 사내가 버럭 소리쳤다.

"내가 누군지 알고 그딴 막말을 내뱉는 거야!"

"개봉 황서 윤가의 둘째 자제분 아니십니까?"

"그걸 알면서 나에게 이러는 거야? 후환이 두렵지도 않나 봐?"

"저는 공자의 그 협박보다, 오늘 오신 손님들을 만족시켜 드리지 못하는 것이 더 두렵습니다."

와우!

그 기개에 감탄하고 말았다.

황서 윤가라면 대대로 황궁에서 관리직을 역임한, 이 개봉에서 제법 권세가 있는 집안이다.

그러니 저자가 저 지랄을 하는 거겠지.

그나저나 문주성 공자가 정말 사람 잘 보네.

저런 강직한 사람이 점주라니.

그는 진상 손님에게 무언가를 내밀었다.

"이건 또 뭐야?"

"오늘 부수신 집기 및 영업 방해에 따른 손해 배상 청구서입니다."

"그래?"

그는 비웃음 가득한 얼굴로 그 종이를 갈가리 찢더니 그걸 점주에게 뿌렸다.

그러나 점주는 그 모욕에도 눈 하나 깜박하지 않았다.

"찢으셔도 괜찮습니다. 이미 그것과 똑같은 것을 황서 윤가 댁으로 보냈습니다."

"……뭐?"

"오늘의 손해에 대해 보상은 받아야지 않겠습니까?"

그는 말을 이었다.

"그리고 오늘 일에 대해 대외적으로 알릴 생각입니다."

"훗, 맘대로 해! 그런다고 해서 내가 뭐 사과라도 할 것 같아?"

"사과하지 않으셔도 괜찮습니다. 그런데 춘부장께서 승차를 앞두고 계시다고 들었습니다. 요즘에는 관리들이 승차하기 전에 황제 폐하께서 전방위로 조사하고 감찰을 시행하신다고 들었는데, 오늘 일로 춘부장의 승차가 없던 일이 되면 어찌 될지 궁금합니다."

그 말에 윤가 공자의 얼굴이 새하얗게 질리기 시작했다.

확실히 그건 치명타였다.

자신으로 인해 아버지가 승차에서 탈락한다면 모르긴 몰라도 다리 하나는 부러질 거다.

그리고 앞으로 더 이상 이런 짓을 해도 수습해 주지 않겠지.

"그, 그건……."

그는 고개를 숙였다.

"죄, 죄송합니다. 제가 잘못했습니다."

"왜 사과하십니까? 손님께서 하실 일은 그저 이대로 돌아가시는 겁니다."

그리고 무사들에게 말했다.

"손님, 가십니다. 모셔다 드리십시오."

"네!"

그 무림인들은 윤가 공자를 이끌고 밖으로 나갔다.

그리고 긴장된 얼굴로 그 모습을 지켜보고 있던 손님들에게 미소 띤 얼굴로 말했다.

"잠시, 불편하게 해 죄송합니다. 손님들 사이에 손님이 아닌 자가 끼어 있었습니다. 사죄의 의미로 오늘 저녁 식사는 무료로 제공해 드리겠습니다."

그는 말을 이었다.

"혹시라도, 저희 객잔에서 머무시는 것이 불안하시다면 다른 객잔으로 옮기실 수 있도록 도와드리겠습니다. 그리고 혹시 옷을 버리신 분이 계신다면 세탁을 도와드리겠습니다."

하지만 다른 객잔으로 옮기겠다고 하는 이는 아무도 없었다.

점소이들이 일사불란하게 모여 식당을 정리했고, 어느새 내부는 말끔해졌다.

나는 문득 궁금한 것이 생겨서 그 점주를 불렀다.

"점주님."

"네, 말씀하십시오."

"그 윤가의 공자에게 말씀하신 것, 그대로 하실 생각이십니까?"

이에 점주는 비릿하게 웃었다.

"물론입니다. 뭐든 본보기가 필요하지 않겠습니까?"

아…… 실행한다는 의미구나.

"괜찮겠습니까? 혹시라도 이 일로 황서 윤가 측에서 여춘객잔에 앙심을 품을 수도 있잖습니까."

"괜찮습니다. 황서 윤가 정도쯤 되면 가문의 명예를 신경 쓰지 않을 수가 없으니 말입니다."

"아……."

하긴 그의 말에 일리가 있다.

명문가일수록 가장 중요하게 생각하는 것이 체면과 명예다.

물론 그런 곳에서 왜 저런 망나니 같은 자를 내버려두고 있는지는 모르겠지만 말이다.

아마 이 정도까지는 상관없을 거라고 생각했거나, 뭔가 내부 사정이 있겠지.

그런데 아들이 깽판 부린 곳에서 아들을 내쫓았다고, 이에 대해 해코지를 한다면 얘기가 달라진다.

찌질한 가문이라는 낙인이 찍히겠지.

그럴 바에는 조용히 넘어가고 저 공자를 크게 혼내고 말겠지.

그나저나 이 점주, 진짜 탐나는데?

"왜 그러십니까?"

그런 내 시선을 알아차렸는지 그가 물었고, 나는 고개를 저었다.

"아무것도 아닙니다."

나는 그를 보내고 일행과 식사를 마무리했다.

음식은 맛있었다.

개봉이 고도이자 번화한 도시라서 그런지, 지리적으로 제국 전역의 식재료가 다 모이는 곳이라서 그런지 모르겠지만, 상당히 맛있었다.

나는 객실로 올라와 침상에 누웠다.

이불이 포근하고 햇살의 냄새가 나서 그런지 아주 푹 잘 잤다.

다음 날.
자리에서 일어난 나는 방 안에서 운기조식을 하고 간단한 수련을 한 후 식사를 위해 일 층으로 내려갔다.
첫날 나를 맞이했던 담당 점소이가 인사했다.
"안녕히 주무셨습니까?"
"네. 무척 편안한 밤이었습니다."
"감사합니다. 아침 드시겠습니까?"
"네."
"그럼 자리를 예약해 놓겠습니다."
"그런데 여춘객잔의 본점도 여기와 같은 방식으로 접객을 합니까?"
내 물음에 그는 고개를 끄덕였다.
"그렇습니다. 제가 본점에서 교육을 받은 대로 하는 것이니까요."
"그렇군요."
문주성 공자가 접객을 이런 식으로 규격화하기 위해 얼마나 많은 연구를 했는지 알 것 같았다.
그가 운이 좋은 사람이라고 해도 이런 성공은 단순히 운이 좋아서만은 불가능하니까.
"그리고 이곳 개봉점은 섬서의 지점들 외에는 처음으로 확장한 지점입니다. 그런데 모두 좋아해 주시니 감사할 따름이지요."
"접객이 무척 마음에 드는군요."
그리 말하던 나는 문득 한 가지 말이 걸렸다.
섬서의 지점들?
나는 그에게 물었다.
"섬서에 본점 말고도 지점이 있습니까?"
"네. 섬서에는 본점을 제외하고도 열 개의 지점이 더 있습니다."
"……."
와우, 내 생각보다 더 대단한 자였군.

잠시 후.
식사를 위해 일 층으로 내려왔고, 예약된 자리에 앉아 주문한 음식을 기다리고 있었다.
그때 문 안으로 들어온 누군가를 본 점소이들이 그를 환대했다.
"어서 오십시오."
"오랜만에 뵙습니다."
고개를 들어 보니 문주성 공자였다.
그는 미소 띤 얼굴로 내게 다가왔다.
"어떠셨습니까?"
그 말에 주변의 점소이들이 긴장하는 게 보였다.
내가 위장 손님이라는 것을 드러낸 것이니까.
"무척 좋았습니다."

"다행이군요. 혹시 개선할 점은 없었습니까?"
"저는 찾지 못했습니다. 그만큼 훌륭한 접객 방식을 만드셨고, 잘 적용하신 듯합니다."
"칭찬 감사합니다."
"이대로 변하지 않는다면, 정말 좋은 곳이 될 겁니다."
내 말에 점주와 점소이들의 표정이 밝아졌다.

문주성 공자는 객잔의 이들을 격려하였고, 회식을 하라며 금일봉까지 주었다.
그리고 나와 같이 객잔을 나서며 이야기를 주고받았다.
"하룻밤 묵지 않으시는 겁니까?"
내 물음에 그는 고개를 끄덕였다.
"제가 저곳에 묵는 건 모두에게 부담이 되는 일이니까요."
"하긴 그렇겠군요."
"그런데 이곳의 점주가 참으로 기개가 있는 것이 대단하더군요. 대체 그런 인재는 어디서 구하신 겁니까?"
내 물음에 그가 대답했다.
"저희 본점에서 일하던 자인데 사람이 올곧고 판단력이 좋아 보여서 이곳의 점주를 맡겼습니다. 소단주께서 그리 말씀하시는 것을 보니 제가 사람을 제대로 봤나 봅니다."
그리 말한 문주성 공자가 말을 이었다.
"아, 그리고 그렇게 칭찬하셔도 그 사람 못 줍니다."

"험험, 제가 언제 달라고 했습니까?"

"이미 눈빛으로 그리 말하고 있지 않습니까?"

"이런, 들켰군요."

나는 민망한 표정을 지었다.

"그러면 하나만 묻겠습니다."

"무엇입니까?"

"점소이들의 교육이 무척 잘 되어 있더군요. 객실부와 접객부가 나뉘어 있다든지 하는 그런 것도 객잔 성업의 이유겠지만 제가 볼 때 근본적으로 점소이들의 교육이 잘 되어 있다는 것이 성업의 이유 같습니다."

나는 말을 이었다.

"그래서 말인데, 어떻게 교육하신 겁니까?"

이에 잠시 생각하던 그가 대답했다.

"특별한 건 없습니다. 다만, 지점에서 일하는 점소이는 본점에서 일 년 동안 일을 해야 합니다. 그리고 그들의 교육을 유건 어르신과 연가화 어르신이 맡고 계십니다."

"아……."

나는 쓴웃음을 지으며 고개를 주억였다.

유유검제 유건, 파두파파 연가화.

두 분은 각각 화경과 초절정에 오른 고수다.

그런 분들의 위압감을 받으면서 일하다 보면 어지간한 일에는 당황하지도 않을 거다.

그리고 본점과 문 공자라는 예시가 있으니, 이를 보여 주며 가르치면 일을 못 할 수가 없겠지.

또한, 무례한 손님들이라든지 세를 과시하려는 자들은 두 어르신이 조용히 처리하실 터.

역시 두 어르신의 힘이 컸군.

"그리고 제가 깨달은 바가 하나 있습니다. 그건 손님을 단골로 만들 기회는 단 한 번뿐이라는 겁니다. 하여 이를 강조하여 교육하고 있습니다."

맞는 말이네.

보통 사람들은 한 번 가서 마음에 들지 않으면 그 점포에 다시는 가지 않으니까.

그런데 그걸 우리 은해상단에 어떻게 접목하지?

뭣하면 향옥 누님을 불러다가 교육을 시켜?

하지만 이내 그 생각은 접었다.

그건 위험 부담이 너무 크다.

자칫하다가는 사람을 교육하다가 사람을 잡을 수도 있으니까.

그렇게 이야기를 하며 나루터로 향할 때였다.

"……."

갑자기 문주성 공자가 발을 멈추었다.

무슨 일이지?

고개를 들어 그의 시선을 따라가 보니 한 사람이 있었다.

나 역시 안면이 있는 사람이다.

득행상단의 상단주이자, 문주성 공자의 아버지다.

그가 여기까지 무슨 일이지?

그는 우리를 보더니 우리에게 다가왔다. 내가 먼저 그

에게 인사를 했다.

"은해상단의 은서호가 득행상단의 상단주님을 뵙습니다."

"만나서 반갑네. 그런데 여긴 어쩐 일인가?"

"외국과의 교역에 상선을 보내게 되어, 그것을 살펴보고 북경으로 돌아가는 길입니다."

"그렇군."

득행상단의 상단주는 고개를 돌려 문주성 공자를 보았다.

둘 사이의 관계는 참 미묘했다.

피로 연결된 부자지간이지만, 그 아버지는 아들을 버리며 자신을 아버지라고 생각하지 말라고 했고 그 아들은 스스로 집을 나갔다.

"상단주님을 뵙습니다."

그때 문주성 공자가 입을 열었다. 아버지가 아닌 상단주로 대하는 지극히 공적인 모습.

"오랜만이구나."

그런 득행상단주의 눈에 스쳐 지나간 것은 후회였다.

그 후회에는 슬픔이 아니라 안타까움이 느껴졌다.

그러고 보니 요 몇 년 간 득행상단은 점점 세가 기울고 있지.

십대 상단의 중간쯤에 있던 순위가 중하위권까지 내려갔으니까.

마치 행운을 가져다주는 뭔가가 사라진 것처럼.

그 행운의 상징이 문주성 공자였음을 득행상단주는 이제야 깨닫게 된 것이겠지.

그 증거가 바로 문주성 공자의 객잔 사업이다.

"이제 집으로 돌아오거라."

"저를 내치신 건 상단주셨습니다. 기억 안 나십니까?"

그는 단어에 힘을 주며 말을 이었다.

"저처럼 운이 없는 자는 오히려 상단의 운을 깎아 먹는다고 누누이 말씀하셨습니다."

"……."

"그로 인해 제가 집안에서 어떤 꼴을 당했는지 아십니까? 모르시겠죠. 운이 없는 저에게 일말의 관심도 없으셨으니 말입니다."

득행상단의 상단주는 고개를 돌렸다.

본인이 생각해도 부끄러운 모양이네. 하지만 문주성 공자의 말은 계속해서 이어졌다.

"저에게 집은 지옥이었습니다. 그리고 저는 집을 나온 지금이 행복합니다."

"……."

"상단주께서 왜 돌아오라고 하시는지, 제가 왜 모르겠습니까? 제가 운이 좋아 보이니 그 운을 이용하고자 돌아오라고 하시는 거겠죠."

문주성 공자가 단호하게 말했다.

"하지만 저는 돌아가지 않습니다. 그리고 그것이 상단주님의 운입니다. 그러니까 앞으로 지켜보십시오. 상단주님께서 내보낸 자의 운을 말입니다."

문주성 공자가 숨을 돌렸고 말을 이었다.

"그럼 저는 이만 가 보겠습니다. 만수무강하십시오."

그 말을 남기고 문주성 공자는 상단주를 지나쳤다.

왠지 그 말이, 오래오래 살아서 자신이 성공하는 모습을 후회하며 지켜보라는 말처럼 들리는 건 착각일까?

깊은 한숨을 내쉴 뿐, 더 말을 붙이지 못하는 상단주의 모습.

아마도 그는 사람의 운을 섣불리 판단한 오만함의 대가를 지불하고 있는 것이 아닐까?

뭐, 나랑은 더 이상 상관없는 일이지.

나 역시 인사를 하고 문주성 공자를 따라갔다.

그의 얼굴을 보니 속 시원한 표정이다.

149장. 황보세가

개봉의 나루터에서 문주성 공자와 헤어진 나와 일행들은 다시 북경으로 향했다.

주강마를 타고 있으니 나와 호위무사들만 있는 것이면 금방 갈 수 있지만, 다른 일행이 있으니 빠르게 속도를 낼 수 없었다.

남경에서의 일을 처리하기 위해 데리고 갔던 행수와 은풍대의 무사들이 있으니까.

그렇게 며칠 후 북경지부에 도착했다.

"나 왔어! 형!"
"어서 오너라!"
정호 형이 나를 반갑게 맞아 주었다.
"고생 많았다. 선일과 제수씨는 잘 출발했느냐?"

"응. 선장도 능력이 좋아 보이고, 좋은 배로 가니까 잘 다녀올 거야."

"그렇구나. 족히 몇 달은 배를 타고 다녀와야 할 테니 심심할 것 같아 걱정이다."

"그런 걱정 안 해도 될 것 같던데? 시종이 서책을 한 보따리 가지고 가더라고."

"하하, 역시 선일이답구나."

"그리고 형수님께 마래서국 말을 배우면서 간다고 하니, 심심할 틈이 있겠어?"

"그렇겠구나. 그런데……."

정호 형이 내 뒤를 살펴보더니 고개를 갸웃하며 물었다.

"성 소단주는?"

"아…… 그건 이야기가 좀 길어. 유진 공자는?"

"건혁이와 놀고 있다."

일부러 말하지 않은 듯했다.

아마 정호 형도 형 나름대로 짐작되는 게 있겠지.

"씻고 와서, 말해 줄게."

"그래."

나는 내 처소에서 씻은 후 내 집무실에 잠시 들렀다.

"오셨어요?"

"네. 무사히 다녀왔습니다."

서향 소저는 나 대신 일을 처리하는 중이었고, 그 옆에는…….

"사부님! 오셨습니까?"
연주혁 공자가 열심히 일을 하고 있었다.
호남성에 다녀온 모양인지 그 표정이 밝았다.
"정식으로 허락을 받으신 겁니까?"
"하하하. 네."
"그래도 생각보단 무사하군요."
"사부님께서 주신 서신 덕분입니다. 그리고……."
그는 품에서 서신을 꺼내어 내밀었다.
"아버지께서 보내신 서신입니다."
나는 그것을 받아 품에 넣었다.
이건 나중에 읽어 봐야겠군.
"인수인계는 잘 되고 있습니까?"
"네. 몇 달 뒤에는 충분히 알아서 잘하실 것 같아요."
어느덧 오월이다.
그 말은 즉, 이제 몇 달 후면 서향 소저가 나와 혼인하며 첫 번째 부관의 자리는 공석이 된다는 것.
그때 아무 불편함 없이 그 자리를 채우려면 지금부터 열심히 일에 숙달되도록 해야겠지.
"그럼, 저는 정호 형의 집무실로 가 보겠습니다."

나는 정호 형의 집무실에서 형과 마주 앉았다.
정호 형이 차를 한 모금 마시고는 본론을 꺼냈다.
"그래서, 어찌 된 일이냐?"
"음, 그게 말이지……."

나는 명명상단의 행수들의 비리를 밝혀낸 과정에 대해서 설명했다.
"그래서 곧바로 사천으로 갔어."
"하긴 그런 일이라면 북경에 들를 여유가 없었겠구나."
"그래서 유진 공자는 따로 사천으로 보내 달라고 하더라고."
"그런 사정이라면 어쩔 수 없지. 함께 왔던 표국 사람들은 아직 남아 있으니 그들과 같이 돌아가게 해야겠다."
"그러면 되겠네."
 마침 성 소단주가 호북에서 북경까지 같이 왔던 창인표국 사람들이 그대로 남아 있다.
 그들이라면 유진 공자를 믿고 맡길 수 있겠지.
 아마 성 소단주도 그들을 생각하고 부탁한 것일 터.
 그들도 아마 성유진 공자를 사천까지 호위해 갈 거라는 예상은 하고 있을 테고.
"북경은 조용하지?"
"뭐, 조용하다면 조용하고 시끄럽다면 시끄러운 곳이 북경 아니냐?"
"형도 이제 북경 사람이 다 됐네."
 내 말에 형은 한숨을 내쉬었다.
"아직 멀었다."
 그때 밖에서 팔갑의 목소리가 들렸다.
"도련님. 진영 대협께서 오셨습니다."
"얼른 나갈게."

나는 자리에서 일어나며 정호 형에게 말했다.
"지금 급한 일 없지?"
"있어도 어쩌겠냐? 황제 폐하가 먼저지."

.
.
.

나는 곧바로 진영 대협을 만나러 갔다.
"소상이, 대협을 뵙습니다."
"고생 많았네. 이번에 자네의 일 처리에 황제 폐하께서 무척 흡족해하고 계시다네."
이번에 아정 내관을 처리한 일을 말하는 것이다.
"소상은 그저 황제 폐하의 명을 따를 뿐입니다."
"그러면 황궁으로 가세. 폐하께서 그대를 부르시네."
"알겠습니다."
애초에 이필 무사를 통해 진영 대협에게 서신을 보낸 게 나였기에 준비는 다 되어 있었다.
"대협께 하나 여쭤봐도 되겠습니까?"
"무엇인가?"
"이번에 태자 전하를 보필하기 위해 조생이라는 내관이 파견되었습니다."
"조생? 아…… 그자로군."
"내관이라고 하는데, 황궁무공을 익혔더군요. 진정 내관이 맞습니까?"
진영 대협은 씩 웃더니 대답 대신 내게 반문했다.

"믿을 만한 자로 보이던가?"
"열 길 물속은 알아도 한 길 사람 속을 모른다고 했습니다. 그런데 제가 어찌 그걸 알 수 있겠습니까?"
"자네의 감을 말하는 것이네."
"……적어도 배신하지는 않을 듯했습니다."
"그렇다면 안심이지."
그래서 내관이 맞다는 거야? 아니라는 거야?
"그의 정체는, 자네가 한 번 맞혀 보게나."
"네?"
"자네가 그자의 정체를 맞출 수 있는지는, 나의 재미로 남겨 두려고 하네."
"……."
그렇게 나오시겠다는 겁니까?
이거 은근히 도전 정신이 생기는데?

나는 진영 대협을 따라 황제의 집무실에 도착했다.
그리고 황제에게 극상의 예를 올리자, 황제는 내게 고개를 들라 말했다.
"황은이 망극하옵니다."
"그래, 모두 출항은 잘했느냐?"
"네. 황제 폐하의 은덕으로 모두 무사히 출항했습니다."
"다행이군."
"그리고 태자 전하께서 안부를 전해 달라고 부탁하셨습니다."

내 말에 황제는 고개를 끄덕였다.

"오냐. 그나저나 제법 일을 잘했더구나. 그자와 함께 절벽에 떨어졌다가 혼자 구사일생했다라…… 그 와중에 그자의 시신까지 수습해 왔다면 그 누구도 너를 탓하지 못하지."

"……."

"제법 머리를 잘 썼어. 그래서 말인데, 누구냐?"

"네? 무슨 말씀이신지 잘 모르겠습니다만."

"이 새끼가 어디서 시치미를 떼고 있어? 네놈이 그자를 처리할 때 단순히 목숨만 거뒀을까? 그자를 심문했다는데 이 자리를 걸지."

역시 황제다.

나는 그 자리에 부복하며 말했다.

"소상이 이곳에서 그 사실을 말해도 좋을지 확신이 서지 않았기에 함부로 말씀드리지 못했습니다. 소상을 꾸짖어 주십시오."

"무공에 전음이라는 것이 있다지?"

"……?"

"전음으로 말하는 것을 허락하겠다."

이렇게까지 말씀하시면 어쩔 수 없지.

생각해 보면 황제가 내게 빨리 오라고 한 이유가 이것 때문일 터.

- 그러면, 전음으로 말씀드리겠습니다.

나는 황제에게 아정 내관을 심문해서 얻은 정보를 전음

으로 전했다.
 황제는 내 전음을 들으며 직접 종이에 그 내용을 적었다.
 - 이상입니다.
 탁.
 황제는 붓을 내려놓았다.
 "그렇군."
 솔직히 내가 보고한 내용대로라면 분노를 터뜨려도 모자란 상황이다.
 하지만 황제의 표정은 전혀 변함이 없었다.
 그게 내 등골을 서늘하게 했다.
 단순히 감정을 감추는데 능숙한 모습 때문만이 아니다. 그만큼 황제의 분노가 크다는 의미니까.
 황제 같은 사람은 분노할수록 더 차갑고 냉정해진다.
 "수고했다. 이러니까 내가 네놈에게 일을 맡기지 않을 수가 없는 거다. 한마디만 하면 이렇게 척척 움직여 최상의 결과를 만들어 내는 데다가 쓸데없이 욕심을 부리지도 않으니 말이지."
 "과찬이십니다. 소상도 그저 욕심이 많은 사람일 뿐입니다."
 "돈 욕심 말이지?"
 "……."
 "내가 말하는 건 권력욕을 말하는 것이다. 여기서 내가 네놈에게 황궁의 관리가 되라고 하면 뭐라고 할 것이냐?"
 나는 고개를 들어 황제를 보았다.

장난기 가득한 얼굴이지만, 그 말에는 분명히 진심이 담겨 있다.
 "부디 그 명은 거두어 주십시오. 소상은 상인으로 남는 것이……."
 "하하하하."
 황제는 호탕하게 웃었다.
 "그나저나 무관의 건립에 대한 건 어찌 되고 있느냐?"
 화제가 자연스럽게 넘어갔다.
 그 말은 즉, 내가 말한 쥐새끼들에 대한 건 황제가 알아서 처리한다는 의미겠지.
 다행이군.
 해야 할 일이 많은데, 황제가 그 일까지 내게 시킨다면 너무 피곤해진단 말이지.
 나는 얼른 황제에게 대답했다.
 "건축 자체는 순조롭게 진행되고 있습니다. 다만 그 용도가 용도인 만큼 공사에 주의를 기울이고 있습니다."
 무관이라는 건 무인들이 배우고 수련하는 곳이다.
 더군다나 무공이라는 건 보통의 힘으로 낼 수 없는 파괴력이 수반된다.
 그렇기에 일반적인 건물보다도 더 튼튼하게 지을 필요가 있다.
 용봉비무회 같은 비무회의 비무장을 비싼 돈 들여서 단단하면서도 질긴 나무로 만드는 게 다 이유가 있는 것이다.

"그래, 네가 어련히 알아서 잘하겠지. 알겠다."

이제 축객령을 내리려는 것 같은데, 그건 안 되지!

내가 이번에 아정 내관을 처리하느라 얼마나 힘들었는데, 그에 대한 대가는 받아야지.

덤으로 그때 피투성이가 되어 버린 비단 장포값도 받아야 하고.

"황제 폐하. 사실 이번에 제가 그자를 처리하면서 약간의 부상을 입었습니다. 그리고 제 '비단 장포'로 그자의 시신을 싸서 등에 짊어지고 절벽을 오르느라 손가락이 아직도 아프옵니다."

"……."

"그래서 말인데, 뭐 없사옵니까?"

내 말에 황제는 잠시 당황했다.

내가 이렇게까지 직접적으로 보상을 언급할 줄은 몰랐던 모양이다.

묵묵히 황제의 답을 기다리고 있자, 황제는 혀를 차며 투덜거렸다.

"독한 녀석이로다."

"제가 원래 좀 그렇사옵니다. 그러니 여기까지 아득바득 기어 올라온 것이 아니겠사옵니까?"

"어떻게 이번에는 잘 넘어갈 수 있을까 싶었는데, 에잉."

아까 무관 건으로 화제를 넘긴 의도가 이거였군.

이런 능구렁이 같은 황제.

그런다고 내가 그냥 넘어갈 거라고 생각하신 건가?

상인이란 자고로 이문 앞에 물러섬이 없어야 하는데 말이지.

"그래, 뭐 원하는 것 있느냐?"

원하는 것이 있느냐고?

물론 있지.

"황제 폐하. 소상이 원하는 건……."

"내가 일을 시키지 않는 건 빼고."

후, 그건 바라지도 않는다.

애초에 황제는 나를 놓아줄 생각이 하나도 없으니까.

이래서 너무 유능해도 피곤하다니까.

"알고 있습니다. 소상이 원하는 건 제가 알려 드린 이들에 대해 처리하실 때 제 이름이 언급되지 않는 것입니다."

"이유가 무엇이냐?"

"제가 이번 일에 관여했음을 무림맹에서 알게 된다면, 저에 대해 경계하게 될 것이 분명하기 때문입니다."

"음…… 그렇긴 하겠군."

황제는 고개를 끄덕였다.

"하지만 그건 당연히 해야 하는 일이다. 신하를 보호하는 일은 주군의 덕목이니. 그러니 그것 말고 진짜 원하는 것을 말해 보아라."

"그럼, 제 질문에 답해 주십시오."

"무슨 질문이더냐?"

"황보휘 어르신의 진짜 생신이 언제입니까?"

"응?"

내 질문이 뜬금없이 느껴졌는지 황제는 반문했다.

"그 녀석의 생일은 왜 묻는 것이냐?"

"사정이 있습니다."

귀면포 어르신과 내기를 좀 했습니다.

어르신의 진짜 생신을 알아내면 선물을 주시기로 하셨거든요.

그리고 왠지 그 선물을 얻어 내야 알 것 같은 생각이 들었고.

내 물음에 황제는 살짝 곤란한 표정을 지었다.

설마…….

"그것 말고 다른 거 없느냐?"

"네?"

"부끄러운 말이지만, 사실 나도 그 녀석의 진짜 생일은 모른다."

"…….."

아니, 황제도 모르는 생일을 어떻게 알아내라고 그러신 겁니까? 어르신…….

황제는 말을 이었다.

"그 녀석의 진짜 생일이 따로 있음은 나도 안다. 하지만 결국 알려 주지 않았지. 본인도 잊어버렸다고 하면서 말이지."

역시 귀면포 어르신이라고 해야 하나.

하긴 쉽게 알아낼 수 없으니 내기를 거신 거겠지.

하지만 황제에게 이런 질문을 한다는 것 자체가 엄청나

게 어려운 건데.

 황제도 모른다면 황궁에서는 답이 없겠군.

 그렇다면 이를 알아내기 위해서는 황보세가에 가 보는 수밖에 없다.

 물론 황보세가에 간다고 해서 알아낼 수 있다는 보장은 없지만, 그나마 가능성이 있는 곳이니까.

 "그럼 황제 폐하, 질문 대신 부탁을 드리겠습니다."

 "말해 보거라."

 "제가 황보세가에 자연스럽게 방문할 수 있도록 조서를 내려 주십시오. 목적은 무관의 교관을 초빙하기 위함입니다."

 "그거라면 어렵지 않지. 알겠다."

 황제는 내 요청을 흔쾌히 승낙했다.

 "하지만, 그것만으로는 서운할 터이니 받거라."

 태감이 나에게 다가왔고, 나에게 봉투 하나를 내밀었다.

 나는 봉투를 받아 열어 보았다.

 어? 이건 전표인데?

 그것도 은자 백 냥이다.

 "장포 값이다."

 "황은이 망극하옵니다."

 어라? 잠깐…….

 황제 폐하?

 이렇게 미리 준비해 놓고서는 안 주시려고 수를 쓰신 겁니까?

．
．
．

다음 날.

유진 공자는 북경지부를 떠나 사천으로 향했다.

먼 길인 만큼 걱정이 되기는 했지만, 창인표국 사람들의 실력은 의심할 이유가 없으니까.

그리고 나는 집무실에서 밀린 업무를 해 나갔다.

"소단주님. 저 제갈천두입니다."

"들어오십시오."

곧 제갈천두 공자, 아니 제갈천두 총관이 들어왔다.

"무관의 건축은 얼마나 진행되었습니까?"

"약 칠 할 정도 진행되었습니다."

"그렇군요. 그러면 올해 중에 완성할 수도 있겠군요."

"네. 그리고 섭외할 만한 교관들의 명단입니다."

그가 내민 서류에는 각 수업별로 필요한 교관들의 구성과 추천하는 자의 이름이 적혀 있었다.

나는 그 이름들을 살펴보고는 고개를 끄덕였다.

"좋습니다."

그럼 이제 본격적으로 교관들을 섭외할 시간이다.

첫 번째는 황보세가.

이번에 황제 폐하께 조서를 받았으니, 그걸 명분으로 다녀오면 되겠군.

．

.
.

그날 오후.
내 왼쪽의 서탁에는 연주혁 공자가 열심히 서류를 살펴보고 있었다.
행정가로 대성할 자질을 가지고 있는데, 어쩌다가 무공에 빠져서 나를 사부로 모시게 되었는지 모르겠다.
유능한 부관을 얻게 되었으니 나야 좋지만 말이지.
나는 연주혁 공자의 아버지인, 호남성 포정사가 보낸 서신의 내용을 떠올렸다.

[내 아들로 인해 당혹스러운 일을 겪게 하여 미안하네. 하지만 그 의지가 확고하여 더 이상 어찌할 수가 없다네. 하여 자네를 믿고 자네에게 내 아들을 맡기네. 부관으로 쓰든, 노비로 쓰든 자네 마음대로 하게나. 그 녀석의 자업자득 아니겠나?]

나는 속으로 피식 웃었다.
대체 어떻게 나왔기에, 호남성 포정사 대인이 그런 서신을 보냈는지······.
"왜 저를 그렇게 보십니까?"
연주혁 공자가 시선을 느꼈는지 고개를 들며 물었다.
"궁금한 게 있어서 말입니다."
"뭐가 궁금하십니까?"

"포정사 대인은 그렇다 쳐도, 부인의 허락은 어찌 받으셨습니까?"

"……울었습니다."

순간 나도 모르게 반문했다.

"네?"

"그러니까…… 보내 달라고 울면서 떼를 좀 썼습니다."

머쓱한 표정으로 답하는 연주혁 공자.

하지만 이내 그는 진지하게 말을 이었다.

"그만큼 제게는 사부님의 제자가 될 기회가 소중했습니다. 기회를 놓치고 싶지 않아 체면을 내던지고……. 네, 그랬습니다."

"그래서 부인께서 보내 주신 겁니까?"

"네. 대신에 일 년에 네 번 서신을 보내고, 한 번은 아이의 얼굴을 보러 오라고 하더군요."

부인의 심정이 이해가 가네.

나는 단호한 표정으로 그를 불렀다.

"연 공자."

"네."

"부인과 약속한 것을 지키지 않으면 그날로 저와 연 공자가 맺은 사제의 연은 끊어지는 겁니다."

내 말에 그는 놀란 듯 딸꾹질을 하더니 물었다.

"왜, 왜 그렇게 무섭게 말씀하시는 겁니까?"

"그만큼 중요한 것이니까요."

남편으로서, 아버지로서 꼭 해야 하는 일이니까.

그나저나 호남성 포정사가 그랬지.
부관으로 쓰든, 노비로 쓰든 내 마음대로 하라고.
그러니 좀 더 부려 먹어도 되겠군.
나는 말미에 적은 그의 말을 떠올렸다.

[그리고, 혼인 축하하네.]

그 말에 담긴 마음이 느껴져 기분이 미묘해졌다.

그날 밤.
내관이 북경지부에 방문했고, 나는 황제의 부름을 받고 황궁으로 향했다.
무엇 때문에 나를 부르시는지 알 것 같으니까.
정말 일 처리가 빠르시군.
황제는 내 인사를 받자마자 대뜸 말했다.
"네놈이 어제 요청했던 조서다."
나는 태감으로부터 공손히 조서를 건네받았다.
"황은이 망극하옵니다."
"그래서, 황보세가로 언제 갈 생각이냐?"
"황제 폐하게서 조서를 내려 주시면, 곧바로 출발할 예정이었습니다."
"그럴 줄 알고 대기시켜 놓은 자가 있다."
네?
"들라 하라."

태감은 밖으로 나가 한 사람을 데리고 들어왔다.
그는 황제의 앞에 극상의 예를 취했다.
그를 보며 나는 고개를 갸웃할 수밖에 없었다.
저 복장은 금의위인데?
"일어나라."
"황은이 망극하옵니다."
그는 고개를 들어 나를 보았다.
그 눈빛이 매우 형형하고 체격이 다부진 것이, 풍부한 실전 경험을 겪은 사람의 모습이었다.
나는 얼른 포권했다.
"처음 뵙겠습니다. 소상, 은서호라고 합니다."
"나는 금의위의 황보선유라고 하네."
황제는 고개를 주억이고는 축객령을 내렸다.
"자세한 건 가면서 듣고, 그럼 이만 나가 보거라."
이에 나와 황보선유 대협은 예를 갖춘 후 물러났다.

건물을 나온 나에게 황보선유 대협이 말했다.
"차 한 잔 어떤가?"
"좋습니다."
"따라오게나."
나는 그를 따라 걸었고, 곧 어느 건물 앞에 당도했다.
[충의관(忠衣館)]
충심의 옷을 입은 자들이 모이는 곳이라는 의미다.
하지만 그곳은 단순히 그런 의미로만 설명할 수 없다.

바로 금의위의 청사라고 할 수 있는 곳이기 때문이다.

금의위는 금색 의관을 차려입기에 금의위라 불리지만, 그들은 그 금빛 옷이 황제에 대한 충심이라고 말하곤 한다.

그렇기에 이 청사의 이름이 충의관인 것이다.

"대협, 제가 이 안에 들어가도 되는 겁니까?"

"상관없네. 내가 초대했는데 누가 뭐라고 할까?"

그의 말에서, 그가 금의위에서도 제법 높은 위치에 있는 자라는 것을 알 수 있었다.

"그럼, 대협만 믿습니다."

그는 충의관 안으로 들어가더니 한 방으로 나를 안내했다.

"여기가 내 집무실이네."

역시 내 생각이 맞았군.

금의위라고 해도 이렇게 개인 집무실을 가질 수 있는 위치는 몇 되지 않는다.

"무슨 차 좋아하나?"

"아무 차나 잘 마십니다."

"음, 오늘은 이게 좋겠군."

그는 찻잎을 고르고 직접 차를 우리기 시작했다.

그 모습에 내 눈동자가 흔들렸다.

아니, 저 비싼 벽라춘을 왜 저렇게…….

"마시게."

"감사히 잘 마시겠습니다."

무슨 맛일지 짐작이 되지만, 거절할 수 없기에 일단 마셨다.

"……."

하지만 도저히 더는 마실 수가 없었다.

나는 조심스럽게 입을 열었다.

"대인, 제가…… 차를 새로 우려 드려도 되겠습니까?"

"음? 자네가?"

"네."

"그렇게 해 보게."

그 말에 나는 즉시 찻주전자에 남은 차를 버리고, 다시 벽라춘을 꺼내 차를 우렸다.

쪼르르륵.

이전과 전혀 다른 수색의 벽라춘이 잔에 따라졌다.

"드십시오."

나 역시 잔에 차를 따르고, 한 모금 마셨다.

후, 이제야 좀 마음이 안정되는군.

그런 나를 보며 황보선유 대협이 피식 웃었다.

"자네, 참으로 재밌는 사람이군."

갑자기 무슨 말씀이시지?

"보통, 내가 엉망으로 차를 우려 주면 두 가지의 반응을 보이더군. 억지로 웃으며 차를 마시든지, 아니면 맛있다고 하면서 더 이상 손을 대지 않든지. 그런데 새로 우려 마시는 자는 자네가 처음이네."

뭐야, 그러면 차를 엉망으로 우린 건 일부러 그랬다는

뜻인가?

"왜 어르신이 자네를 두고 재밌는 녀석이라고 했는지 알 것 같군."

"귀면포 어르신 말씀입니까?"

내 물음에 그는 고개를 끄덕였다.

"그래. 그분은 황보세가의 전설이시지. 이는 황제 폐하께서도 입버릇처럼 말씀하시는 부분인데, 그분이 없었다면 지금의 황제 폐하는 없었을 가능성이 높지."

누가 들으면 경을 칠 수도 있는 말이지만, 스스럼없이 저런 말을 내뱉는다는 건 실제로 황제가 저렇게 말했다는 뜻이겠지.

"자네도 알다시피 본가는 제남에 있네."

잘 알고 있지.

산동의 중심지이자, 백염상단이 있는 곳.

그리고 그곳에 간 김에 금계루에 들러서 매운 닭찜 요리도 꼭 먹어야겠군.

"내일 아침에 출발할 예정이네."

"알겠습니다. 제가 따로 준비할 게 있습니까?"

"자네가 준비할 거라……."

황보선유 대협이 씨익 웃으며 말했다.

"가는 김에 일 하나 하면 되네."

그 말은 즉, 황제가 황보선유 대협을 나에게 안내인으로 붙여 준 이유가 있다는 의미.

아니, 이보세요! 황제 폐하?

이건 좀 아니잖습니까?
그렇다고 이제 와서 황제한테 가서 따질 수도 없고.
눈앞의 상대도 금의위 중에서 제법 높은 자리에 있는 분.
싫다고 거절할 수가 없는 상황이다.
젠장.
나는 속으로 한숨을 내쉬며 물었다.
"가면서 해야 하는 일이 무엇입니까?"
"그건 가면서 말해 주지. 이만 가서 쉬게나."

.

.

.

다음 날 아침.
나와 호위무사들은 아침 일찍 길을 나설 준비를 했다.
이번에도 서향 소저와 동행하지는 않는다.
아무래도 슬슬 여름이 다가오는 만큼, 처리할 일이 많기 때문이다.
"그럼, 다녀올게."
"그래. 몸 조심하고."
먼저 정호 형과 인사를 나누고, 서향 소저에게 인사했다.
"다녀오겠습니다."
"조심히 다녀오세요."
"제가 없는 사이에도 연 공자를 잘 부탁드립니다."
"네. 열심히 교육시키고 있을게요."
그리 말하며 웃는 것이 어딘가 등골이 서늘하게 느껴졌

지만, 뭐 상관없지.

서향 소저가 연주혁 공자를 잡아먹는 건 아니니까.

그녀가 나에게 다가왔다.

그녀와 가까워지며 나도 모르게 얼굴이 빨개졌다. 팔갑이 묘한 눈으로 나를 보고 있었다.

팔갑아, 그 눈 뭔데?

그러나 곧 내 귀에 속삭여지는 그녀의 말에 정신을 바짝 차릴 수밖에 없었다.

"……명심하겠습니다."

그렇게 우리는 북경지부를 나섰고, 약속 장소로 향했다.

약속 장소는 북경의 한 다루 앞이다.

그곳에서 잠시 기다리고 있으니 황보선유 대협이 도착했다.

"벌써 와 있었군. 아직 일 각이나 전인데 말이지."

"상인에게 시간 약속은 생명입니다."

"음, 그렇지. 하하하!"

그는 호탕하게 웃었다.

"그런데…… 혼자이십니까?"

내 물음에 그는 고개를 끄덕였다.

"여럿이 다니면 귀찮네."

"제가 알기로 단독 임무는 거의 없다고 들었습니다."

"그렇긴 하지만, 자네가 있지 않나?"

그러니까 나와 내 호위무사들이 있으니 일부러 다른 이들을 데리고 오지 않았다는 의미다.

그러고 보니 복장도 금의위가 아니라 평범한 무사의 복장이다.
 겉으로는 그 어디를 봐도 금의위라는 티가 나지 않을 정도.
 혹시, 어제 말씀하셨던 가면서 해야 하는 일 때문인가?
 "그럼, 출발하지."
 "네."
 우리는 산동성 제남으로 출발했다.
 "그런데 대협. 저희가 가면서 해야 하는 일이 무엇입니까?"
 "뭐, 그리 어려운 일은 아니네."
 그가 말을 이었다.
 "산동성에 황제 폐하의 이름을 팔고 다니는 놈이 있다는 제보가 들어왔네. 사실을 확인하고 잡아 족치면 되는 일이네."
 "……네? 사기꾼이 있다는 말입니까?"
 "아직 그 무엇도 확실하지 않네."
 섣부른 추측을 하지 않는 것을 보니, 황보선유 대협은 신중한 인물이라는 것을 알 수 있었다.
 어떤 사건이 발생했을 때, 섣부르게 범인과 범행을 확정 짓고 움직인다면 자칫 억울한 사람이 생길 가능성이 높다.
 하지만 아무것도 확정 짓지 않고 차근차근 조사해 나간다면 억울한 사람이 생길 가능성이 낮지.

"자네는 내가 가장 싫어하는 자가 누군지 아나?"

"황제 폐하께 역심을 품은 자 아니겠습니까?"

"아니네."

그는 고개를 저으며 말했다.

"물론 그런 자도 싫지만, 가장 싫어하는 것은 사기꾼이라네. 남을 등쳐 먹는 사기꾼들 때문에 한 집안이 풍비박산 나는 건 순식간이지."

그 말에 나는 고개를 끄덕였다.

황보선유 대협의 말대로, 사기꾼은 그저 거짓말로 돈을 갈취하는 것뿐이고 누군가를 직접적으로 죽이거나 하는 일도 없으니 그 죄질이 가볍다고 생각하는 자가 있다면 그건 그 실상을 모르기 때문이다.

직접 무기만 들지 않았지, 살인이나 다름없는 일이기 때문이다.

오히려 일반적인 살인이나 강도 같은 것보다 그 여파가 더 크다.

"그래서 나는 사기꾼을 만나면, 그리 곱게 죽이지 않는 편이라네. 그래서 자네에게 미리 양해를 구하네. 혹시 사기꾼을 처리하는 과정이 조금 잔혹할 수도 있다네."

"이해합니다."

나는 고개를 주억였다.

"저 역시, 곱게 죽이면 안 된다고 생각하거든요."

그 말을 들어 보니 황보선유 대협이 평범한 복장으로 움직이는 이유를 알 것 같았다.

황보세가 〈77〉

아무래도 사기꾼은 보통 머리가 좋고 눈치가 빠른 만큼 꼬리를 감추는 것도 빠르다.

그렇기에 그자의 정체를 밝히기 위해 금의위인 것을 드러내지 않는 것이다.

그렇다고 해도 복장이 너무 수수한데?

조금은 더 차려입어도 되지 않나?

그때 황보선유 대협이 웃으며 말했다.

"그리고, 산동성에 가까워지면 나는 자네의 호위무사로 행세하겠네."

"……알겠습니다."

일부러 수수하게 차려입은 이유가 이거였군.

이거 왠지 황제 폐하께 좀 당한 것 같은 기분이 든단 말이지.

- 꾸이! 꾸!

금령의 전음이 들려왔다.

괜찮다고? 황제 폐하께 이에 대한 보상을 뜯어낼 거 아니냐고?

역시 금령이다.

나에 대해 너무 잘 안 단 말이지.

- 하지만 그 황제 폐하를 상대로 보상을 뜯어내는 것도 나름 살 떨리는 일이라고.

- 꾸이? 꾸.

그게 그렇게 힘든 일이냐고? 너무 자연스럽게 뜯어내서 쉬운 줄 알았다고?

"……."
할 말이 없네.

우리의 여정은 순조로웠다.
하북성을 지나 산동성에 진입했다.
황제의 이름을 파는 자가 산동성의 경계 쪽에서 활동한다고 했었지?
정말 간이 크네.
아무리 산동이 북경과 거리가 조금 있다고는 해도 하북성만 지나면 올 수 있을 정도로 멀지 않은 거리인데?
"주군."
"아, 네."
내 호위무사로 행동하기로 한 황보선유 대협이 나를 부른 것이다.
"선유 무사님. 하실 말씀이라도?"
그리고 혹시 모르기에 성은 부르지 않기로 했다.
"이제 슬슬 객잔을 알아 봐야 할 듯합니다."
"그렇군요. 어디 좋은 곳 있습니까?"
"제가 이곳 출신이라서 잘 압니다. 저곳에 제법 괜찮은 객잔이 있습니다."
우리는 황보선유 대협이 안내하는 곳으로 향했다.
저잣거리에 위치한 객잔이었는데, 나름 괜찮아 보였다.
송하월(松下月)이라는 운치 있는 이름의 객잔에 짐을 풀었다.

그리고 저녁을 먹기 위해 일 층으로 내려왔다.
"무엇을 드시겠습니까?"
점소이의 물음에 나는 황보선유 대협에게 물었다.
"뭐가 좋을까요?"
"이곳의 별미는 사희완자 아니겠습니까?"
"그것과 추천요리로 준비해 주십시오."
"알겠습니다."
그리고 음식이 나오기를 기다리고 있을 때, 일 층에서 식사를 하던 손님들의 대화 소리가 들렸다.
"그나저나 그 고약, 정말 효과 있는 거 맞아?"
"황제 폐하께서도 극찬하신 고약이라잖아."
"그런데 그런 자가 왜 이곳에서 고약을 파는 건데?"
"정쟁에 휘말려서 황궁을 떠날 수밖에 없었던 모양이야."
그 대화에 나는 고개를 들어 황보선유 대협을 보았다.
먹잇감을 발견한 눈빛.
드디어 행동 개시인 모양이다.
황보선유 대협은 그들의 대화에 귀를 기울이고 있었다.
하지만 지금은 적극적으로 행동해야 할 때다.
내가 그리 한가한 사람은 아니니까.
하여 자리에서 일어나 그들에게 다가가 물었다.
"실례합니다. 그 고약이 그렇게 효과가 좋습니까?"
"누구십니까?"
이에 나는 공손히 포권하며 말했다.

"인사가 늦었습니다. 소상은 은해상단의 소단주 은서호라고 합니다."

"은해상단의 은서호라면?"

"아…… 그 선협미랑 대협?"

좀 민망하긴 하지만, 이럴 때는 참 도움이 많이 된단 말이지.

"솔직히 과분한 이름입니다."

그리 겸양을 표한 나는 말을 이었다.

"두 분께서 나누는 대화를 듣고 이렇게 여쭈러 왔습니다. 사실 제 형님이 종기로 고생하고 계셔서 말입니다. 본의 아니게 대화를 엿듣게 되어 송구합니다."

"그랬군요!"

"괜찮습니다. 동병상련이라는 말이 있지 않습니까? 그리고 저희가 비밀스럽게 이야기한 것도 아니고요."

"감사합니다. 혹시 더 자세한 이야기를 들을 수 있겠습니까?"

"네. 사실은 제가 직접 겪은 이야기는 아닙니다. 주변에서 그 의원이 만든 고약으로 종기를 고쳤다는 말을 들었을 뿐입니다."

"그러시군요."

나는 슬쩍, 탁자 위에 동전을 올려놓으며 말했다.

"혹시 시간이 괜찮으시다면 식사가 끝나고 그 의원에게 안내를 부탁드려도 되겠습니까?"

잠시 후.

우리는 만족스러운 식사를 마쳤다. 황보선유 대협이 왜 그 객잔을 골랐나 했더니 밥이 맛있어서인 듯했다.

이곳까지 오면서 선택한 객잔들이 전부 밥이 맛있는 곳이었지.

꽤 미식가이신 듯한데, 그런 분이 나와 만난 첫날 일부러 차를 엉망으로 우려서 그걸 마시느라 고생하셨을 것을 생각하면 웃음이 나왔다.

그런데 일부러 차를 엉망으로 우리신 이유는 아직 모르겠단 말이지.

보통은 어느 정도 짐작할 수 있지만, 황보선유 대협은 보통 사람이 아니니…….

"이쪽입니다."

나와 일행은 두 사내의 안내를 받아 어느 객잔으로 향했다.

"객잔…… 아닙니까?"

"네. 그 의원이 이곳에 머물고 있습니다."

"그렇군요. 아무튼, 감사합니다."

우리는 객잔 안으로 들어갔다.

안에는 사람들이 득실거려서 자리가 거의 없을 정도였다.

그때 내 귀에 들려오는 목소리.

"황제 폐하를 직접 뵈었냐고? 당연하지!"

"나랏님은 어찌 생기셨습니까?"

"사실, 잘 기억은 나지 않네. 진맥하는 데 온 신경을 집중하느라 말이지."

나는 사람들을 뚫고 앞으로 향했다.

수염을 길게 기른 중년인이 식사하며 이야기를 하고 있었다.

저 모습만 보면 이야기를 팔아먹고 사는 매담꾼처럼 보이는데?

그는 헛기침을 했다.

"아무튼, 황제 폐하께서는 종기로 고생하고 계셨지. 게다가 다방면으로 치료를 해 봐도 차도가 없었네. 하여 내 매일매일 천지신명께 간절히 빌고 있었지. 그러던 어느 날 약재를 연구하던 중에 깜빡 잠이 들었고 꿈에 신선이 나타났는데, 그분이 말씀하신 대로 약을 만들어 썼더니 종기가 감쪽같이 나았네."

그는 식탁 위에 놓인 통을 손으로 건드리며 말했다.

"이것이 바로, 그 비방이 담긴 고약이네."

"그런데 어찌하여 황궁에 계시지 않고 떠도시는 겁니까?"

"후…… 내 몇 번이나 말했는데 또 말하게 하는군."

그는 한숨을 내쉬며 말했다.

"황궁은 무서운 곳이라네. 정쟁에 휘말려서…… 이렇게 바깥을 떠돌게 되었다네."

"그랬군요."

"그런 우울한 이야기는 그만하고, 약 이야기나 하지.

이 고약으로 말할 것 같으면 황제 폐하의 종기를 완치시켰던 묘약이라네. 한 통에 은자 반 냥일세!"

"저 주십시오!"

"저도 주십시오!"

사람들을 앞다투어 그 고약을 샀다.

다들 뜸 들이지 않고 곧바로 돈을 지불하는 것을 보니 다들 저 고약을 사러 왔다는 것을 알 수 있었다.

나는 고약을 사서 돌아가는 사람에게 물었다.

"저 고약, 효과가 좋습니까?"

"물론입니다! 제 아버지가 등에 생긴 종기 때문에 고생하셔서 이 고약을 사서 발랐는데, 눈에 띄게 좋아졌습니다."

"그렇군요."

나는 팔갑을 불렀다.

"저 고약, 하나 사 와."

"알겠습니다요."

"그리고 진유 무사님. 저 의원이라는 자를 감시해 주십시오."

"명을 받들겠습니다."

"저는 송하월 객잔으로 돌아가 있겠습니다."

잠시 후.

팔갑이 고약을 사서 송하월 객잔으로 돌아왔다.

"인기가 무척 좋아서, 간신히 하나 구할 수 있었습니다요."

"수고했어."

나는 그것을 가지고 방으로 올라갔고, 황보선유 대협이 나를 따라오며 물었다.

"그건 왜 사 오라고 한 것인가?"

"그자가 정말 사기꾼인지, 사칭범인지 판단하기 위함입니다."

나는 팔갑이 사 온 고약을 내밀어 보이며 말했다.

"이 고약이 진짜라면, 사칭범이지만 가짜면……."

"사기범이군."

"그렇습니다."

나는 고약을 탁자 위에 올려놓으며 이필 무사를 불렀다.

"이필 무사님."

"네."

"이 고약의 성분이 무엇인지 알 수 있겠습니까?"

"한번 살펴보겠습니다."

이필 무사가 탁자로 다가왔다.

"편하게 앉으셔서 연구하셔도 됩니다."

"네."

이필 무사는 자신의 짐에서 무언가를 꺼내 오더니, 탁자에 앉아 고약을 살펴보기 시작했다.

그는 사천당가의 사람.

사정이 있어 사천당가를 떠났지만, 사천당가에 있는 동안 성년이 되기 전까지 배울 수 있는 건 다 배웠다고 해도 과언이 아니다.

사실 그전에는 사천당가의 비약이나 독공을 사용하지 않았지만, 만결의선 어르신이 이에 대해 허락하셨는지 그 이후로 비약이나 독공에 대해 연구를 하기 시작했다.

 만결의선 어르신이 이필 무사에게 준 서책에 당가의 비약에 대한 정보가 적혀 있었는지, 덕분에 이필 무사만의 추종향도 만들 수 있었고.

 이필 무사는 손에 녹피로 만든 장갑을 끼고 그 고약을 연구하기 시작했고, 우리는 일 층으로 내려가 차를 마시고 오기로 했다.

 "팔갑이는 이필 무사님을 도와주고."

 "알겠습니다요."

 그렇게 일 층에서 이런저런 이야기를 하며 차를 마시고 있을 때 팔갑이 내려왔다.

 "도련님. 준비가 다 됐습니다요."

 그 말은, 이필 무사가 연구를 마쳤다는 의미겠지.

 우리는 다시 객실로 향했다.

 "오셨습니까?"

 "네. 알아냈습니까?"

 내 물음에 그는 고개를 끄덕였다.

 "혹시, 토분근초(兔糞根草)에 대해 아십니까?"

 그건 뿌리가 마치 토끼 똥처럼 동글동글하게 생겼다고 하여 그런 이름이 붙은 식물.

 제국의 남부, 그러니까 광동이나 복건성 같은 장강 이남에서만 서식하는 식물이기에 이곳 산동에서는 이에 대해 아는 자가 드물다.

 아마 이쪽의 의원이나 약방에서도 잘 모를 터.

 나야 우리 은해상단이 약재를 전문적으로 다루는 데다가 그 경험이 풍부하기에 알고 있는 거지.

 그나저나 그걸 이곳에서 들을 줄이야.

 "설마 그거 토분근초로 만든 것입니까?"

 "왜 그렇게 심각한 표정인가?"

 황보선유 대협이 내 표정을 보며 물었다. 내가 심각한 표정을 지은 이유가 있다.

 "토분근초는…… 독초입니다."

 내 말에 황보선유 대협의 표정도 서늘해졌다.

 "방금 독초라고 하였는가?"

 "네."

 나는 이필 무사에게 말했다.

 "설명을 부탁드려도 되겠습니까?"

 "알겠습니다."

 이필 무사는 말을 이었다.

 "이 고약을 제 비전의 시약에 넣어서……."

 상당히 전문적인 용어가 섞인 설명.

 하지만 우리를 배려해서인지 풀어서 설명하여 우리가 이해할 수는 있는 수준이었다.

 그리고 우리에게 설명하면서 눈이 반짝반짝 빛나는 것을 보니 천상 당가인이긴 하군.

 "하여 이 고약은 토분근초와 밀납을 섞어 만든 고약이

라는 것을 알 수 있었습니다."

"그렇군."

"그리고 제 주군께서 말씀하셨듯, 이 토분근초는 독초입니다. 뿌리는 피부를 곱게 만들어 주지만, 그 약효가 너무 강해서 뿌리를 삶은 물은 일 년이 지나도 썩지 않을 정도입니다."

"그럼 좋은 것 아닌가?"

"맞습니다. 그것만 보면 좋죠. 하지만 방금 말씀드린 것처럼 그 약효가 너무 강해서 부작용까지 있기 때문에 독초로 분류됩니다. 이 약통을 보십시오. 무척 작지 않습니까?"

"그건 그렇군. 피부에 바르는 고약이라기에는 너무 양이 적어."

고약이 담긴 통은 엄지손가락 정도의 크기에 불과하다.

"이 정도의 양은 괜찮습니다만, 두 통 이상을 쓰게 되면 그땐 위험해집니다."

내가 설명을 덧붙였다.

"환각이나 정신 착란이 올 수도 있고, 여인의 경우 임신을 못하게 될 수도 있습니다. 게다가 심장마비가 올 가능성도 상당히 높아집니다."

이필 무사가 말했다.

"고약의 양을 이 정도로 조절했다는 건, 그 부작용에 대해 알고 있을 가능성이 크다고 봅니다."

"맞습니다."

우리는 즉시 움직였다.

이미 그것을 써서 효험을 본 사람들이 다시 사 간다는 건, 슬슬 부작용이 나타날 때라는 의미다.

즉, 자칭 황실에서 일했던 의원이라는 자가 이곳을 뜰 때가 되었다는 것이기도 하고.

나는 그가 왜 하필이면 하북성에 가까운 산동 북부에서 활동한 것인지 궁금했는데, 이제야 알 것 같았다.

토분근초에 대해 잘 모르면서 비교적 번화한 지역이기 때문이다.

아주 오래전, 토분근초는 사람들의 피부 미용을 위해 사용된 적이 있었다.

피부가 매끄러워지게 하는 효능이 있었으니까.

하지만 그 독성으로 인해 각종 부작용이 생기며 결국 토분근초의 유행은 장강을 넘지 못했지.

정신적인 문제는 물론, 심장마비로 사람이 죽을 수도 있으니까.

아무튼 그걸 알면서도 그자는 그 고약을 팔았다.

그것도 황제의 이름을 팔아서.

나는 그가 아까 객잔에서 했던 말을 듣자마자 그가 진짜 황실의 의원이 아님을 알 수 있었다.

솔직히 황제의 얼굴이 기억나지 않는다고 말하는 건 이해할 수 있다.

하지만 황제의 환후에 대해 사람들에게 말하다니!

황궁에서 일하는 의원들에게 있어 황제의 환후에 대한

건 일급 기밀이다.
 그것에 대해 말했다가는 목이 날아간다.
 은유적인 표현이 아니라 진짜 사형이다.
 게다가 본인만 죽는 것도 아니고, 가족까지 다 죽는다.
 곧 우리는 그 의원이 묵고 있던 객잔에 도착했다.
 하지만……
 "아, 그 의원님은 아까 객잔을 나가셨습니다. 이제 다른 마을로 가셔야 한다고 하던데요?"
 "그렇군요."
 그리 말하는 점소이의 옆에 고약이 보였다.
 "그 고약, 그 의원에게 산 것입니까?"
 "네. 제 동료 점소이가 사서 쓰는 것을 봤는데, 기가 막히게 잘 듣더라고요. 그래서 거금을 들여서 샀습니다."
 "그거…… 쓰지 않는 것이 좋을 겁니다."
 "네? 그게 무슨 말입니까?"
 "가짜 약입니다."
 "그럼 밀가루 같은 것으로 만든 가짜 약이라는 겁니까?"
 "가짜 약이면 차라리 다행입니다. 그건 독약입니다."
 "독약이라니? 아니, 음해하는 것도 정도껏 해야지. 이 약이 얼마나 대단한데, 무슨 근거로 독약이라고 하는 것이오!"
 역시…… 이런 반응이군.
 사람의 믿음이라는 건 사실 좀 비이성적인 면이 있기 마련이다.

진실이 아님에도 진실이라 알고 있기에 그리 믿는 것인데, 그걸 깨는 건 간단하다.

그리 믿는 근거를 부수면 되거든.

그럼에도 진실이 아닌 것을 믿는 건 그렇게 믿고 싶기 때문이다.

굳이 그런 자들의 마음을 돌리려 애쓸 건 없다.

그럴수록 오기가 생겨서 대립각만 세울 뿐이니까.

사람은 생각하는 존재다.

그냥 놔두면 '어? 정말 그게 맞나?'라는 생각을 하게 되니까.

아무튼, 거짓의 근거를 깨는 방법에는 여러 가지가 있고 그중 하나가 공신력이다.

나는 그 점소이에게 정체를 밝혔다.

"소상은 은해상단의 소단주 은서호라고 합니다."

"설마? 그 선협미랑 대협입니까?"

"맞습니다. 아시다시피 저희 은해상단은 약초를 전문적으로 다루는 상단입니다. 그래서 그 고약이 궁금해 하나 구입했습니다만……."

나는 심각한 표정으로 말했다.

"처음에는 효능을 보이지만, 결국 심각한 부작용으로 사람을 죽게 만드는 독초가 들어 있다는 것을 알게 되었습니다."

"그게 정말입니까?"

"제가 왜 그런 거짓말을 해서 은해상단의 이름에 먹칠

을 하겠습니까?"

나는 말을 이었다.

"그 의원이 오늘 객잔을 떠난 건 이제 며칠 후면 부작용이 나타날 시점이기 때문입니다. 저는 무고한 자들을 속여 이득을 보려는 그자를 용서할 수 없습니다."

나는 격양된 목소리로 말했다.

"선협미랑이라는 이름을 걸고, 그자를 반드시 찾아내어 진실을 밝힐 것입니다."

내 말에 팔갑이 말했다.

"솔직히 도련님, 이거 오지랖 아닙니까요? 바쁜데 그냥 갈 길 가시지."

"아니야. 내가 이 일에 대해 알게 된 건 반드시 이 일을 바로잡으라는 하늘의 계시라고."

"그리 마음이 굳건하시면 할 수 없지요. 알겠습니다요. 도련님."

"다른 이들에게 절대 그 약을 쓰지 말라고 전해 주십시오. 저는 그 사기꾼을 잡으러 가야 해서 이만."

그렇게 우리는 객잔을 나섰다.

점소이가 그 약통을 꺼림칙하다는 듯이 옆으로 치우는 것을 보며 안도했다.

사실 그 약을 그 점소이가 쓴다고 해도 당장은 큰일이 벌어지진 않을 거다.

하지만 그게 몸에 나쁜 것을 알면서도 쓰는 것을 내버려두는 일은 도무지 할 수가 없었다.

팔갑의 말대로 오지랖일 수도 있겠지.
"주군."
"네?"
황보선유 대협이 나에게 말했다.
"주군이 올바른 길을 걸어서 다행입니다."
이에 서우 무사가 웃으며 말했다.
"저희 역시, 주군을 보며 항상 그런 생각을 하곤 합니다. 하하하."
내가 이렇게 여유로운 이유.
이미 진유 무사에게 그 의원을 감시하라는 명을 내려 뒀기 때문이다.
- 금령아. 진유 무사를 찾아 줘.
- 꾸이!

.
.
.

우리는 금령을 따라 진유 무사가 있는 곳으로 향했다.
- 주군. 오셨습니까?
- 지금 상황이 어떻게 됩니까?
- 저 의원이 도주하고 있습니다.
- 역시 예상대로네요.
나는 그에게 토분근초에 대해서 설명해 주었다.
- 그랬군요.
진유 무사 역시 토분근초에 대해서는 몰랐던 듯했다.

- 그래서 저자가 두 번째로 사간 자가 있으니, 이제 뜰 때가 되었다고 하면서 빠르게 짐을 챙긴 것이군요.

그렇다면 증거는 확실하다.

나는 서우 무사와 여응암 무사에게 전음을 보냈다.

- 저 의원이라는 자, 데리고 오세요.
- 네!
- 명을 받듭니다.

* * *

황전은 희희낙락하며 산길을 걷고 있었다.

그의 봇짐에서 느껴지는 은자의 무게감이 그를 기분 좋게 만들었다.

"으헤헤! 이게 다 얼마야!"

그도, 자신이 파는 약의 주재료인 토분근초가 독초라는 사실을 잘 알고 있었다.

사실, 황전은 사람들에게 이야기를 팔아서 먹고사는 매담꾼이었다.

그러던 어느 날, 산속을 지나던 그는 비를 피하기 위해 헤매다 우연히 한 동굴을 발견했다.

그리고 그 안에서 오래된 유골과, 유골이 살아생전에 작성한 듯한 낡은 기록을 발견했다.

호기심에 읽어보니 그건 토분근초로 만든 화장품에 대한 기록이었다.

그 기록에는 그 유골의 신세한탄도 섞여 있었다.

덕분에 그의 사연도 알게 되었다.

토분근초로 화장품을 만들어 팔다가 그 독성 때문에 문제가 생기자 도망쳐 이곳에서 숨어 살던 것.

하지만 그에 대한 미련을 놓지 못하고 연구를 계속 해왔던 것으로 보였다.

황전은 그 기록을 읽다가 어느 한 부분에 주목했다.

[토분근초가 종기에 효과가 있다는 것을 발견했다. 하지만 그 독성이 너무 강해서 부작용이 발생하는 탓에 약으로는 쓸 수가 없음이 개탄스럽구나.]

그걸 보는 순간, 좋은 생각이 떠올랐다.

사실 종기는 고하를 막론하고 많은 이들을 괴롭히는 고질병.

그렇기에 이를 화장품이 아닌, 종기약으로 팔면 제법 돈을 벌 수 있을 터.

그는 그 동굴에서, 그 기록을 토대로 고약을 만들었다.

매우 소량을 사용하면 어느 정도 효과를 볼 수 있고, 부작용이 빠르게 나타나지 않는다는 기록이 있기에 그는 엄지손가락만 한 통에 고약을 담았다.

하지만 토분근초에 대해 알고 있는 장강 이남에서 이 약을 팔 수 없었기에 장강 이북으로 올라갔다.

그리고 예상대로 그가 만든 고약은 매우 잘 팔렸다.

한 통에 은자 반 냥이라는 비싼 값이었지만 황제의 이름을 파니, 구매하는 자들이 생겼다.
 애초에 매담꾼이었기에 사람들의 관심을 끄는 방법은 잘 알고 있었고.
 그리고 한 번 써 본 사람이 실제로 효과를 증명하자 불티나게 팔렸다.
 그리고 며칠 정도 후에 그는 그 마을을 떴다.
 두 통째를 쓰기 시작하면 부작용이 일어날 테고, 분노한 이들이 그에게 찾아오기 전에 그 마을을 뜨는 것이다.
 계속 마을을 옮겨야 했지만, 제국은 넓었기에 상당한 돈을 벌 수 있었다.
 하여 그 돈으로 호위무사까지 고용했다.
 "이제 어디로 가실 겁니까?"
 "옆 마을로 갈 생각이네. 그곳에도 종기로 고생하는 자들이 있을 테니까."
 황전이 미리미리 마을을 뜬 덕분에 호위무사도 아직 그가 만든 약에 부작용이 있다는 것을 몰랐다.
 그때, 갑자기 호위무사가 발걸음을 멈추고 검병에 손을 올렸다.
 "무슨 일인가?"
 "저 앞에, 저자가 우리에게 용무가 있어 보입니다."
 그의 말대로 앞에서 한 사내가 그들을 막고 있었다.
 "네놈은 뭐냐?"
 황전의 물음에 그는 씨익 웃었다.

"제 주군께서 부르십니다. 잠시 함께 가시죠."
"일 없다. 네 주군에게 직접 오라고 해라."
그 순간.
훅!
그자의 신형이 사라졌다고 생각한 순간 황전의 배에 통증이 느껴졌다.
"컥!"
그와 동시에 앞으로 고꾸라졌고, 땅에 얼굴이 처박혔다.
이에 호위무사는 긴장했다.
단 한 수뿐이었지만, 상대가 자신보다 월등히 강한 고수라는 것을 깨달았기 때문이다.
'이런! 오늘이 내 제삿날이겠구나!'
그때 옆에서 들리는 목소리.
"이보시오."
이에 그는 흠칫했다.
옆에서 다가오는 기척을 전혀 알아차리지 못했기 때문이다.
"저자는 놔두고 갈 길 가시오."
"그럴 수 없습니다! 저는 의뢰를 받은 이상……."
"이 새끼는 목숨 걸고 지킬 가치가 없는 인간이니까, 그냥 가시라는 겁니다."
"그게 무슨 말입니까? 지금까지 황 선생의 약으로 종기가 나은 인물이 얼마나 많은데!"
"혹시 토분근초라고 아시오?"

"……."

그 순간 굳어지는 호위무사의 얼굴.

"아는군요."

"당연히 알고 있소. 내 고향에서 제법 악명 높은 독초니까."

"그 토분근초로 만든 것이오. 저 고약."

"그게 사실이오?"

"사천당가 출신 무사가 검증했소."

"……!"

전혀 생각지도 못한 사실에 황전의 호위무사는 충격을 받았다.

그는 손을 부들부들 떨더니, 바닥에 처박힌 황전에게 다가가 발길질을 했다.

퍽! 퍽퍽!

여러 번 발길질했음에도 그의 분노는 풀리지 않았다.

아무리 의뢰를 받았다고 한들 저런 자를 호위하고 있었다니!

그의 고향에서 그 독초 때문에 죽은 자가 상당히 많았다는 것을 어른들에게 들어 잘 알고 있었으니까.

그때 그의 옆에서 나타났던 사내가 그의 발길질을 막고는 황전의 품을 뒤졌다.

그리고 은자가 들어 있던 주머니를 황전의 호위무사에게 건넸다.

"이것으로 고약을 산 이들에게 환불해 주시오. 나머지

는 위로금으로 가지면 되오."

"……."

"그럼, 우리는 이만."

그들은 황전을 데리고 사라졌고, 호위무사는 몸을 돌려 자신이 있던 마을로 향했다.

.

.

.

"으으……."

황전은 눈을 떴고, 자신이 숲속에 있다는 것을 깨달았다.

조금 떨어진 곳에 모닥불이 피워져 있었다.

"주군! 정신 차렸습니다!"

그 말에 모닥불 앞에 앉아 있던 이들이 다가왔다. 잘생긴 젊은 남자와 보는 것만으로도 섬뜩한 기분이 드는 중년의 남자다.

"반갑습니다."

"이게 무슨 짓이냐? 당장 풀지 못할까? 내가 누군지 알고!"

"누군데요?"

"나는 황제 폐하의 어의였던 자! 아직도 황제 폐하께서는 나를 잊지 않고 계신다! 나를 건드리면 당장 금의위가 달려와 네놈을 도륙 낼 것이다!"

그 말에 중년의 남자가 피식 웃었다.

"그래? 네놈을 건드리면 무슨 일이 벌어날지 한 번 볼까?"

그러곤 중년의 남자가 황전의 뺨을 후려쳤다.

짜악-!

"아무 일도 안 일어나는데?"

"지금이라도 늦지 않았다. 어서 이걸 풀어라!"

짝! 짝!

연달아 따귀를 맞은 탓에 황전은 눈앞이 핑핑 돌았다.

중년의 사내가 품에서 무언가를 꺼내 그런 그에게 보여주었다.

"이게 뭔지 알려나?"

"……."

"뭐야, 이것도 모르나? 황궁에서 일했으면 이것만 봐도 기겁해야 정상인데?"

"그게…… 뭐냐?"

"뭐긴, 금의위라는 신분패지."

그 서늘한 미소에 황전은 자신이 ×됐다는 것을 깨달았다.

"황제 폐하께서 너 잡아 오래. 이 새끼야."

* * *

나는 나무에 묶여 있는 가짜 의원을 보았다.

처음에는 정신을 못 차리는 것 같더니, 황보선유 대협

에게 따귀 몇 대 맞고 그 정체가 금의위라는 것을 알자마자 얼굴이 새파랗게 질렸다.

이제 정신을 좀 차렸나 보네.

"이름이 뭐죠?"

"화, 황전입니다."

"그쪽이 만든 고약, 그 성분이 토분근초더군요."

"그, 그게 뭡니까? 저는 처음 듣는 독초 이름입니다."

"그게 독초라는 건 어찌 아셨습니까? 저는 그게 독초라고 말한 적이 없는데요?"

"……."

그는 입술을 깨물었다.

이에 황보선유 대협이 말했다.

"아직 본인이 어떤 처지인지 모르는 모양이군."

그러곤 모닥불 쪽으로 향하더니, 뭔가를 가지고 돌아왔다.

그의 손에 쥐어진 것은 시뻘겋게 달아오른 쇠꼬챙이.

그걸 왜 가지고 오셨나 했더니 이유가 있었군.

그 쇠꼬챙이를 몸에 가까이 대니, 황전은 기겁했다.

"허억! 죄, 죄송합니다! 다 말하겠습니다!"

"한 번만 더 기회를 준다. 대답을 망설이면 그땐 이 쇠꼬챙이가 얼마나 뜨거운지 알게 해 주지."

"네, 넵!"

황보선유 대협의 심문이 시작되었다.

그렇게 그자의 인적사항과 행적에 대한 심문이 시작되

었고, 나는 종이에 그자의 진술을 그대로 적어 나갔다.
"네놈이 지금까지 모은 돈은 어디에 있지?"
"어, 없습니다."
"네놈이 진술한 것만 해도 족히 은자 천 냥은 벌었을 터. 그런데 돈이 없다고?"
"저, 정말 없습니다. 이미 기루에서 다 써 버렸습니다!"
"어느 기루였는지 말해라."
"과, 광동성의 금전기루에서 노름을 하느라 다 날려 버렸습니다."

그 말에 내가 싸늘하게 추궁했다.
"불법 도박도 했군요. 황제 폐하의 명으로, 도박은 정식 도박장에서만 하게 되어 있는데 말입니다."
"그건 잘못했습니다. 하지만 정말 남은 돈이 없습니다. 그래서 더 열심히 고약을 판 것도 있습니다."
"그게 언제인가요?"
내 물음에 그가 대답했다.
"삼 개월 전입니다."
"틀림없나요?"
"틀림없습니다."
"그거 이상하네요?"
나는 빙그레 웃었다.
"제가 작년 시월에 광동성에 갔었는데, 이미 금전기루 망했던데요?"
"……."

"그것도 삼 년 전예요."

지금 감히 누굴 속이려고!

내 말에 황전의 눈이 바들바들 떨렸고, 황보선유 대협은 불 속에 넣어 두었던 쇠꼬챙이를 다시 꺼내 왔다.

"내가 경고했을 텐데…… 거짓말까지 해?"

치이이익!

"끄아아아아악!"

황전의 비명이 산속에 울려 퍼졌다.

그러니까 왜 거짓말을 해서는…….

황전의 몸 곳곳이 불에 달군 꼬챙이로 지져졌다. 좀 잔혹한 모습이었지만 안타깝지는 않았다.

그의 진술대로라면 그가 판 고약이 이천 통이 넘는다.

개중에 두 통 이상을 산 사람들은 지금까지 이유도 모르고 고통스러워하고 있을 테지.

"허억, 허억, 허억."

고통에 신음하는 그를 보며 황보선유 대협은 싸늘하게 말했다.

"그럼, 처음부터 다시 해 볼까?"

덕분에 금의위에서 하는 심문에 대해 잘 알 수 있었다.

이전에 했던 질문을 섞어 가면서 반복적으로 심문했고, 이전 대답과 다른 게 있으면 고통을 가한 후 다시 물어봤다.

듣던 대로 정말 지독하군.

탁.

황보선유 대협은 내가 적은 심문 자료를 정리하며 말했다.

"수고했네. 우리 임무는 여기서 끝이네."

"그럼, 저건 어떻게 합니까?"

나는 나무에 묶인 황전을 가리켰고, 황보선유 대협은 대수롭지 않다는 듯 말했다.

"이 근방의 지현이 유능한 자일세. 그에게 넘겨주면 되네."

"알겠습니다."

"그나저나 자네와 일하니 제법 편하군. 황제 폐하가 왜 자네를 총애하는지 알 것 같네."

그는 말을 이었다.

"황제 폐하께서는 일 잘하는 사람을 총애하시지."

"하하하. 과찬이십니다."

나는 포권하며 속으로 한숨을 내쉬었다.

이번 일을 처리하느라 힘들었으니 황제 폐하께 꼭 보상을 받아 내고 말 거다.

- 꾸이?

응? 뭐가 그렇게 힘들었냐고?

막상 금령의 질문을 듣자 대답이 궁색해졌다.

그렇게까지 수고한 건 없었으니까.

쓰읍! 금령아. 그런 건 그냥 넘어가자.

솔직히 중요한 건 내가 고생을 했느냐 아니냐가 아니라 내가 일을 했느냐 안 했느냐라고.

내가 일을 했으면 당연히 그에 대한 보상은 받아야 하는 거라고.

어? 잠깐…….

그러고 보니 너무 자연스러워서 알아차리지 못했는데, 금령이가 반응했을 때 나는 그냥 생각만 했을 뿐이었다.

그런데 그 생각에 금령이가 반응한 것.

그 말은 즉, 금령이가 내 생각을 들을 수 있다는 그런 의미인데?

– 꾸이? 꾸?

그걸 이제 알았냐고?

내가 그동안 열심히 먹인 돈 때문인가?

– 꾸이! 꾸!

그렇게 많이 먹지는 않았다고?

아니야, 금령아. 너 엄청 많이 먹었어.

– 꾸…….

.

.

.

다음 날.

우리는 황전이 바로 직전까지 머물렀던 현의 현청으로 향했고, 그곳의 지현에게 황전을 넘겼다.

그리고 황전을 심문한 기록도 사본을 만들어 넘겼다.

"진본은 내가 나중에 황제 폐하께 드릴 것이네. 그러니 알아서 잘하게."

"물론입니다! 여부가 있겠습니까?"

지현은 코가 땅에 닿을 정도로 고개를 숙였고, 그렇게 우리는 그곳을 떠나 제남으로 향했다.

"오늘 저녁쯤이면 황보세가에 도착할 것이네."

"그렇군요. 사실 황보세가는 처음 가 보는 것이라서 좀 떨립니다."

"하하하. 그런가? 그럼 제남도 처음인가?"

"아닙니다. 제남은 백대상단의 회합 때문에 와 본 적이 있습니다. 당시 천하제일상단이 백염상단이었습니다."

"그렇군. 백염상단이라면 천하제일 소리를 들을 만하지."

그렇게 이런저런 대화를 나누며 이동하다 보니 제남에 도착했다.

우리는 제남의 중심에 위치한 황보세가로 향했다.

황보세가는 명성답게 화려하고 웅장했다.

그리고 그 입구에는 붉은색 바탕에 황금색으로 쓰인 현판이 걸려 있었다.

[황보세가]

"저 현판은 전전대 황제 폐하께서 내려 주신 것이네."

"과연, 그렇군요."

우리는 문지기의 환대를 받으며 안으로 들어갔다.

"오셨습니까? 숙부님."

"그래, 잘 지냈느냐."

황보선유 대협은 그 인사를 받고는 나를 소개해 주었다.

"인사하게. 여기는 내 조카일세. 그리고 여긴 선협미랑이라 불리는 은서호 소단주다."

이에 우리는 서로 인사를 했다.

"처음 뵙겠습니다. 은해상단의 소단주 은서호입니다."

"황보세가의 황보욱이라고 합니다."

그런데 왠지 그의 표정이 밝지 않았다.

무슨 일이지?

나만 그리 생각한 게 아니었던 듯, 황보선유 대협이 그에게 물었다.

"욱아, 무슨 일이라도 있느냐? 어째 얼굴이 밝지 못하구나."

"아, 네. 사실 본가에 문제가 생겼습니다."

황보욱 공자는 어렵게 말을 이었다.

"그간 본가에 숫돌을 납품하던 자가 더는 납품을 못하게 되었다고 해서 난리가 났습니다."

"뭐? 숫돌을 납품하지 못하게 되었다고? 그게 대체 무슨 소리더냐?"

황보선유 대협은 날카롭게 반응했다.

고작 숫돌 하나 가지고 무슨 난리냐고 할 수도 있겠지만, 이곳은 무가다.

무가에서 숫돌은 없어서는 안 될 물건이지.

물론 황보세가가 주력으로 삼는 무공이 박투술이기는 하지만, 무기를 경시하지는 않는다.

게다가 군부에 투신하게 되면 무기의 비중이 더 늘어날

수밖에 없다.

그리고 타고난 신력이 뛰어나다 보니 무기의 날이 빠르게 손상되는 편이라, 다른 세가에 비해서 숫돌의 사용량도 많을 수밖에 없다.

황보욱 공자는 난처한 얼굴로 황보선유 대협에게 말했다.

"그게…… 자세한 건 조부님께 들으시는 게 좋을 것 같습니다."

잠시 후.

우리는 접빈실로 안내되었다.

황보선유 대협은 묵묵히 의자에 앉아 계셨고, 나는 그 옆에서 차와 과자를 먹었다.

그런 나를 보며 황보선유 대협이 피식 웃었다.

"잘 먹는구나."

"대접받은 건데 안 먹으면 얼마나 서운해하시겠습니까?"

"뭐, 그건 그렇지. 입에는 맞는가?"

"제법 맛있네요. 왜 대협께서 묵자고 하는 객잔마다 밥이 맛있었는지 알겠습니다."

"본가의 이들이 미식가이긴 하지."

나는 차를 한 모금 마시고 물었다.

"그런데 아까 만났던 황보욱 공자와는 어떤 관계십니까?"

"아, 내 조카다. 그리고 그 아버지는 현 소가주이며, 내

형님이시기도 하지."
 그렇다면 황보선유 대협은 가주의 아들인 거구나.
 황보세가의 직계로군.
 "그럼 황보휘 어르신은요?"
 "그분은 내 숙부님이시다."
 관계가 그렇게 되는구나.
 그때 누군가가 다가오는 것이 느껴졌다. 곧 문이 열리고 건장한 체구의 한 노인이 들어왔다.
 그에게서 느껴지는 기도에 순간 온몸에 소름이 돋는 것 같았다.
 "내 아버지시자 가주님이시다."
 나는 얼른 자리에서 일어나 품에서 두루마리를 꺼냈다.
 "황제 폐하의 성지를 가져왔습니다."
 내 말에 그는 즉시 무릎을 꿇었다.
 쿵!
 "황보세가주 황보세! 황제 폐하의 성지를 받듭니다!"
 역시 이분이 황보세가의 가주셨군.
 황제의 성지를 전하는 임무에서는 성지가 가장 최우선이다.
 그래서 내 소개도 생략하고 성지에 대해 말한 것.
 그나저나 황보세가의 가주님이 내 앞에서 무릎을 꿇고 있으니 좀 민망하네.
 내가 아닌 황제 폐하의 성지에 예를 차린 것이지만, 어쨌든 민망한 것은 어쩔 수 없다.

하지만 이를 내색하지 않고 두루마리를 내밀었고, 그는 공손히 받아 들었다.

그리고 성지가 담긴 두루마리를 읽은 후 조심스럽게 말아서 품에 넣었다.

그 손길에서 황보세가 가주의 충심을 알 수 있었다.

보통은 이렇게까지는 하지 않으니까.

그는 자리에서 일어났고, 나는 포권하며 나를 소개했다.

"처음 뵙겠습니다. 소상, 은해상단의 소단주 은서호입니다."

"황보세가의 가주 황보세라고 하네. 자리에 앉게."

"네."

그는 내 옆의 황보선유 대협을 보더니 엄격하게 말했다.

"넌 왜 그러고 있느냐? 앉아라. 정신 사납다."

"네. 아버지."

황보선유 대협은 빠릿하게 움직여 자리에 앉았다.

지금까지의 모습만 봐서는 규율에 얽매이지 않는, 자유로운 사람인 줄 알았는데 아니었군.

하긴 황보세가의 가풍이 엄격하고 강직한 편이라고 했지.

저 모습을 보니 그 말이 사실인 듯했다.

"그래, 자네 상단에서 투자하여 세우는 무관에 황제 폐하께서 관심이 많으시다고?"

나를 향한 가주님의 질문에 얼른 정신을 차리고 대답했다.

"네. 그렇습니다. 저희가 세울 무관의 목적은 황실에 인재를 공급하는 일이기 때문입니다."

"무공을 익힌 인재를 말인가?"

"네. 그렇습니다. 사실, 이번 일은 황제 폐하께 충성하는 인물을 각각의 세력에 심어 놓기 위함도 있습니다."

내 말에 그는 고개를 끄덕였다.

"그렇군. 알겠네. 그러면 본가에서 데려갈 교관은 내가 정해 주면 되는 것인가?"

"그렇습니다만, 이왕이면……."

나는 품에서 종이 하나를 꺼내 내밀었다.

"이 조건에 가장 부합되는 인물이었으면 합니다."

제갈천두 총관이 내게 올린 제안서다.

그는 내가 내민 종이를 살펴보고는 고개를 주억였다.

"실력은 절정 이상이며, 황보세가의 모든 무공에 조금이라도 알고 있을 것. 주력 분야는 박투술. 다른 조건은 어렵지 않지만, 본가의 모든 무공을 알고 있어야 한다는 게 조금 걸리는군."

그는 잠시 고민하다가 화제를 돌렸다.

"이걸 좀 물어봐야겠군. 무관에 입관한 이들이 배우게 될 무공은 무엇인가? 아무리 무가에서 교관을 보내 준다고 하더라도 자신들의 절기는 내놓지 않을 터인데 말이지."

가주님의 말씀이 맞다.

제갈천두 총관이 지적한 부분이기도 하고.

처음 무관의 건립을 계획했을 때부터 생각해 둔 바가 있다.

무관에서 가르칠 무공은 바로 천류공을 기반으로 한 무공들이다.

내가 익혔다고 세간에 알려진 그 무공이다.

나는 가주님에게 하나하나 설명했다.

"우선 가문의 모든 무공을 알고 있어야 한다는 조건을 제시한 건 그래야 관생들의 질문에 대답해 줄 수 있기 때문입니다."

"단지 그뿐인가?"

"그렇습니다. 그 부분은 생각보다 의미가 큽니다. 황보세가의 교관이 황보세가의 무공에 대해 설명을 하지 못한다면 관생들이 얼마나 실망하겠습니까?"

나는 말을 이었다.

"선생이란, 제자보다 한발 앞서서 제자들이 시행착오를 겪지 않도록 자신이 갔던 길을 알려 주는 존재라고 생각합니다. 이를 위해서는 더 많은 지식이 요구되지요. 그렇지 않습니까?"

"그건 자네 말이 맞네."

"그리고 무관에 입관하는 이들이 배우게 될 무공은……."

나는 씨익 웃었다.

"나중에 알게 되실 겁니다."

그걸 벌써 알릴 필요는 없다.

"너무 걱정하지 않으셔도 됩니다. 다른 무가의 절기를

요구하는 일은 일절 없을 겁니다."

"그렇군. 그 눈빛을 보니 엄청난 것을 준비한 모양이야."

그는 고개를 끄덕였다.

"알겠네. 자네의 요청대로 해 주지."

그나저나 아까 황보선유 대협의 말씀대로라면 가주님이 귀면포 어르신의 형님이라는 거지.

그렇다면 귀면포 어르신의 진짜 생신이 언제인지 알고 있을 가능성이 높다.

언제 여쭤보면 좋을지 고민하고 있을 때였다.

황보선유 대협이 말했다.

"아버지! 이야기 들었습니다. 갑자기 숫돌의 납품이 중단되었다니! 그게 대체 무슨 일입니까?"

"후, 그렇게 되었다. 어쨌든 골치 아프게 됐어."

그는 난감한 표정으로 나를 보더니 말을 이었다.

"손님을 앞에 두고도 네가 이를 언급하는 건, 신뢰할 수 있는 자라는 의미겠구나."

"네. 목숨을 맡길 수 있는 자입니다."

그래서 아까 외부인인 내 앞에서 황보욱 공자에게 이에 대해 언급했구나.

그나저나 목숨을 맡길 수 있을 정도로 신뢰받는다는 것이 고맙기도 하면서 살짝 부담도 되었다.

"그래?"

다시금 나를 살펴보시는 가주님.

"뭐, 어차피 모두 알게 될 일이니······."

며칠 전, 상단에 숫돌을 납품하던 상인이 갑자기 찾아와 더 이상 숫돌을 납품하지 못하게 되었다며 사죄를 하러 왔다고 했다.

"하여 자초지종을 물었더니, 숫돌 산지를 한 상단에서 독점하고 있다는 것이야. 그래서 숫돌을 구하지 못해 납품할 수 없다는 이야기였네."

"그 상단이 어디입니까?"

"백천상단이네."

"……."

그렇다면 뭔가 이상하다.

백천상단이 아무리 큰 상단이라고는 하지만, 그들도 상단인 이상 황보세가 정도의 큰 거래처와 척을 질 이유가 없기 때문이다.

그렇다면 뭔가 이야기하지 않은 이유가 있을 터.

나는 조심스레 황보세가주에게 물었다.

"실례지만, 혹시 백천상단과 황보세가 사이에 제가 모르는 무슨 일이라도 있습니까?"

"있지."

역시…….

"백천상단의 상단주가 어느 가문의 사람이지?"

"남궁세가의 사람 아닙……."

아! 내가 왜 이걸 생각하지 못했을까?

"그래, 자네도 알고 있듯이 본가와 남궁세가의 사이는 매우 나쁘지."

보통은 그 정도로 이런 일이 생기지는 않겠지만, 상대는 남궁세가니까.

그나저나 백천상단에서 숫돌 산지를 독점했다라…….

역시 수완은 좋네.

숫돌로 가장 적합한 재료의 최대 산지는 산서성이다.

칼날의 날카로움의 정도에 따라 승부가 결정될 수도 있는 게 무인들의 세계다.

그러니 아무 숫돌이나 쓸 순 없지.

나는 내 이전 삶을 떠올렸다.

사실 이전 삶에서도 남궁세가는 숫돌 산지를 독점했었다.

이번 생에서는 충분히 막을 수 있는 능력이 있지만, 그럼에도 이를 막지 않은 이유가 있지.

그나저나 단지 사이가 나쁘다는 이유로 이런 치졸한 수를 쓴다고?

그때 황보선유 대협이 말했다.

"아버지. 혹시 그 일 때문입니까?"

응?

내가 황보선유 대협을 보는 사이, 그의 말이 이어졌다.

"저번 무림대연회 때 있었던 그 일 말입니다."

무림대연회?

그때 무슨 일이 있었지?

"후. 그건 다음에 이야기하자꾸나."

"아, 죄송합니다."

저렇게 예민하게 반응하니 더 궁금해졌지만, 더 물을 수 있는 상황은 아니다.

그건 제법 민감한 사안인가 보군.

그렇다면 그건 넘어가고, 이 일부터 해결해 봐야겠군.

"가주님. 드릴 말씀이 있습니다."

"말해 보게."

"제가 질 좋은 숫돌을 다시 납품받을 수 있게 해 드릴 수 있습니다."

"자네가 말인가?"

"네."

"백천상단과 연줄이라도 있나 보지?"

"아, 그런 건 아닙니다. 그리고 여기서 왜 백천상단 이야기가 나옵니까?"

나는 어깨를 으쓱했다.

"저는 백천상단을 통해 납품을 받겠다는 말은 한마디도 하지 않았는데요?"

"응?"

상당히 적극적으로 관심을 표하시는 것을 보니 내 말이 황보세가주의 흥미를 끈 모양이다.

"그럼 무슨 수로 숫돌을 구하겠다는 것인가?"

"그건 영업 비밀입니다."

나는 씨익 웃으며 말을 이었다.

"저희가, 합리적인 가격에 질 좋은 숫돌을 납품한다면 제 부탁을 하나만 들어주십시오."

"자네의 부탁? 그게 무엇인가?"
"그건 나중에 말씀드리겠습니다. 하지만 황보세가에 무리인 일은 아니니 염려 놓으셔도 됩니다."

.
.
.

나는 접객당으로 안내되었다.
그곳의 처소에서 씻고 휴식을 취했다.
가주님은 내가 원하는 인재를 고르는 데 시간이 걸린다고 했지만 그래도 빨리 움직이는 것이 낫지.

그날 밤.
나는 처소를 나섰다.
그때 내게 익숙한 사람이 다가왔다.
"어디 외출하십니까?"
"아, 황보욱 공자."
아까 황보선유 대협과 함께 만났던 소가주의 넷째 아들이다.
"아버지께서 소단주님을 보필하라고 하셨습니다."
"감사하군요."
황보선유 대협의 나이가 중년인 만큼, 그의 형인 소가주의 나이 역시 제법 많았다.
그럼에도 아직 가주가 되지 못한 이유는 아직 단단하게 버티고 있는 가주 때문이다.

황보세가는 대대로 그 자손들의 기골이 장대하고 건장하여 장수하는 이들이 많다.

　그렇기에 가주가 되는 시기가 다른 가문에 비하면 좀 늦었다.

　현 가주님도 아마 환갑이 넘어서 가주가 되셨을 거다.

　"어디를 가시는지 모르겠지만, 제가 따르겠습니다."

　"말씀은 감사합니다만, 괜찮습니다."

　"아닙니다. 아버지의 명을 듣지 않으면 제가 혼이 납니다."

　"정말 괜찮습니다. 황보세가의 공자를 제가 짐꾼으로 쓸 수도 없지 않습니까?"

　"소단주님을 보필하기로 한 이상, 저를 짐꾼으로 사용하셔도 상관없습니다."

　"그렇다면…… 알겠습니다."

　나는 팔갑을 불렀다.

　"팔갑아."

　"네. 도련님. 부르셨습니까요?"

　"응, 여기 황보욱 공자께서 도와주신다고 하셔서. 네가 굳이 따라가지 않아도 될 것 같네."

　"알겠습니다요."

　나는 황보욱 공자에게 말했다.

　"그럼 이곳의 장시로 안내를 부탁드립니다."

　"알겠습니다."

　나는 그를 따라 제남의 장시로 향하며 서향 소저의 말

을 떠올렸다.

그리고 빙그레 웃으며 말했다.

"공자, 장시에 도착하기 전에 우선 사람이 끄는 손수레 같은 것을 구할 수 있겠습니까?"

잠시 후.

나는 제남의 장시를 이곳저곳 돌아다니며 폭풍처럼 물건을 구매했다.

"오! 이거 제법 멋지군요."

"보는 눈이 있으시네요. 이게 바로 그 유명한 용군 장인이 만든 다기입니다."

"그런데 가짜네요."

"그, 그게 무슨……."

"진짜는 여기에 인장이 찍혀 있거든요."

"……."

"그러니까 저를 어쭙잖게 속이려 하지 말고, 진짜 좋은 물건 보여 주세요."

"알겠습니다."

그렇게 그 다기점에서 좋은 다기를 구매해 수레에 실었다.

그리고 그 수레는 황보욱 공자가 끌고 있었다.

그는 아직도 당황스러운 표정이었다.

내가 정말 그를 짐꾼으로 쓸 거라고는 생각하지 못한 표정이다.

내가 허튼 말은 하지 않는다고.
"자, 그럼 저곳으로 갑시다."
"네?"
"뭐 하십니까? 얼른 수레를 끌고 오십시오."
"……네."
그는 반쯤 자포자기한 표정으로 수레를 끌고 내 뒤를 따랐다.

나는 그런 그를 슬쩍 일별했다.

내가 그를 짐꾼으로 부려 먹는 이유.

그건 그가 스스로 나가떨어지게 하기 위함이었다.

이제부터 내가 할 일은, 보안이 아주 중요한 일이기 때문이니까.

150장. 제가 원하는 보답은요

제가 원하는 보답은요

다음 날.

아침을 먹은 후 차를 마시고 있는데, 하녀가 찾아왔다.

"소가주님께서 보자고 하신다고요?"

"네. 그렇습니다."

"알겠습니다."

나는 남은 차를 입에 털어 넣고 자리에서 일어나 소가주의 집무실로 향했다.

나를 부르는 이유는 짐작이 간다.

어제 소가주는 출타 중이었고, 그가 돌아왔을 땐 시간이 늦어 그와 만나지 못했다.

그래서 나와 인사를 하겠다는 게 표면적인 이유겠지.

그러나 단순히 그 이유뿐만은 아닐 것이다.

나는 소가주의 집무실 근처 접빈실로 안내되었고, 다과

를 대접받으며 기다리고 있자 문이 열리며 한 중년인이 들어왔다.

황보선유 대협과 많이 닮은 모습.

이분이 소가주이시구나.

나는 얼른 자리에서 일어나 포권하여 예를 갖추었다.

"소상, 은해상단의 소단주가 황보세가의 소가주님을 뵙습니다."

"반갑네. 황보세가의 소가주 황보석길이라고 하네."

그는 나에게 자리를 권했다.

"앉게."

"네."

그는 내 맞은편에 앉으며 이야기를 시작했다.

"오늘 아침, 아버지께 이야기 들었네. 황제 폐하의 성지를 가지고 왔다고?"

"그렇습니다."

나는 말을 이었다.

"이번에 저희 상단에서 투자해서 짓고 있는 무관의 교관을 초빙하기 위함입니다."

"알고 있네. 안 그래도 그 일이 내게 넘어와서 머리가 좀 아프다네. 하하하."

"본의 아니게 수고하시게 해서 송구합니다."

그는 손을 저으며 말했다.

"아닐세. 황제 폐하의 명인데, 어찌 수고라 할 수 있겠나."

"그리 말씀해 주시니 소상으로서, 감사할 따름입니다."
"음, 그건 그렇고……."
그는 차를 한 모금 마시더니 조심스럽게 이야기를 꺼냈다.
"어제 내 아들, 욱이를 짐꾼으로 부렸다던데…… 사실인가?

그럼 그렇지.

나는 당당하게 고개를 끄덕였다.
"네. 사실입니다."
"으음, 내 자네를 보필하라고 명하긴 했지만, 그렇다고 짐꾼으로 부리라는 뜻은 아니었네."
"물론 저도 공자를 짐꾼으로 부릴 생각은 없었습니다. 그런데 본인이 원하니 어쩔 수 없었습니다."

그에 소가주님이 당황하며 물었다.
"응? 본인이 원했다고?"
"네."

나는 고개를 끄덕였다.
"아버지의 명을 듣지 않으면 혼이 난다면서, 저를 보필하기로 한 이상 짐꾼으로 사용해도 상관없다고 하더군요."
"으음……."
"하여 자신이 한 말에 대해 어찌 행동하는지 궁금해서 시험을 해 본 것입니다. 이 점은 사과드립니다."
"아닐세. 그렇다면 자네가 사과를 할 이유는 없지. 남아일언중천금이라고 했네. 본가의 사람이라면 본인의 말에 책임을 질 줄 알아야지."
　소가주님이 말을 이었다.
"그러니 앞으로의 일은 그 녀석에게 맡기겠네."
"알겠습니다."

　나는 소가주님 앞에서 물러났다.
　그나저나 황보욱 공자는 오늘도 내 짐꾼 역할을 자처하려나?
　내 처소로 돌아오자, 황보욱 공자가 나를 맞아 주었다.
"오셨습니까?"
"네. 소가주님을 뵙고 돌아왔습니다. 그리고 오늘도 외출할 생각이니 채비해 주십시오."
　내 말에 그의 눈동자가 흔들렸다.
"혹시, 오늘도 손수레를 준비해야 합니까?"
"당연한 것을 물으시는군요."
"……."
　그는 복잡한 표정으로 눈동자를 굴리더니, 헛기침을 하며 말했다.
"저, 미처 말씀드리지 못했는데 제가 오늘 반드시 해야 할 일이 있었습니다. 하여 오늘은 소단주님을 보필하지 못할 것 같습니다. 죄송합니다."
"그렇군요. 해야 할 일이 있다면 어쩔 수 없죠."
"그럼 저는 이만……."
　그는 후다닥 내 처소에서 벗어났고, 그 모습을 보며 나는 피식 웃었다.

"어젯밤, 제가 그렇게 심했나요?"

내 물음에 호위무사들은 서로 눈을 마주치며 웃었다.

"솔직히 좀 그렇긴 했습니다."

"워낙 많이 사셨어야죠."

"그리고 공자의 이름을 크게 부르시기도 하고 말입니다."

"저 공자가 그런 일을 해 봤겠습니까?"

여웅암 무사가 빙그레 웃었다.

"그래서, 무슨 의도로 그리하신 겁니까?"

역시 나와 오랫동안 함께 한 만큼, 나에 대해 잘 안단 말이지.

"일을 하나 해야 하는데, 보안이 상당해 중요해서요. 여러분도 신경 좀 써 주십시오."

"알겠습니다."

"그리고, 팔갑아."

"네. 도련님."

"손수레 하나 끌고 따라와."

혹시 모르니 어제와 비슷한 모습을 보여 줘야겠지.

그렇게 우리는 어제처럼 제남의 장시로 향했고, 여러 가지 물건을 사며 장시를 돌아다니기 시작했다.

그때 저 멀리, 낯익은 누군가의 모습이 보였다.

"어? 호경 공자?"

"아! 은서호 소단주!"

백염상단의 호경 공자다.

그는 반가운 얼굴로 나에게 다가왔다.

"오랜만에 뵙습니다."

"아, 네. 오랜만에 뵙습니다."

"이번에 서신 받았습니다. 올해 가을에 혼인을 하신다고요."

그 말에 나는 쑥스러운 표정을 지었다.

"하하하. 그렇게 됐습니다. 그런데…… 표정이 별로 좋지 않으시군요."

내 물음에 그는 흠칫했다.

"어…… 티 납니까?"

"너무 걱정 마십시오. 다른 이들은 못 알아볼 겁니다."

그만큼 호경 공자의 표정 관리는 완벽에 가까웠다. 하지만 내 눈은 못 속이지.

"그건 다행이군요. 후……."

안도하며 한숨을 내쉬는 호경 공자.

나는 그에게 떠보듯 물었다.

"혹시, 숫돌 문제입니까?"

"……!"

그는 화들짝 놀라며 떨리는 목소리로 물었다.

"그, 그걸 어찌?"

그럼 그렇지.

천하제일상단을 노리는 백천상단이 현 천하제일상단을 끌어내릴 치졸한 수를 쓰지 않을 리가 없겠지.

백염상단은 철방이다.

그런 그들에게 있어 숫돌은 무척 중요한 소모품.

숫돌의 공급이 끊어진다면, 황보세가보다 훨씬 더 타격이 클 거다.

나는 여상하게 말했다.

"최근에 들은 정보에 의하면, 백천상단에서 숫돌 산지를 독점했다고 하더군요."

"그렇습니다."

그는 고개를 끄덕였다.

"요즘 조용해서 뭘 하나 했더니…… 그런 짓을 꾸미고 있더군요."

상당히 씁쓸한 표정의 호경 공자.

나는 그에게 은근히 물었다.

"혹시, 제가 질 좋은 숫돌을 공급한다면 납품 받으실 의향이 있으십니까?"

"그게 무슨 말입니까? 질 좋은 숫돌이라니요? 어디 쌓아 놓은 숫돌이라도 있습니까?"

"그건 아닙니다만, 의향을 묻는 겁니다."

"당연히 질 좋은 숫돌을 합리적인 가격에 구매할 수 있다면 더할 나위 없이 좋지요."

"알겠습니다."

그나저나 마침 잘됐군.

전에 보답의 표시로 받았던 단검이 생각났지만, 이번 일은 그 정도로 곤란한 일이 아니니 가볍게 부탁해 볼까?

"그래서 말인데, 부탁 하나만 드려도 되겠습니까?"

"뭐든 말씀하십시오. 제 구명지은이신데 그 무슨 부탁이든 들어드리지 못하겠습니까?"

"그러면 일꾼과 무사들을 좀 빌려 주십시오. 그리고 이왕이면 돌을 다룰 수 있는 석수장이도 있으면 좋겠습니다."

"혹시?"

"네. 돌 캐러 갑니다. 그러니 이 일에 대해서는 보안에 각별히 신경 써 주십시오."

"알겠습니다."

그와 헤어진 나는 곧바로 움직였다.

해야 할 일이 있으니까.

잠시 후.

호경 공자는 일꾼과 무사들을 이끌고 약속 장소로 왔고, 나를 소개해 주었다.

"다들 아시겠지만, 제 목숨을 구해 주신 은서호 소단주이십니다. 이분의 명을 들으면 됩니다."

"알겠습니다."

호경 공자의 말에 그들 모두가 내게 호감 가득한 눈길을 보냈다.

호경 공자가 상단에서 어떤 위치인지, 상단에서 얼마나 신임을 받고 있는지를 잘 알 수 있었다.

"갑시다."

"네."

나는 그들을 데리고 산동의 어느 산속으로 들어갔다.
"이거, 엄청나게 큰 산이군요."
"맞습니다. 그래서 구매하는 데 돈이 꽤 들었지요."
호경 공자와 헤어지자마자 한 일이 바로 이 산을 구매하는 일이다.
거리가 좀 있긴 했지만, 그 정도는 경공을 사용하면 되니까.
하여 무려 은자 오백 냥에 거래했다.
마침 이 산의 주인이 급전이 필요한 상황이었기에 거래는 수월했다.
그렇게 산속으로 들어가던 나는 손을 들어 모두를 멈추게 했다.
"잠시 이곳에서 기다려 주십시오."
"네? 왜 그러십니까?"
"우리를 반기지 않는 녀석이 있군요."
내 말이 떨어지기 무섭게 스르륵 소리를 내며 다가오는 존재가 있었다.
뿔이 달린 뱀, 바로 독각사다.
그걸 본 무사들과 일꾼들이 기겁하며 물러났다.
"저, 저, 저거. 독각사 아닙니까?"
"맞습니다."
하지만 나와 호위무사들은 당황하지 않고 검을 뽑았다.
스르릉.
독각사는 상당히 강한 독을 지니고 있는 녀석이라 평범

한 사람들에게는 위협적인 존재다.

그나저나 저 녀석을 보니 사천당가에서 기르고 있던 독각사가 떠오르는군.

우리를 향해 스르륵 다가오던 독각사는 갑자기 자리에서 멈추었다.

뭐지, 방금 뚝 소리가 난 것 같은데?

그리고 놈은 내 눈을 피하며 그 자리에 바싹 엎드렸다.

이전에 사천당가에서도 비슷한 일이 있었지.

혹시 금령아, 너냐?

- 꾸이?

내가 뭐 한 거 아니냐고? 너는 그냥 가만히 있었을 뿐이라고?

그건 나도 마찬가지인데.

하여튼, 뭐 저놈이 내 앞에서 설설 긴다면 다행이지.

그만큼 시간을 줄일 수 있으니까.

그나저나 저렇게 두려워하면서 엎드려 있으니 죽이기엔 좀…….

그때 문득 좋은 생각이 떠올랐다.

생포해서 사천당가에 연구용으로 팔아넘기는 방법.

너무하다고 할 수도 있겠지만, 내가 생각하기엔 최선의 방법이다.

그간 많은 사람을 해쳐 왔으니 그에 대한 대가를 치러야지.

나는 그리 생각하며 바닥을 박차고 그 녀석에게 달려들

었다.

그 뿔을 잡고 공중으로 몸을 날리며 호위무사들에게 전음을 보냈다.

- 잠시 다녀오겠습니다.

그렇게 인적이 없는 곳으로 향한 나는 내 비고를 열고 말했다.

"들어가."

슈슉! 슉!

"싫으면 네놈의 내단이랑 뿔만 챙겨서 여기를 뜨면 되는데, 귀찮게 할 거야? 금령아, 통역."

"꾸이!"

금령은 내 어깨 위로 올라왔고, 꾸이거렸다.

금령의 말에 독각사는 황급히 고개를 저었고, 순순히 내 비고 안으로 들어갔다.

그리고 비고 안에 공간 하나를 만들어서 그 안에 가두어 놓았다.

자, 독각사는 정리됐고.

나는 다시 호위무사들과 일꾼들이 있는 곳으로 돌아왔다.

"도련님! 오셨습니까요?"

"응."

"그 독각사는 어찌 되었습니까요?"

"죽였어. 그런데 뿔이랑 내단을 챙기려고 하는 순간 녹아 버려서 챙기지 못했어. 에휴. 아까워라."

"제가 듣기로, 독각사는 자신이 죽는 줄 모르고 죽어야 뿔과 내단을 남긴다고 했습니다요."

"맞아. 그랬지."

내가 독각사의 뿔과 내단을 챙기지 못했다고 말한 건 혹시 모를 저들의 욕심을 차단하기 위해서다.

제법 돈이 되는 만큼, 혹시 모를 일이니까.

"자자, 그럼 계속 이동합시다."

우리는 그렇게 한 식경 정도 이동했고, 목적지에 도착했다.

"여깁니다."

"여기가 목적지입니까?"

"네."

나는 석수장이를 이끄는 석두에게 말했다.

"석두님. 아무 돌이든 한 번 깨 보십시오."

내 말에 그는 고개를 갸웃하며 근처의 돌로 향했다. 그리고 정과 망치를 들고 근처의 돌을 깼다.

깡! 깡! 깡!

그가 돌을 몇 번 내리치자 돌이 쩍 하고 갈라졌다.

그리고 그 안을 본 그는 깜짝 놀라 뒷걸음질 치다가 뒤로 넘어갔다.

나는 얼른 그를 잡아 주며 말했다.

"괜찮으십니까? 조심하셔야지요."

"어, 어, 어, 그러니까 이건······."

"네. 숫돌을 만드는 돌입니다."

그렇다.

이게 바로 내가 자신 있게 숫돌 납품을 권한 이유다.

이전 삶에서는 지금보다 반년 후쯤에 발견되었지.

하지만 이 석산의 개발이 그리 순탄하지는 않았다.

아까 내가 처리한 독각사가 서식하고 있었으니까.

아마 이 산의 주인은 그것을 알고도 모른 척하며 내게 판 거겠지.

이전 삶에서도 이 산을 구매해서 장원을 지으려는 자가 있었는데, 저 독각사 때문에 많은 희생이 발생했다.

결국 황보세가에서 나선 후에야 독각사를 처리할 수 있었다.

그때, 이곳이 숫돌을 만들 수 있는 돌의 산지라는 것이 알려졌다.

결국, 황보세가에서 이곳을 개발하여 숫돌을 만들어 일대에 공급하면서 황보세가와 백염상단은 안정을 되찾을 수 있게 되었다.

하지만 너무 큰 부가 갑자기 생겨서일까, 황보세가에는 큰 문제가 생긴다.

이곳의 수입에 대한 배분이 원인이 되어 가문 내부에서 골육상쟁이 벌어졌던 것.

그래서 나는 이 석산을 차지하는 데 아무런 미안함이 없었다.

이 석산은 훗날 황보세가의 세력을 약화시킬 뿐이니까.

남궁세가가 숫돌의 산지를 독점할 것을 알고 있음에도

이를 막지 않은 이유가 있다.

이곳은 이제 개발되어서 앞으로 한참 캘 수 있는 반면에, 남궁세가가 독점한 곳은 몇 년 지나지 않아 고갈되어 버리거든.

뒤늦게야 그것을 알게 된 백천상단은 곤란을 겪게 된다.

저번에는 남궁강 상단주였지만, 이번에는 그의 동생인 남궁석 상단주가 제법 곤란하겠지.

그걸 생각하니 왜 이렇게 고소하지?

나는 웃음을 감추며 사람들에게 말했다.

"자, 그럼 숫돌을 만들어 봅시다."

"네!"

내 말에 각자 도구를 꺼내 들고는 작업을 시작했다.

.

.

.

그렇게 이틀 후.

우리는 수레에 숫돌을 가득 싣고 황보세가로 향했다.

"대체 어딜 그렇게 싸돌아다니는······."

황보선유 대협이 투덜거리며 내게 다가왔지만, 내가 수레의 천을 벗기며 말하자 말문이 막혔다.

"숫돌을 구해 왔습니다."

"헉!"

수레에 가득 실린, 질 좋은 숫돌을 보며 황보선유 대협은 깜짝 놀라 눈을 부릅떴다.

"이, 이걸 어떻게?"
"제가 좀 능력이 좋습니다. 그나저나 가주님께서는 어디 계십니까?"
이제 황보세가의 가주님께 보상을 받을 시간이다.

.

.

.

나는 접빈실에서 가주님을 기다리면서 아까 봤던 황보세가 사람들의 반응을 떠올렸다.
내가 가져온 질 좋은 숫돌을 보며 흥분에 가득 차 있었다.
그도 그럴 게, 숫돌을 아끼기 위해 평소보다 훨씬 날을 가는 일을 줄였으니까.
생각보다 많은 무인들이 무기를 정비하며 마음을 가다듬곤 한다.
그런 상황에서 숫돌을 아껴야 한다는 것이 생각보다 꽤나 큰 압박을 주었겠지.
나는 상념을 정리하고 고개를 들었다.
황보세가주님이 다가오는 기척이 느껴졌기 때문이다.
드르륵.
문이 열리며 가주님이 들어오셨고, 나는 자리에서 일어났다.
"오셨습니까?"
"그래, 자리에 앉게."

나는 자리에 앉았고, 가주님은 찻잔에 따라진 차를 그대로 들이켜셨다.

보통은 몇 번에 나누어 마시는데…….

내가 숫돌을 가지고 왔다는 소식을 듣고, 이곳까지 달려오시느라 목이 타셨던 것 같다.

"후, 그래. 질 좋은 숫돌을 가지고 왔다고?"

"그렇습니다. 다들 좋아하시더군요."

"그야 당연한 반응이지. 자네가 이틀 정도 본가로 돌아오지 않아서 무슨 일인가 했더니, 그것 때문이었군."

가주님은 말을 이었다.

"우선 이걸 먼저 물어봐야겠군. 대체 어떻게 숫돌을 구한 것인가?"

"운이 좋았습니다. 저번에 제남에 왔을 때 눈여겨본 석산이 있었습니다. 하여 이번에 그 석산을 확인하고 매입했습니다."

"그래서 자신 있게 납품을 권유한 것이군."

"맞습니다."

내 말에 황보세가주님이 혀를 내둘렀다.

"그걸 지금까지 숨기고 있었다니! 엉큼한 자였군."

"죄송합니다. 하지만 이는 보안이 중요한 일이었습니다. 혹시라도 백천상단 측에 알려지게 된다면 제가 그곳을 매입할 수 없었을 테니 말입니다."

"하긴 그럴 수도 있었겠군. 그럼 우리도 상황이 곤란해졌겠지."

가주님은 고개를 끄덕였다.

"그럼, 납품 단가는 얼마를 생각하고 있는가?"

"숫돌 마흔 근마다 은자 반 냥에 납품을 받으셨다고 들었습니다."

"맞네. 꽤나 상급의 숫돌이었으니 말이야."

하긴 황보세가쯤 되면 일정 수준 이상의 숫돌이 필요하니까.

"이번에 제가 가지고 온 숫돌을 살펴봐 달라고 했는데, 이전까지 납품받았던 것보다 더 좋다고 하더군요."

내가 밑밥을 깔자 가주님이 긴장하는 것이 보였다.

"그래서…… 얼마를 받을 생각인가?"

"마흔 근에 은자 반 냥을 주시면 됩니다."

"그 가격은 지금까지 우리가 납품받던 가격이 아닌가? 정말 그 가격에 준다는 것인가?"

그 반응을 보니, 단가를 더 높게 불렀어도 승낙했을 것 같았다.

하지만 그건 과욕이다.

백천상단처럼 되지는 말아야지.

그리고 내 앞으로의 행보를 생각하면 황보세가와 우호적인 관계를 유지할 필요가 있다.

"그렇습니다."

나는 말을 이었다.

"채석장이 황보세가와 멀지 않은 곳이기에 운송비도 많이 들지 않습니다."

"그래도 너무 미안한데……."

"정 그러시면 채석장을 종종 순찰해 주시면 됩니다. 그걸로 충분합니다."

"알겠네. 내 신경 쓰도록 하지."

그는 나에게 말했다.

"그건 그렇고, 따로 자네에게 보답을 하고 싶네. 본가 역시 무가이니 숫돌은 그 중요성이 상당한 편이네. 이를 해결해 주었으니 그냥 넘어갈 수 없지."

그 말이 안 나왔으면 서운할 뻔했습니다.

나는 빼지 않고 말했다.

"제가 가주님께 원하는 게 있기는 합니다."

"그게 무엇인가?"

"황보휘 어르신의 진짜 생신이 언제인지 알아내는 것입니다."

"휘의 진짜 생일?"

"네."

나는 뺨을 긁적이며 말을 이었다.

"사실, 어르신과 내기를 했거든요. 그런데 이에 대해 황제 폐하께서도 잘 모르신다고 하셔서…… 마지막 남은 방법이 가주님께 여쭙는 것뿐입니다."

"그렇군."

내 말에 고개를 끄덕이며 잠시 뭔가 생각하시던 가주님이 말했다.

"그 일은 내가 이따가 따로 부르겠네."

"알겠습니다."

나는 순순히 고개를 끄덕이고는 처소로 돌아왔다.

"오셨습니까?"

나를 맞이하는 황보욱 공자.

"네."

"오늘 숫돌을 가지고 오셨다고 들었습니다."

"네, 맞습니다."

"솔직히 좀 섭섭합니다. 저에게 그것에 대해 일언반구도 하지 않으시고 말입니다."

그 말에 나는 웃으며 반문했다.

"제가 공자에게 그것에 대해 말해야 할 이유가 있습니까?"

"그러니까…… 저는 공자를 보필하는……."

"만약 그날 손수레를 끌고 저를 따랐다면 그에 대해 미리 알 수도 있었을 텐데. 아쉽게 되었군요."

"……."

나는 아무 말도 못 하는 그를 일별하며 팔갑을 불렀다.

"팔갑아! 목욕 물 좀 준비해 줘!"

"알겠습니다요."

그리고 목욕을 한 후 깨끗한 옷으로 갈아입었는데, 가주님의 시종이 나를 찾아왔다.

"가주님께서 부르십니다."

"알겠습니다."

나는 시종을 따라 걸었다.

내가 안내된 곳은 접빈실이 아닌 가주님의 집무실이었다.

"가주님, 은서호 소단주입니다."

"들어오게."

안으로 들어가 인사를 하자, 가주님이 내게 열쇠 하나를 내밀었다.

"받게."

"이건 무슨 열쇠입니까?"

"휘 녀석 개인 서고의 열쇠네."

"네?"

"그 녀석이 예전에 내게 부탁한 게 있네. 녀석의 진짜 생일을 묻는 자가 있다면 이 열쇠를 건네주라고."

나는 그 열쇠를 받으며 말했다.

"결국, 제가 직접 찾아보라는 의미입니까?"

내 말에 가주님은 파안대소했다.

"하하하하!"

왜 웃으시지?

"우선 서고에 다녀오게. 안에 들어가 보고도 모르겠으면 내가 알려 주도록 하지."

"알겠습니다."

하지만 내가 바로 나가지 않자 가주님이 의아한 듯 물었다.

"뭐 말할 거라도 있나?"

나는 입을 열어 대답하는 대신 전음을 보냈다.

혹시 누군가 다른 자가 들으면 안 될 이야기니까.
- 말씀을 드릴까 말까 고민하다가 말씀드립니다.
- 비밀스러운 이야기인가 보군. 말해 보게.
- 황보욱 공자를 감시하십시오.
- 응?
내 말에 가주님은 묘한 눈으로 나를 바라보았다.
- 그게 무슨 의미인가?
- 지금은 그에 대해 말씀드릴 순 없습니다. 하지만 감시를 하시다 보면 알게 될 것입니다.

.
.
.

귀면포 어르신의 개인 서고에는 그날 밤늦게 들어갈 수 있었다.
먼저 아버지께 채석장을 운영할 행수와 일꾼들을 보내 달라고 요청했다.
좋은 산지를 찾았다고 해도 그것을 채굴하고 운송하지 않으면 의미가 없으니까.
그리고 다시 석산으로 올라가 백염상단에 납품할 숫돌을 챙겨서 일을 처리하고 돌아오니 늦은 밤이었기 때문이다.
"여기입니까요?"
"응."
귀면포 어르신의 서고 위치는 미리 알아놨기에 헤매지

않고 도착할 수 있었다.
 내 대답에 서우 무사가 대답했다.
 "저희는 여기서 기다리겠습니다."
 "시간이 좀 오래 걸릴 수도 있는데, 편하게 처소에서 기다리라고 하면 거절하시겠지요."
 내 말에 그가 웃으며 말했다.
 "정 불편하시면 교대로 호위를 서겠습니다."
 "그래 주신다면 한결 마음이 편해지네요. 그럼 들어가 보겠습니다."
 나는 열쇠를 꺼내 서고를 열었다.
 끼이이익.
 오래된 경첩 소리를 내며 문이 열렸다.
 그렇게 안으로 들어가니, 미닫이문이 하나 더 있었다. 그 문을 열고 들어갔다.
 수많은 서책이 꽂혀 있는 게 보였고, 그 옆에는 무기들이 벽에 걸려 있었다.
 서고라더니, 무기는 왜 있는 것일까?
 그런 의문이 들었지만 일단 주변을 자세히 살폈다.
 그러던 중 서탁 위에 봉투 하나가 놓여 있는 게 보였다.
 그 봉투에는 수신자가 명확히 적혀 있었다.
 [은서호는 보아라.]
 즉, 나에게 보내는 서신이라는 것.
 봉투를 열어 서신을 꺼내어 펼쳤다.

[이곳에 있는 것들은 내가 모은 것들이다. 그리고 나는 이것들을 너에게 물려주기로 했다.]

나는 눈을 동그랗게 떴다.
아니, 어르신. 이게 대체 무슨 말씀입니까?

[내 목숨이 얼마나 더 남았을지 모르겠지만, 이것들을 네 녀석이 받아 준다면 나는 제법 보람찬 삶을 살다가 가는 것이겠지.
거절은 하지 말거라. 네놈답지 않으니까.]

나는 서신을 내려놓았다.
역시 어르신은 나에 대해 너무 잘 아신다니까.
이렇게까지 말씀하시니 어르신이 남기신 것을 거절할 수는 없지.
그런데 어르신, 제가 드린 강녕초 달인 물을 드셨으면, 적어도 십 년은 더 사실 텐데……
너무 이르신 거 아닙니까?
하긴, 내가 드린 강녕초는 어르신도 생각하지 못하셨던 것이었을 테니까.
나는 웃으며 마지막 문장을 떠올렸다.

[내 진짜 생일은 칠월 초닷새다]

어르신도 참.

내가 알고 있는 어르신의 생신과 같다. 그 말은 즉, 어르신의 진짜 생신 같은 건 없다는 의미다.

이 서고를 물려주기 위한 일종의 시험이자 핑계.

그리고 이 서고가 어르신의 진짜 생일을 알아내기로 했을 때의 선물이겠지.

그럼 감사히 잘 받겠습니다.

왠지 마음이 편해졌다.

그런데 황제 폐하도 어르신의 진짜 생일을 모른다고 하셨던 것 같은데….

즉 이를 위한 안배라는 의미. 제법 용의주도하시군.

한편으로는 이곳에 모은 것들이 무엇이기에 나에게 물려준다고 하시는지 궁금해졌다.

나는 그것들을 살펴보며 깜짝 놀랄 수밖에 없었다.

서책들은 꽤 귀한 것들이었고, 무기들 역시 흔히 구할 수 없는 것들이었기 때문이다.

그 옆에 보관되어 있는 영초들 역시 은해상단에서도 보기 힘든 것들이다.

그중에서도 내 시선을 잡아끈 것이 있었다. 그건 한 권의 서책이었다.

[초설희(初雪喜)]

처음 오는 눈을 기뻐한다는 의미의 서책.

나도 모르게 그 서책으로 다가갈 정도로 강렬한 이끌림이었다.

나는 그 서책을 집어 들어 펼쳤다.

[설풍궁에 입궁한 아해여, 눈이 오는 날 즐겁게 놀던 그 마음을 기억하느냐?]

어? 어어어?

나는 깜짝 놀라 두 눈이 커졌다.

이건…… 설풍궁의 무공서다.

이게 왜 여기에 있지? 아니, 이걸 왜 어르신이 가지고 계신 것이지?

설풍궁은 꽤 폐쇄적인 문파다.

그럴 수밖에 없는 게, 설풍궁의 궁도 대부분이 북해빙궁 여인들의 아이였기 때문이다.

게다가 설풍궁에 변고가 닥쳤던 날, 모든 것이 철저하게 불타 버렸다.

그런 상황이니 설풍궁의 무공서가 이곳에 있다는 게 놀라운 것이다.

사부님이 이걸 보시면 좋아하시겠네.

계속해서 무공서를 읽어 보니, 이것은 갓 입궁한 이를 교육하기 위한 무공서임을 알 수 있었다.

사실 설풍궁을 재건하고 오래 유지하기 위해서는 설풍궁의 토대가 되는 무공, 그중에서도 기초 무공이 매우 중요하다.

하여 이에 대해 고민하던 참이었는데, 이 무공서를 얻게 되다니!

왜 황보휘 어르신의 생신을 알아내어 선물을 받아야겠

다는 생각이 들었나 했더니, 이것 때문인 듯했다.

그 무공서를 계속 읽다 보니, 내가 배우지 못했던 것들에 대해서도 알 수 있었다.

설풍궁의 시작이라든지, 설풍궁 무공에 대한 마음가짐이라든지.

무공을 배울 때 사부님께서는 종종 아쉬움을 표하곤 하셨다.

"원래는 설풍궁에도 기초 무공서가 있었습니다. 그게 남아 있었다면 훨씬 더 효율적이었을 텐데 아쉽군요."라고.

이 무공서를 읽고 나니 왜 사부님께서 그리 말씀하셨는지 알 것 같았다.

이건 일단 챙겨서 사부님께 가져다드려야겠군.

어르신께서 내게 넘긴다고 하셨으니 지금 가지고 가도 상관없겠지.

혹시 설풍궁에 관련된 서책이 더 있나 살펴보았지만, 더는 보이지 않았다.

하긴 초설희를 건진 것만으로도 엄청난 수확이다.

다음에 어르신께 좋은 차라도 선물해 드려야겠네.

.
.
.

다음 날 아침.

식사를 마치고 가주님께 만날 것을 청했다.

그리고 여유롭게 후원을 거닐고 있을 때, 가주님이 시

종이 나를 찾아왔다.

"가주님께서 부르십니다."

"네."

그런데 나를 안내하는 시종의 표정이 조금 어두워 보였다.

숫돌 문제도 해결했는데, 무슨 문제가…….

아! 혹시 그건가?

곧 나는 가주님의 집무실에 도착했고, 안으로 들어갔다.

"소상, 은서호. 가주님을 뵙습니다."

"어서 오게."

"어젯밤에 황보휘 어르신의 서고에 들어갔었습니다. 그 열쇠는 반납해야 합니까?"

내 물음에 그는 손을 저었다.

"그럴 필요는 없네. 그 녀석이 자네에게 남긴 물건인데 그 열쇠를 왜 나에게 반납하나?"

"그렇군요."

"그리고 그 서고의 물건은 계속 이곳에 두어도 괜찮네. 그 녀석이 죽은 후에는 서고를 반납해야 하니 챙겨가야겠지만."

"그러면 그때 그 안의 물건을 가지고 가겠습니다."

"그렇게 하게나."

선선히 고개를 끄덕인 가주님은 내게 패 하나를 내밀었다.

"출입증이네."

"네?"

"그 서고를 계속 사용하려면 본가에 자유롭게 드나들 수 있어야 하지 않겠나? 이번에야 선유와 함께 왔으니 문제가 없었지만, 그냥 온다면 절차가 꽤 복잡한 편이네."

"그렇군요. 감사히 받겠습니다."

그나저나 이것까지 하면 내가 가진 패가 대체 몇 개야? 이러다가 패를 모으는 자라는 명호가 생기는 거 아닌지 모르겠네.

나는 그 패를 받아 품에 넣었다.

"어제 자네가 그랬지. 욱이를 감시하라고."

"아, 네. 그랬습니다."

"어찌 알았나?"

"네?"

"욱이가 남궁세가와 내통하고 있었다는 것을 어찌 알았냐고 묻는 것이네."

자신의 손자가 배신자였다는 것치고 평온한 얼굴이었지만, 곧 내가 잘못 생각했음을 알았다.

평온한 척하는 것이다.

그 눈동자는 지금 활활 불타오르고 있으니까.

내가 황보욱 공자가 배신자라는 것을 알게 된 이유는 서향 소저의 조언 덕분이다.

하지만 그리 말할 순 없지.

"죄송하지만 그건, 영업 비밀입니다."

151장. 일석이조

나는 능글맞은 미소를 지으며 말했다.
"상인에게 영업 비밀은 목숨과도 같은 것이니, 이 점 양해 부탁드립니다."
내 말에 가주님은 탐탁잖은 표정으로 나를 노려보셨다.
"정녕 그리 나올 것인가?"
동시에 나를 향해 쏘아지는 살기.
그 살기에 식은땀이 흘렀지만, 미소를 잃지 않았다.
"그래도 오해는 하지 않으셨으면 합니다. 만약 제가 남궁세가와 관련이 있다면 왜 황보욱 공자를 감시하라는 말을 했겠습니까?"
그래도 사그라지지 않는 살기에 나는 한숨을 내쉬었다.
"저, 황제 폐하의 성지를 받들어 온 것입니다만?"

"……."

그제야 살기가 사라졌고, 가주님은 민망한 듯 헛기침을 하며 말했다.

"험험, 정녕 그렇다면 할 수 없지."

"가문의 일을 다른 자의 손에 맡길 생각이십니까?"

즉, 나에게 물으려 하지 말고 알아서 하시라는 의미다.

"자네 말이 맞네. 가문의 일을 다른 자의 손에 맡길 수는 없는 일이지."

"혹시, 무관 교관 건은 언제쯤 마무리되겠습니까?"

"한 사흘 정도면 인선이 마무리될 듯하네."

"알겠습니다. 그럼 저는 이만 나가 보겠습니다."

"그리하게."

* * *

황보세가의 가주 황보세(皇甫洗)는 방금까지 은서호가 서 있던 곳을 바라보았다.

일부러 살기를 뿜어내 압박했음에도 미소를 잃지 않는 모습은 확실히 보통내기가 아니었다.

'절정 수준이라고 들었는데…….'

하지만 자신이 볼 때 그 단계는 넘어선 듯했다.

게다가 황제가 보낸 사람이라는 것을 언급해서 더 이상 압박하지 못하게 하는 것까지.

그 능력이나 수완이 보통이 아니었다.

그는 일전에 황보휘가 가문에 방문했을 때를 떠올렸다.

"형님. 내가 아주 재미있는 녀석을 만났소. 언젠가 이 가문에 올 터인데 그 녀석이 '내 진짜 생일'에 대해 언급하면 이 열쇠를 주면 되오."
"그건 네 서고 열쇠가 아니더냐?"
"맞소. 그 녀석에게 내가 모은 것을 물려줄 생각이오."
"대체 어떤 녀석이기에 그것들을 물려줄 정도로 네 마음에 쏙 든 것이냐?"
"형님도 그 녀석이 마음에 들 것이오. 정말 재밌는 놈이거든."
"네가 그렇게 말하니 흥미가 생기긴 하는구나."
"그리고 만약 그 녀석이 뭔가 충고를 한다면 그 충고를 귀담아들어야 후회하지 않을 것이오. 형님."

자신의 손자를 감시하라고 하는 말에 솔직히 괘씸했다.
그러나 자신이 아끼는 동생인 황보휘의 당부가 있었기에 은서호의 말을 흘려듣지 않은 것이다.
하여 충복에게 은밀히 손자를 감시하라는 명을 내렸는데, 아침을 먹기도 전에 돌아와 놀랄 만한 소식을 전했다.

"황보욱 공자님이 누군가를 은밀히 만났습니다. 하여 그 상대를 살펴보니 남궁세가의 사람이었습니다."

남궁세가가 어딘가?

황보세가의 행보를 사사건건 방해하며, 시비를 걸지 못해 안달 난 곳.

게다가 저번 무림대연회 때 딸이 모욕당한 일을 이쪽에서 갚아 주었더니, 치사하게 숫돌의 산지를 독점해 황보세가가 숫돌을 납품받지 못하게 해 버렸다.

만약 은서호가 숫돌을 납품해 주지 않았다면 상황은 무척 난감해졌을 터.

결국은 버티지 못하고, 남궁세가에 머리를 숙일 수밖에 없었을 테니까.

어쨌든 자신의 손자가 남궁세가의 세작이라면, 이 일은 결코 그냥 넘어갈 수 없는 일이다.

'차라리 흑도의 세작이었다면 적당히 벌하고 넘어갔을 테지만, 남궁세가라니!'

하지만 아직은 증거를 더 모을 때였다.

* * *

나는 내 처소로 돌아왔다.

"후우······."

그리고 길게 한숨을 내쉬자, 팔갑이 물었다.

"도련님. 무슨 일 있으셨습니까요? 왜 죽었다 살아난 표정이십니까요?"

"그런 일이 있었어."

화경에 이른 무인의 살기를 정면으로 받는 건, 정말이지 다시는 경험하고 싶지 않은 일이다.

하지만 그렇다고 내 영업 비밀을 밝힐 수는 없잖아.

"얼른 차를 드시는 게 좋겠습니다요."

"고마워."

팔갑이 차를 한 잔 따라 주었고, 나는 그 차를 마시며 생각을 정리했다.

내가 산동으로 떠나기 전, 서향 소저가 내게 속삭인 한마디.

"소단주님. 유독 친절하게 구는 황보세가 사람이 있다면 경계하셔야 합니다. 뒤통수가 아프실 거예요."

그 말은 즉, 배신자라는 의미.

하여 나는 황보욱이라는 자를 경계한 것이다.

황보세가쯤 되는 곳의 직계가 나를 정성을 다해 보필한다?

그럴 수 있긴 해도 황보욱의 친절은 그 정도를 넘었다.

자신을 짐꾼으로 쓰라고 하였고, 직접 손수레까지 끌었다. 다음날 일 핑계를 대고 도망가긴 했지만.

아무튼, 그건 내 상식으로도 이해가 되지 않는 일이었기에 주의를 기울였고 그의 기운을 살폈다.

하지만 역겨운 흑도의 기운이나 수라혈교의 기운이 느껴지지는 않았다.

이에 내가 너무 민감하게 반응했나 싶기도 했지만, 그래도 서향 소저의 조언이기에 결코 경시하지 않았다.

하여 그를 따돌리고 채석장의 일을 진행시켰다.

다시 황보세가로 돌아온 나에게 황보욱 공자는 서운함을 보였지.

이에 내가 "수레를 끌고 따르지 그랬냐?"고 말하자, 순간적으로 내게 살기를 쏘아냈다.

그 순간 알아차렸다.

나를 보필하라는 것은 소가주의 명이었지만, 그 와중에 무언가 내게서 알아내려고 했다는 것을.

하여 가주님께 황보욱 공자를 감시하라고 했는데, 그 내통하는 자가 남궁세가였다니!

아이고야…….

서향 소저의 조언이 아니었다면 정말 큰일 날 뻔했다.

남궁세가는 작금 황보세가의 최대 숙적.

그런 남궁세가의 세작 노릇을 했다면 제아무리 소가주의 아들이라고 해도 용서받기는 글렀다.

그걸 모르지 않을 텐데, 대체 황보욱 공자는 왜 남궁세가와 손을 잡은 것일까?

후, 머리 아프네.

급한 일은 거의 마무리되었으니 잠깐 산책이나 좀 해야겠군.

접객당 근처에 제법 잘 꾸며진 정원이 있었으니까.

잠시 후.

나는 이필 무사와 명종 무사를 데리고 산책을 나섰다.

천천히 정원의 기화요초를 감상하고 있는데, 멀리서 한 중년의 여인이 다가오는 게 보였다.

입은 옷의 색감이나 무늬는 수수하고 어두웠다.

하지만 내가 누군가?

지난 삶에서 비단 사업을 성공시킨 몸이다.

아무리 수수한 옷이라고 해도 그 원단이 최상급의 비단이라는 것을 알아보지 못할 리가 없지.

그 말은 즉, 저 중년의 여인은 황보세가에서 제법 높은 지위라는 의미다.

그때 눈이 마주했고, 그녀가 나에게 말을 건넸다.

"처음 뵙는 분이군요."

나는 얼른 포권했다.

"소상, 은해상단의 소단주 은서호라고 합니다. 잠시 객으로 머물고 있습니다."

"그렇군요. 저는 황보인아라고 해요. 제 오라버니께 이야기는 들었어요. 황제 폐하의 총애를 받는 분이시라죠."

"과찬이십니다. 그리고 말씀을 편히 하셔도 됩니다. 저는 아직 이립도 되지 않았습니다."

나는 그녀의 정체를 유추했다.

중년의 나이와 방금의 말을 종합해 보면 황보선유 대협의 여동생쯤 되겠군.

아…….

그때 문득 이전 삶에서 들은 그녀에 대한 기억이 떠올랐다.

황보세가의 비운의 여인.

가문이 맺어 준 집안으로 시집을 갔고, 부군과의 금슬도 나쁘지 않았다.

하지만 슬하에 자식이 없었다는 것이 문제였다.

그러던 중 그의 부군이 근처 녹림 토벌에 동원되어 나갔다가 그만 전사하고 말았다.

이에 그녀는 분연히 일어나 녹림을 토벌해서 부군의 원수를 갚는 데 성공했다.

그런데 시가에서는 토벌을 마치고 돌아온 그녀를 황보세가로 다시 돌려보냈고 하여 그녀는 지금 있는 듯 없는 듯 지내는 것이다.

현재 황보세가의 유일한 오점이라 할 수 있는 인물.

그러나 이젠 아니지.

황보욱 공자가 남궁세가의 첩자 노릇이라는 역대급 사고를 쳐 버렸으니까.

"그렇다면, 그렇게 하지. 그나저나 내가 누군지 아는 눈치군."

그녀의 물음에 나는 얼른 대답했다.

"소상은, 은해상단의 소단주입니다. 주요 고객님들에 대한 신상을 파악하지 못해서야 어찌 훌륭한 상인이라 할 수 있겠습니까?"

"그렇군. 나에 대해서 알고도 불쌍한 눈빛으로 보지 않는 자는 오랜만에 보네."

그에 나는 담담하게 받아쳤다.

"실례지만, 어째서 제가 부인을 불쌍하게 보아야 합니까?"

"……."

"오히려 저는 멋진 분이라고 생각합니다. 직접 부군의 원수를 갚으시지 않았습니까?"

사실 살짝 의아한 것이 있었다.

그녀의 시가에서 황보세가의 후광을 포기하고 그녀를 황보세가로 돌려보냈다는 점 때문이다.

아무리 직접적인 인연이 사라졌다지만, 그래도 혼인을 한 이상 그녀를 데리고 있으면 황보세가의 이름이 방패가 되어 줄 터.

그럼에도 그녀의 시댁은 그녀를 돌려보냈다.

왜 그랬을까?

잠시 고민하자 곧 답이 나왔다.

부인은 홀로 녹림을 토벌했다고 했다.

그렇다면 그 무위가 결코 평범할 리가 없지.

조심스럽게 그녀를 살피자 그녀의 실력이 느껴졌다.

초절정.

그렇다면 더더욱 그녀를 붙잡고 싶었을 거다.

그런데도 그녀를 친정으로 돌려보냈다라……

"아마 부인의 시댁에서는, 그런 멋진 부인을 시댁이 묶어 두고 있는 것이 미안했던 것입니다."

"미안했다고?"

"네. 홀로 부군의 원수를 갚을 정도로 최선을 다하셨지 않습니까? 그건 시댁에서도 잘 알 것입니다. 솔직히 시댁에서도 부인을 데리고 있는 게 더 든든했을 겁니다. 그러면 황보세가의 후광이나 덕을 볼 수 있을 것 아닙니까?"

"……."

"그러나 자신들의 욕심으로 부인을 붙잡아 두는 건 더는 못 할 짓이라 생각했을 겁니다."

"그럼……."

"네. 이제 부군이나 시댁에 얽매이지 말고 자유롭게 사시라는 의미였던 것이라 생각됩니다."

"……."

"혹시, 가주님께서 부인의 시댁에 지금까지도 얼마간의 지원을 하고 있지 않습니까? 만약 그렇다면 그것이 바로 그 증거입니다."

나는 뺨을 긁적였다.

"소상의 짧은 소견이기에 정답이 아닐 수도 있습니다. 하지만 더 이상 그로 인해 의기소침해하지 않으셨으면 합니다."

"……."

나는 고개를 숙여 보였다.

"그럼 저는 이만 물러가겠습니다."

그리고 내 처소로 향했다. 힐끔 뒤를 돌아보니 그녀는 그대로 서서 허공을 바라보고 있었다.

.
.
.

그날 저녁.
"은 소단주, 있는가?"
"네! 들어오십시오!"
황보선유 대협이 내 처소에 방문하셨다.
"어인 일이십니까?"
전에 내게 어딜 그리 바쁘게 돌아다니는 거냐고 타박하셨지만, 정작 나보다 더 바쁘게 움직이신단 말이지.
"왜? 오면 안 되는 일이라도 있느냐?"
"그건 아닙니다. 저야 대협께서 찾아오시면 반갑습니다만, 바쁘신 것 같아서 말입니다."
"나도 잠은 자야지."
하긴, 지금 시간이 좀 늦은 시간이긴 하지…….
"제가 자고 있었으면 깨우실 생각이셨습니까?"
"자네가 벌써 잘 리가 없지 않나?"
우문에 현답이군.
"앉으십시오."
마침, 방금 팔갑이 두고 간 차가 있기에 대협에게 차를 대접했다.
차를 마시는 황보선유 대협의 표정은 어딘가 살짝 복잡해 보였다.
황보욱 공자의 일 때문인가?

그리 예상하고 있을 때 대협이 나에게 말했다.

"아까 내 여동생을 만났다지?"

아, 그것 때문인가.

그 이야기도 조금은 예상했기에 나는 선선히 고개를 끄덕였다.

"네. 아까 정원을 산책하다가 뵈었습니다."

"드디어 인아가 그 칙칙한 옷을 벗어 던졌다."

"네?"

"인아가 친정으로 돌아온 후, 즐겨 입던 밝은 색의 옷은 전부 두고 칙칙한 옷만 입었거든. 아마도 그건 인아 나름대로의 상복이었을 거다. 아니면 시가에서 쫓겨난 자신이 무슨 염치로 밝은 색의 옷을 입겠냐는 자책이었을 수도 있고."

"……."

"인아가 조금 전에 아버지를 찾아뵈었다고 하더군. 자네에게서 이야기를 듣고 아버지께 자초지종을 듣기 위해서였다고 하네."

어조를 보니 좋은 쪽으로 풀린 것 같군.

"덕분에 인아가 마음의 짐을 덜 수 있게 되었다네. 그래서 자네에게 감사를 표하러 왔네."

사실 아까 황보인아 부인께 말을 하면서도 뭔가 석연치 않았던 것이 있었다.

그건 왜 황보세가의 가주님이 자신의 딸에게 그에 관해 이야기하지 않았는지였다.

내가 이에 대해 묻자, 황보선유 대협이 한숨을 내쉬며 대답했다.

"아버지께서 왜 말씀을 하지 않으셨겠나? 당연히 하셨지. 하지만 들을 생각이 없는 이의 귀에 그 말이 제대로 들어갈 것 같나?"

"음, 그건 그렇군요."

"그리고 때론, 가족이기 때문에 그 말이 들리지 않을 때도 있지. 가족이니까 위로하기 위해 그리 말하는 것이라 지레짐작하니까."

"……."

즉, 전혀 상황을 모르는 타인인 내가 그런 말을 한 것과 시간이 지나서 그녀도 들을 준비가 더해졌기에 이런 결과가 나온 거겠지.

어쨌든 잘된 일이다.

솔직히 황보인아 부인에게 칙칙한 색의 옷은 잘 어울리지 않았거든.

"사실…… 저번 대연회 때 남궁세가에서 인아를 두고 아버지를 도발했네."

"네?"

"얼마나 인재가 없으면 쫓겨난 딸년을 받아들였냐고 했던 것 같더군."

그건 도발이 아니라 모욕인데, 남궁세가에서 그런 짓을 했다고?

"그래서 가만히 계셨습니까?"

"당연히 아니지!"

대협이 펄쩍 뛰며 말을 이었다.

"그땐 맹주님이 중재하는 바람에 서로 물러나야 했지만, 마침 산동에서 난동을 부린 남궁세가의 아들이 있어서 호되게 혼을 내주고 쫓아냈지."

아…….

숫돌 납품이 왜 중단되었나 했더니 그 일 때문이었군.

"그리고 아버지께 조용히 전해 들었네. 남궁세가에서 그 일에 대해 사과를 요구했다고 하더군. 그렇지 않으면 숫돌의 공급은 앞으로 없을 거라고."

와…….

치졸한 새끼들.

솔직히 잘못은 그쪽이 먼저 했잖아?

그리고 그냥 쫓아낸 것도 아니고 산동에서 난동을 부려서 쫓아냈는데 말이지.

그런 상황에서 남궁세가와 내통하다니.

황보욱 공자는 대체 왜 그런 어리석은 선택을 한 것일까?

"그래서 말인데……."

대협은 말을 머뭇거렸고, 나는 고개를 끄덕이며 말했다.

"편하게 말씀하십시오."

"혹시, 학관의 교관 자리에 인아가 가도 되겠는가?"

"……네?"

와우, 이건 예상 못 했는데?

눈을 크게 뜨며 황보선유 대협에게 물었다.

"그게 무슨 말씀인지 잘 이해가 되지 않습니다. 왜 갑자기 부인께서 무관의 교관으로 가도 되는지 물으시는 겁니까?"

"아, 오해하지 말게. 이건 인아가 물어봐 달라고 부탁한 것이네."

"오해하지 않습니다."

"인아는 이제 가문에서 시간만 죽이고 싶지 않은 모양이야. 그러던 중 무관에 대한 이야기를 들었던지 나에게 청을 하더구나."

"그렇군요."

하지만 나는 무관의 교관은 그 나이가 마흔 살이 넘지 않았으면 좋겠다는 생각이다.

그건 노인을 괄시해서가 아니라, 교육의 영속성을 위해서다.

지금 초빙하는 교관들이 되도록 오랫동안 교육을 담당해 주었으면 하니까.

그리고 교관들의 나이가 많으면 무관의 관장 대리와 의견이 충돌해서 문제가 생겼을 때, 이를 중재하고 정리하는 것도 힘들 수 있으니까.

그렇다고 황보인아라는 걸출한 여걸을 거부하기에도 아쉽다.

그녀의 무력이나 경험은 큰 도움이 될 테니까.

잠시 고민하던 중, 좋은 생각을 떠올렸다.

"그렇다면, 교관 말고 다른 역할을 부탁드리고 싶습니다."

"다른 역할이라면?"

"기숙사 사감님을 맡아 주셨으면 합니다."

"기숙사 사감?"

"네. 이번에 저희가 짓는 무관은 모든 관생들이 기숙사에서 생활하게 됩니다."

"그렇군."

"그렇기에 기숙사 사감님은 다방면에서 뛰어나고 강단이 있어야 합니다. 관생들을 보살핌과 동시에 잘못된 행동은 엄하게 꾸짖어 훈계하셔야 하는 자리이기도 합니다."

내 말을 바로 이해하신 듯 황보선유 대협이 피식 웃었다.

"밤중에 일탈하는 놈들을 잡아 족치기도 해야겠고."

"경험이 있으신 모양입니다."

내 말에 그는 얼른 손을 내저었다.

"경험은 무슨! 그냥 그렇다는 것이지."

그리 당황하시니 더욱 의심스럽습니다만.

"어쨌든 좋은 제안이군. 내 인아에게 말해 보도록 하지."

"잘 부탁드립니다."

"그럼 늦은 밤에 미안했네. 이만 편히 쉬게나."

그렇게 황보선유 대협은 내 처소에서 나갔고, 나는 목덜미를 긁적였다.

이제 자도 되겠지?

그나저나 황보욱 공자에 대해서 말하지 않는 것을 보

니, 아직 그 일은 가주님만 알고 계시는가 보네.

아직 조용한 것을 보니 확실하게 처리할 수 있도록 증거를 모으시는 듯했다.

신중하게 움직이시겠다는 거군.

그래서 세간에서 황보세가를 다른 의미로 호굴(虎窟)이라 부르는 것일지도 모른다.

호랑이는 신중하게 움직이지, 경거망동하지 않으니까.

그런데 황보욱 공자는 왜 그랬을까?

* * *

그 시각.

슬그머니 황보세가를 벗어난 누군가가 있었다.

흑색 죽립을 써서 얼굴을 가리고, 흑색 장포까지 입어 그의 모습은 어둠에 스며들었다.

그가 은밀하게 움직여 도착한 곳은 제남의 한 작은 주점.

물론 아직 금주령이 풀리지 않았기에 개점휴업 상태이긴 했다.

똑똑, 똑, 똑똑, 똑.

약속된 대로 문을 두들기고 말했다.

"계십니까?"

"들어오십시오."

그는 안으로 들어갔다. 어두운 주점 안에는 한 남자가

앉아 있었다.

한쪽 눈에 청색 안대를 한 남자였다.

"어서 오시오. 공자."

"늦어서 미안합니다."

"아닙니다. 이해합니다."

"앉으십시오."

늦게 도착한 이는 자리에 앉으며 죽립을 벗었다.

그 정체는 바로 황보욱이었다.

"큰일입니다. 황보세가에 숫돌이 납품되었습니다."

"그게 무슨 말입니까?"

쪼르르륵.

청색 안대를 한 남자가 찻잔에 차를 따르며 말했다.

"분명 본가에서 허락하지 않은 곳에는 숫돌을 납품하지 못하게 압력을 넣었습니다. 당연히 황보세가에는 허락하지 않았고요."

스륵.

그는 찻잔을 앞으로 밀며 말을 이었다.

"대체 누가 우리 남궁세가를 거스르고 그리 간 큰 짓을 했는지 궁금하군요."

황보욱은 고개를 저으며 말했다.

"그런 압력이 소용없었습니다. 전혀 생각지 못한 곳이니까요."

"……?"

"은해상단의 은서호라는 자가 이번에 산 하나를 매입

했는데, 그곳이 숫돌을 만들 수 있는 돌이 생산되는 석산이었다더군요."

그 말에 청색 안대를 한 이가 미간을 찌푸렸다.

"하필 그런……."

"이제 어찌할 생각입니까? 이대로는 우리의 계약이 성사가 될 수 없습니다."

청색 안대를 한 이는 잠시 고민하다가 입을 열었다.

"그렇다면 조금 더 도와주셔야겠습니다. 그 채석장까지 우리 손에 넣어야 우리의 계약이 성사될 수 있을 테니까요."

"좋습니다. 내가 무엇을 도우면 되겠습니까?"

"채석장의 정확한 위치와 그곳에서 캘 수 있는 돌이 얼마 정도인지 등의 정보를 알아봐 주십시오."

"알겠습니다."

"그런데, 정말 괜찮은 것입니까?"

"무엇이 말입니까?"

"그대의 조부가 본가에 고개를 숙이는 것 말입니다. 한 세가의 가주가 다른 세가에 고개를 숙이는 것은 꽤나 자존심 상하는 일이 아닙니까?"

"상관없습니다. 조부님이 남궁세가에 고개 한 번 숙인다고 가문이 망하는 것도 아니고, 제가 영약을 받아서 무공이 강해지면 그게 더 나은 거 아닙니까?"

"하하하, 그것도 맞는 말씀이군요."

"저는 제가 강해질 수 있다면 그 정도는 상관없습니다.

일석이조 〈171〉

그러면 은서호란 작자가 구매한 석산에 대해서 알아봐 주면 되는 것입니까?"

"네. 그러면 이후의 일은 저희가 알아서 하겠습니다."

청색 안대를 한 이가 조심스럽게 물었다.

"그나저나 어째 은서호라는 자에 대해 악감정을 가지고 계신 듯하군요."

"당연하죠. 상인 주제에 나를 짐꾼처럼 부려먹은 작자입니다."

"아…… 그 이야기라면 들었습니다. 저잣거리에서 꽤나 화제더군요."

"후, 안 그래도 과하지욕의 고사를 떠올리며 분노가 끓어오르는 것을 참고 있습니다."

"잘 부탁드립니다. 잘만 하면 그 치욕 역시 우리가 갚아 줄 수 있으니 말입니다."

콰직!

그때였다.

천장이 부서져 내리며 한 무리의 이들이 바닥에 착지한 것은.

"헉!"

그들을 본 황보욱은 기겁할 수밖에 없었다.

그들의 복장에 새겨진 태산을 형상화한 문양은 황보세가 소속이라는 증명이었다.

그리고 그들의 왼쪽 가슴에 새겨진 태보대(泰甫隊)라는 세 글자.

그들은 황보세가 가주의 친위대였다.

'빌어먹을! 저들이 어째서 여기에……?'

저들이 이곳에 나타났다는 것은 자신의 조부가 자신을 의심하고 있었다는 뜻이다.

그 누구에게도 이 계약에 대해 이야기하지 않았다.

항상 은밀히 움직였고, 그 누구에게도 의심받을 짓을 한 적이 없었기에 들킬 거라고는 생각도 못 했다.

그는 얼른 손을 내저으며 변명했다.

"수, 숙부님! 그러니까 이건……."

태보대의 대주가 낮은 목소리로 말했다.

"변명할 생각은 하지 마라. 이미 이 안에서 무슨 이야기가 오갔는지 다 들었으니까."

그는 태보대의 무사들을 향해 명령했다.

"이 안에 있는 자들, 한 사람도 빼놓지 말고 다 추포해라. 저것까지 포함해서."

"네!"

* * *

황보선유 대협이 돌아간 후, 나는 침상에 누웠다.

이제는 좀 마음 편하게 자 볼까?

하지만 잠들려 하는 순간, 한숨을 내쉬며 자리에서 일어날 수밖에 없었다.

내 기감에 느껴지는 시끌시끌한 소란 때문이다.

벌컥!

팔갑이 문을 열고 다급히 들어왔다.

"도련님! 도련님! 큰일입니다요! 지금 황보세가가 발칵 뒤집혔습니다요!"

"무슨 일인데?"

"황보세가주님의 친위대가 황보세가에 위해를 가하려고 모의하던 자들을 추포했다고 합니다요. 그런데 그들 중에 황보욱 공자도 있다고 합니다요."

아…….

드디어 확실한 증거를 잡았구나.

"후, 그럼 나가 봐야지."

나는 고개를 주억이고는 침상에서 내려왔고, 겉옷을 챙겨 입었다.

"그래서, 지금 다들 어디에 있는데?"

"대연무장에 모여 있습니다요."

나는 호위무사들과 함께 대연무장에 도착했다.

그곳에는 한밤중임에도 수많은 이들이 모여 있었다.

"황보욱 공자가 남궁세가와 내통하고 있었다는 것은 가문의 수치라고 할 수 있는데, 이걸 이렇게 대놓고 모두에게 밝혀 버리는군요. 역시 황보세가인가 봅니다."

하긴 황보세가는 정정당당한 것을 중시하는 가풍을 가지고 있으니까.

하지만 그것만이 이유는 아니다.

"그것도 있겠지만, 다른 이유도 있습니다."

내 말에 창운 무사가 고개를 갸웃했다.

"다른 이유가 또 있습니까?"

정파인 화산파와 종남파의 제자로 살아와서 그런지, 명종 무사나 창운 무사는 세상을 너무 바르고 정직하게만 바라보는 면이 있단 말이지.

물론 그게 나쁘다는 건 아니다.

세상을 그렇게 볼 수 있다는 것도 어떻게 보면 복받은 것이라고 할 수 있으니까.

나는 고개를 끄덕이며 설명해 주었다.

"네. 이렇게 공개적으로 이를 심문하고 자세한 정황을 밝혀야 남궁세가에서 딴말을 할 수 없을 테니까요."

"아……."

"공정하고 정정당당한 것도 좋지만, 꼼수를 파악하고 이용할 줄도 알아야 합니다. 무작정 공정하고 정정당당하기만 해서는 등쳐 먹는 이들에게 당할 테니까요."

"옳은 말씀이군요. 하지만…… 슬픈 현실이기도 합니다."

"맞습니다."

우리는 대연무장에서 다른 이들 사이에 섞여 연무장 안을 바라보았다.

황보욱 공자가 의자에 묶인 채 앉아 있었다.

제법 거칠게 끌려왔는지, 뺨 한 쪽에는 멍이 들어 있고 입술도 찢어져 피를 흘리고 있었다.

"아이고! 욱아!"

그때 한 여인이 달려왔다.

"어머니!"

"이게 무슨 일이냐? 네가 왜 이 모양 이 꼴로 이곳에 있는 것이냐?"

"어머니! 저는 억울합니다."

아…… 저 여인이 황보욱 공자의 어머니구나.

"어서 내 아들을 풀어라! 내 아들은 소가주의 아들이다! 이런 꼴로 있을 이유가 없다!"

그녀가 악을 쓰며 외쳤지만, 태보대라는 글자가 새겨진 동의를 입은 이들은 꿈쩍도 하지 않았다.

"물러나십시오."

"현재 황보욱은 죄인입니다."

이에 그녀는 옆에 서 있는 소가주에게 하소연했다.

"부군, 우리 아들입니다. 우리 아들이라고요!"

"후우…… 나도 어쩔 수 없는 일이오."

"부군!"

"당신이 이 황보세가의 여인이라면, 체통을 지키시오."

그때 황보세가주가 등장하며 그들의 대화는 더 이어지지 못했다.

"소란스럽구나."

"아, 아버님!"

그녀가 가주님에게 달려가 그 앞에 무릎을 꿇었다.

"제 아들은 큰 잘못이 없습니다. 부디 헤아려 주십시오."

"며늘아가."

"네, 네. 아버님."

"조용히 하고 자리를 정돈하거라."

황보세가주는 그녀에게 더 말하지 않고, 좌중을 보며 선언했다.

"지금부터 공개 심문을 시작하겠다."

모두의 시선이 황보세가주에게 집중되었다.

"나는 최근 황보욱의 행동이 심상치 않다는 것을 느꼈고, 하여 심복에게 감시하도록 명했다."

고맙게도, 내 이야기는 숨겨 주시는구나.

"그 덕분에 황보욱이 남궁세가의 아들과 내통한다는 것을 알게 되었다."

그는 황보욱을 보며 물었다.

"황보욱! 반론이 있느냐?"

황보욱은 격하게 몸을 흔들며 절규했다.

"조, 조부님! 소손은 죄가 없습니다. 소손은 그저 남궁세가와 친선을 위한 교류를 했을 뿐입니다!"

"이 자리는 조손간의 자리가 아니라 가주와 죄인 간의 자리이다. 호칭을 똑바로 하도록 해라!"

"흐윽!"

그 엄중한 기세에 황보욱은 헛숨을 들이켰다.

"친선을 위한 교류를 했을 뿐이라고? 그러면 왜 흑의를 입고 몰래 나가서 만난 것이냐?"

"그게…… 남궁세가의 아들과 교류를 한다고 하면 반

대하실 것 같아서 그랬습니다."

그 대답에 주변의 이들이 고개를 끄덕였다.

"하긴, 남궁세가와 사이가 좋지 않은 상황에서 그걸 밝힐 순 없었겠지."

"그건 이해가 되네."

주변의 반응에 황보욱의 안색이 조금씩 좋아지기 시작했다.

"헛소리를 잘도 늘어놓는구나."

황보세가주님은 어처구니없다는 듯 혀를 찼다.

그 말은 즉, 확실한 증거를 가지고 계신다는 의미겠지.

"태보대주."

"네!"

"그곳에서 무엇을 들었느냐?"

그 물음에 태보대주가 대답했다.

"황보욱은 남궁세가의 이들에게 본가의 사정을 자세히 전했습니다. 그리고 모종의 계약을 맺었고, 이를 확인하는 것까지 들었습니다."

"무슨 계약이었느냐?"

"현장에 있던 남궁세가의 사람을 심문한 결과, 황보세가의 가주가 남궁세가에 머리를 숙이는 것을 돕는 대가로, 황보욱이 남궁세가로부터 영약을 제공 받는다는 내용의 계약이었습니다."

"……!"

그 말에 모두가 경악했다.

"아, 아닙니다! 거, 거짓입니다! 저는 그, 그, 그런 계약을 맺은 적이 없습니다."

황보욱 공자가 항변했다.

그때 태보대 대주가 품에서 무언가를 꺼내 내밀었다.

"그리고 여기 남궁세가의 사람을 심문하여 이 계약서를 찾아왔습니다."

그 계약서를 건네받은 가주님은 계약서를 살피더니, 이내 한숨을 내쉬며 소가주에게 내밀었다.

"봐라."

이에 소가주를 비롯한 다른 식솔들이 그것을 돌려보았다.

그리고 마지막으로 황보욱 공자 앞에 들이밀어졌다.

"여기 증거가 있는데도 발뺌인 것이냐?"

"제 수결이 아닙니다!"

이에 황보세가주가 외쳤다.

"갈!"

"……"

"솔직히 너를 그 자리에서 즉결 처분하라고 명할 수도 있었다. 그럼에도 그리하지 않고 이 자리를 만든 건 내 너에게 기대하는 것이 있었기 때문이다."

"……"

"네 죄를 인정한다면, 한 번쯤은 용서해 줄 생각도 했다. 하지만 네 모습은 나를 실망하게 하는구나."

가주님은 모두를 보며 말했다.

"판결을 내리겠다. 죄인 황보욱은 황보세가의 일원으로서 외부 사람과 내통하여 가문의 명예를 무너뜨릴 수작을 꾀했다. 이에 황보욱의 내공을 폐한 후 유폐를 명한다."

그때였다.

"이런 × 같은! 당신이 뭔데 나에게 그런 판결을 내리는 건데?"

어……?

"누가 이런 × 같은 가문에서 태어나고 싶어서 태어났냐고? 그리고 그깟 고개 한 번 숙이면 남궁세가가 영약도 챙겨 주고 돈도 챙겨 준다고 해서 그런 건데, 그게 그렇게 잘못한 거야?"

"……"

"이런 꽉 막힌 가문은 나도 싫다고! 이런 가문보다 남궁세가가 훨씬 낫지!"

"……"

한순간에 조용해진 대연무장.

와…… 저 멍청한 새끼가 역대급 사고를 쳐 버렸다.

황보욱 공자는 자포자기하는 심정으로 그리 내뱉었을지도 모른다.

하지만 그 선택은 최악이라고 단언할 수 있었다.

내 주변에 있는 이들은 물론이고, 이곳에 모여 있는 황보세가의 식솔들 모두가 경악했으니까.

이런 공개적인 장소에서, 그것도 소가주의 아들이 남궁세가가 황보세가보다 낫다고 소리친 것도 문제지만…….

황보욱 공자가 생각보다도 더 멍청하다는 사실에 놀란 것 같은데?

"그래. 그 발언은 네 죄를 실토하는 발언이구나. 하고 싶은 말은 다 한 것이냐?"

가주님이 차분하게 물었다.

그러나 그 목소리에 담긴 기운은 결코 차분하지 않았다.

"다 안 했습니다!"

그럼에도 황보욱 공자는 이를 악물고 외쳤다. 아마도 마지막 오기였을 터.

"그래, 그럼 하고 싶은 말 다 해 보거라. 본가의 무엇이 꽉 막혔다는 것이냐?"

"쓸데없는 규율도! 법도도 다 꽉 막혔습니다! 이 제남의 패자면 패자답게 당당하게 살면 되는 것을 왜 황궁의 눈치를 보고 백성들의 눈치를 봐야 하는 겁니까?"

"……."

어…… 그냥 바보였구나.

남궁세가도 재주가 참 좋구나 싶었다. 저런 자를 골라서 구슬렸으니 말이다.

"후우…… 소가주."

"네. 아버지."

"아무래도 형에 대한 판결을 번복해야지 싶구나. 내가 그 어떤 형을 내려도 불만 없겠지?"

"이 사태에 제가 무슨 말을 하겠습니까? 아들을 잘 못 교육한 죄로 저 역시 소가주에서 물러나겠습니다."

이에 황보욱 공자의 어머니가 깜짝 놀라 물었다.

"그, 그게 무슨 말인가요? 당신이 왜 소가주의 자리에서 물러나요?"

"아들을 저따위로 교육했으니, 나 역시 그에 대한 책임을 져야 하지 않겠소?"

이에 황보욱 공자의 어머니는 가주 앞에 무릎을 꿇으며 말했다.

"아버님! 제 부군은 이 일에 아무 잘못이 없습니다. 이는 모두 황보욱, 저 새끼가 멍청한 탓입니다. 아무리 잘 교육한다고 해도 본바탕이 멍청하면 어쩔 수 없는 것 아닙니까?"

그녀는 말을 이었다.

"저런 녀석을 살려둬 봤자 본가의 이름에 먹칠만 할 뿐! 이 자리에서 바로 처형해 주십시오."

"……!"

와우…….

그녀의 생각은 훤히 보였다.

황보석길 소가주가 자리에서 내려온다면 그녀의 지위는 차기 가주 부인이 아닌, 방계의 부인이 되어 버린다.

자기 아들을 사형시켜서라도 지금의 자리를 지키겠다는 의지가 대단하네.

이에 충격을 받았는지 황보욱은 입을 뻐끔거렸다.

"어, 어머니?"

나도 깜짝 놀랐는데, 그녀의 아들인 황보욱 공자는 오죽했을까?

"왜, 왜 그러십니까?"

"닥쳐라! 어머니라니! 나는 너 같은 아들을 둔 적이 없다! 목숨을 살려 주고 황보세가의 적에서 제명하지 않은 것만으로도 감사히 여겨야지! 뭐가 어쩌고 어째?"

"그만하거라."

가주님이 중후한 목소리로 끼어들었다.

"우선 네 오해를 풀어 줘야겠구나. 우선 내게 뭔데 네게 그런 판결을 내리냐고 물었지?"

"……."

"나는 이 황보세가의 가주다. 그리고 너 역시 황보라는 성을 가지고 있으니 황보세가의 일원. 나는 황보세가를 다스리는 자이니 너를 벌할 수 있지."

"그럼 황보라는 성을 버리겠습니다!"

그 선언에 내 뒤에 서 있던 이필 무사가 고개를 절레절레 흔들며 중얼거렸다.

"저 작자는 세가에서 성을 버린다는 것이 무슨 의미인지도 잘 모르나 봅니다."

스스로 사천당가의 성을 버린 이필 무사였으니, 그 의미를 누구보다 잘 알고 있을 터.

그렇기에 그의 말이 씁쓸하게 들렸다.

"자신이 물고 태어난 금수저가 당연한 것이라고 생각하는 자에게서 보이는, 특유의 오만이지요."

"그리고 어머니에게 버림받았다는 것도 이유가 되지 않을까요?"

"그럴지도요."

나는 가주님을 향해 시선을 집중했다.

"후회하지 않겠느냐?"

"후회하지 않습니다!"

그 당당한 태도에 나는 혀를 찰 수밖에 없었다.

쯧, 후회할 텐데.

"좋다. 황보세가주의 이름으로 명한다. 이 시간부로 황보욱에게서 황보라는 성을 거두겠다."

그 선언에 모두가 포권하며 외쳤다.

"가주님의 명을 받듭니다!"

이에 황보욱 공자, 아니 욱 공자가 말했다.

"그럼 이제 그쪽이 나를 심판할 권한이 없으니, 이거 풀어 주십시오."

그 건방진 말에 가주님이 말했다.

"묶은 것을 풀어라. 더 이상 의자에 묶어 둘 필요는 없으니."

이에 태보대의 무사들이 욱 공자를 묶은 오라를 풀었다.

"그런데 그것은 알고 있느냐? 네가 황보라는 성을 버린 이상, 이 심문은 궤를 달리하게 된다. 세가 내부인에게 내리는 징계가 아닌, 감히 이 황보세가에 수작을 부리려 했던 외부인에 대한 응징이 되는 것이지. 그게 무엇을 의미할 것 같으냐?"

"……."

황보세가주님이 차갑게 말했다.

"그자들을 끌고 와라."

"네!"

곧 무사들이 한 무리의 이들을 끌고 왔다.

그들의 복장이나 기운을 보니 같이 잡혀왔다는 남궁세가의 사람들인 듯했다.

철퍼덕.

바닥에 거칠게 패대기쳐진 그들은 상처투성이에다가 피투성이였다.

"으으……."

"끄으윽……."

고통에 몸부림치는 그들의 모습에 욱 공자의 눈동자가 사정없이 떨렸다.

"너 역시 이들처럼 험하게 심문을 한다는 의미지. 이렇게 고상한 심문이 아니라."

퍽!

뒤에서 태보대 무사가 그의 뒷다리를 걷어찼고, 그는 땅에 무릎을 꿇었다.

"윽!"

그런 그에게 다가간 가주님이 말을 이었다.

"그리고 남궁세가에 고개를 숙인다라? 뭐가 꿀리는 게 있다고 내가 고개를 숙이느냐? 먼저 잘못한 건 그들인데 말이지. 그리고 너는 왜 네 아비나 조부가 아닌 남궁세가에 머리를 숙이고 영약을 얻느냐?"

"제가 달라고 했을 때 내주지 않았으니, 그런 것 아닙니까?"

"지금 네 수준에서는 필요 없으니까! 오히려 해가 될 뿐!"

"그걸 어찌 장담하십니까?"

"영약을 취하면 내공이 증진되는 것은 사실이다! 하지만 그걸 그 몸이 견디지 못하면 그대로 절명한다! 무림인 대부분이 아는 사실을 왜 네놈만 모르는 것이더냐?"

"……."

"그리고 남궁세가가 미쳤다고 고개 한 번 숙인다고 돈이랑 영약을 주겠느냐? 그 새끼들이 어떤 새끼들인데."

가주는 그리 말하며 청색 안대를 한 이를 걷어찼다.

퍽!

"크읔!"

"그래서, 말해 봐라. 욱이가 네놈들의 지시에 따라 주면 정말 영약을 주기로 했느냐?"

"그, 그걸 믿은 놈이 잘못 아닙니까?"

그 의미는 명확했다.

거짓말이었다는 의미다.

"그게 무슨 말입니까? 분명 본가의 일을 알려 주어 조부님이 머리를 숙이게 만들면, 저에게 영약을 준다지 않았습니까?"

"쿨럭! 이제 와서 말하는 건데, 정말 바보군. 그 말을 진짜 믿었습니까?"

욱 공자의 눈이 사정없이 떨렸다.

"호, 혹시 고신 때문에 거짓말을 하는 겁니까? 조금만 더 버티면 남궁세가에서 구하러 올 것인데……."

"하하하. 남궁세가가 구하러 온다라…… 철부지 공자님이시군요. 큭큭."

그는 말을 이었다.

"이보세요. 공자님. 남궁세가에서 왜 저를 구하러 오겠습니까?"

"네?"

"저는 남궁세가의 의지와 전혀 상관없이 독단적으로 일을 꾀한 것입니다. 당연히 알아서 처벌하라고 할 테지요."

그의 말대로다.

이 일이 남궁세가의 의지라면, 이는 남궁세가에서 고개를 숙여야 할 일이 된다.

그러니 남궁세가에서는 이 일을 꾀했다고 인정할 리가 없지.

"더군다나 저는 남궁세가의 방계인데 말입니다."

역시, 이런 일에 쓰였다고 들었을 때 짐작했던 대로군.

남궁세가는 직계와 방계의 차별이 매우 큰 곳이다.

대신에 개인의 무위에 따라 대우가 달라지는 곳이기도 하다.

말문이 막힌 욱 공자를 보며 황보세가주님이 말했다.

"더는 할 말이 없겠지."

"……."

"판결을 번복하겠다. 욱은 남궁세가의 이들과 결탁하여 본가의 정보를 넘기고 본가의 명예를 실추시키려 한 죄가 무겁다! 또한, 황궁을 모독한 죄가 없다고 못 할 터."

아까 왜 제남의 패자인 자신들이 황궁의 눈치를 봐야 하냐고 했던 말에 대한 것이겠지.

"하여, 욱의 단전을 폐하고 무기한 뇌옥형을 선고한다. 내 뒤를 이어 가주가 되는 그 누구도 중간에 뇌옥에서 꺼내는 건 허락되지 않는다!"

그만큼 이 일에 대해 엄중히 다루겠다는 의미다.

지금까지의 모습을 보니 이전 삶에서 황보세가가 골육상쟁으로 혼란에 빠졌던 것도 저 욱 공자 때문이겠군.

내가 아니었다면 저자가 내통하고 있던 것도 들키지 않았을 테니까.

그때 황보세가는 꽤 많은 피해를 입고 세력이 약화되었지.

그런 걸 생각하면 저자가 사라지는 게 황보세가의 앞날에도 도움이 될 거다.

"다른 남궁세가의 이들에 대해서는 사형을 선고한다."

이 일은 변명의 여지가 없는 일이니 사형시켜도 남궁세가에서는 말 못 하지.

아니, 남궁세가에서 반응이나 할까?

시치미 뚝 뗄 것 같은데?

"명을 받듭니다."

"형의 집행은 이틀 후, 그때까지 다른 여죄가 있는지

철저하게 심문하라."

"네!"

가주님이 손가락으로 욱 공자를 가리켰다.

"저것도 함께."

그때 소가주님이 그 앞에 무릎을 꿇었다.

"아버님, 아까 말씀드렸듯이 소가주의 자리를 내놓겠습니다."

"그럴 필요 없다."

"아버지."

"너는 지금까지 나를 도와 이 가문을 잘 이끌어 왔다. 지금 소가주를 바꾸는 건 더 큰 분란을 일으킬 뿐이다."

"……."

"앞으로 잘 하면 된다."

"알겠습니다."

"그리고 미안하다. 네 아들에게 그런 형을 내려서."

"아닙니다. 저라고 해도 아버지와 같은 형벌을 내렸을 것입니다. 제 아들이지만, 이는 결코 용서받지 못할 일이었습니다."

가주님은 복잡한 표정으로 고개를 끄덕이셨다.

"후, 이것으로 공개 심문을 종료한다."

욱 공자는 태보대의 이들에게 끌려갔다.

그나저나 바로 처형하지 않고 단전을 폐한 채, 뇌옥에 무기한 수감한다라…….

일말의 정이 남아서 그러신 걸까?

아니면 세가의 다른 이들에게 경고를 하신 걸까?
 아무래도 후자의 가능성이 더 크겠지.
 세가의 무인이 단전이 폐해진 채 뇌옥에 수감된다는 건 죽는 것보다도 고통스러운 일이니까.
 그곳에서 욱 공자는 자신의 어리석은 행동을 후회하겠지만, 모래밭에 엎질러진 물이다.

 다음 날 아침.
 간밤에 별로 자지 못했지만, 내가 평소에 실컷 잠을 자던 사람도 아니고……
 운기조식을 하니, 정신이 맑아졌다.
 내가 잠을 많이 자지 않고도 건강하게 돌아다니는 건 아마 태음빙해신공 덕분일지도 모른다.
 간밤에 있었던 일에 대해서는 그 누구도 입에 함부로 올리는 자가 없었다.
 그도 그럴 게, 소가주의 아들이 가문을 모욕하고 남궁세가의 세작 노릇을 하다 뇌옥에 갇힌 일이다.
 조심스러울 수밖에 없지.
 그럼 나는 채석장에 좀 다녀와야겠군.
 그때 밖에서 진유 무사의 목소리가 들렸다.
 "주군. 대협께서 오셨습니다."
 진유 무사가 지금 나에게 대협이라 말할 사람은 한 분뿐이다.
 "들어오시라 하십시오."

벌컥.

문이 열리고 황보선유 대협이 내 방으로 들어오셨다.

"어서 오십시오."

"외출하려던 것 같은데?"

"잠시 채석장에 다녀올 생각이었습니다. 급한 일은 아닙니다."

나는 말을 이었다.

"앉으십시오."

"아, 고맙네."

대협은 복잡한 얼굴로 자리에 앉았다.

"차 드릴까요?"

"괜찮네. 마시고 왔네."

그는 고개를 젓고는 말을 이었다.

"우선, 인아에게 무관의 기숙사 사감에 대한 말은 전했네."

"뭐라고 하십니까?"

"수업 준비를 하지 않아도 되니 부담이 적어서 좋다는군."

"그럼 나중에 제가 직접 찾아뵙겠다고 전해 주십시오."

"알겠네."

황보인아 부인의 말을 전했음에도 황보선유 대협의 얼굴이 여전히 복잡한 얼굴인 것을 보니 그 이유는 다른 것일 터.

"간밤의 일 때문에 속상하셨을 듯합니다."

"아아…… 자네도 봤나?"
"네."
"그랬군. 후우……."
대협이 마른세수를 했다.
"내가 금의위면 뭐 하나 싶었네. 가문의 일원이 그런 일탈을 하는 것도 눈치채지 못했는데 말이지."
"그만큼 은밀하게 움직였기 때문이 아니겠습니까?"
"위로해 주는 건가?"
"네."
내 말에 그는 웃었다.
"고맙네. 내 자네 일을 돕기 위해 왔는데 오히려 자네 도움만 받는군."
"괘념치 마십시오. 사람이 어찌 혼자 삽니까? 서로서로 도우며 살라고 사람 아니겠습니까?"
"자네 말을 들으면, 왠지 정말 그런 것 같단 말이지."
"칭찬으로 듣겠습니다."

그렇게 며칠이 지났다.
이제 슬슬 북경에서 사람들이 올 때가 되었는데?
호북성 본단과는 거리도 멀고, 거기서는 많은 인원을 보내야 하기 때문에 북경에서 임시로 사람들을 적당히 보내 달라고 정호 형에게 부탁했기 때문이다.
"도련님! 북경지부에서 사람들이 왔다고 합니다요!"
그때 팔갑이 나에게 말을 전해 주었다.

드디어 왔군.

나는 서둘러 밖으로 나갔고, 황보세가 문 밖에서 기다리고 있는 은풍대 무사들과 반가운 얼굴의 행수를 보았다.

"아! 장 행수님!"

"소단주님을 뵙습니다! 그간 건강하셨습니까?"

"이곳까지 오시느라 고생 많으셨습니다."

"그나저나 참으로 대단하십니다. 어떻게 손을 대는 것마다 이렇게……."

하긴 나는 내 이전 삶의 경험을 토대로 손을 대는 것이지만, 다른 이들이 볼 때는 신기하게 느껴지겠지.

"운이 좋았습니다. 식사하셨습니까?"

"아직입니다."

"그럼 저를 따라오십시오. 저도 오랜만에 맛있는 것 좀 먹죠."

그렇게 내가 그들을 이끌고 간 곳은 금계루였다.

그곳의 매운 닭찜 요리가 기가 막히거든.

우리는 금계루에 도착해서 매운 닭찜 요리를 시켰다.

마침 루주가 금계루에 있었는지, 내게 다가와 인사를 건넸다.

"오랜만이에요."

"네. 그동안 잘 지내셨습니까?"

"그럼요. 덕분예요."

그녀는 잠시 망설이다가 조심스럽게 말했다.

"저, 잠시 대화 좀 할 수 있을까요?"

금계루 루주의 요청에 나는 흔쾌히 고개를 끄덕였다.

"물론입니다."

그리고 자리에서 일어나 루주의 뒤를 따랐다.

그녀가 나를 안내한 곳은 주루의 뒷마당.

애초에 은밀하게 만난 게 아니라면 공개석상에서 만나서 루주의 방으로 가는 건 좋은 선택이 아니다.

관계를 의심받을 수도 있고, 이런저런 소문이 날 수도 있으니까.

그런 면에서 뒷마당은 적절한 선택이다.

오가는 이들이 있기에 이상한 이야기도 나오지 않으면서 사람들의 귀에 이야기가 들리지 않을 테니까.

이걸 보면, 금계루의 루주도 보통 인물은 아니란 말이지.

그러니까 전설적인 살수를 감화시켜 혼인하고 사는 거겠지.

"여전히 저희 금계루의 매운 닭찜 요리를 잊지 않고 좋아해 주셔서 감사합니다."

"별말씀을요. 그만큼 맛있는 음식이니까요."

"그나저나 요즘 소문이 자자하더라고요. 은해상단에서 구입한 산이 숫돌 채석장이라면서요?"

"맞습니다."

"푸른색 옷을 입은 분들이 상당히 배가 아픈 모양이더라고요."

푸른색 옷에 배가 아픈 이들이라…….

누구겠어? 뻔하지.

"그럴 겁니다."

백천상단에서 독점한 숫돌 산지를 이용하여 영향력을 행사해야 하는데 그걸 못하게 되었으니까.

"여우 사냥을 한다고 하네요. 내일 밤 자정이에요."

"……그렇군요. 감사합니다."

나는 고개를 숙여 감사를 표했다.

그건 아주 중요한 정보였으니까.

예상은 했지만 이렇게 빠르게 움직인다라…….

그녀가 일러 주지 않았다면 큰 피해를 입을 뻔했다.

그나저나 여우 사냥이라, 그럼 내가 여우인가?

뭐, 그렇게 생각될 수도 있지.

저들의 입장에서 밉살맞은 짓만 골라 하니 말이다.

음…… 어찌할까?

잠시 고민하자, 좋은 생각이 떠올랐다.

북경지부에서 파견 나온 이들과 밥을 먹은 후, 진유 무사와 여응암 무사에게 전음을 보냈다.

- 부탁이 있습니다.

- 말씀하십시오.

- 듣자 하니, 내일 자정에 남궁세가에서 채석장을 습격한다고 합니다.

- 네?

― 그게 정말입니까?

― 네. 그래서 그 정보가 사실인지 알아보려고 합니다. 이곳 제남에 있는 정보대의 도움을 받아 확인을 해 주십시오.

― 알겠습니다.

금계루 루주가 말해 준 정보니 아예 틀리지는 않겠지만, 최대한 자세하고 확실하게 알아야 했다.

그래야 계획을 딱 맞게 세울 수 있기 때문이지.

그리고 나는 모두를 데리고 채석장으로 향했다.

북경지부에서 온 행수와 은풍대 조장에게 전반적인 상황을 설명한 후 그곳에서 일하고 있는 자에게도 소개시켜 주었다.

아직 백염상단에서 지원해 준 분들이 수고해 주고 계시니까.

그리고 그들을 숙소로 안내해 준 후 황보세가로 돌아왔다.

마침 저녁을 먹기 전 진유 무사와 여응암 무사가 돌아왔다.

"주군, 조사를 마치고 귀환했습니다."

"고생하셨습니다. 상황은 어떻습니까?"

"주군께서 말씀해 주신 정보는 사실이었습니다. 정체를 숨긴 이들이 은밀하게 채석장 근처로 집결하고 있습니다. 수는 약 백 명 남짓으로 보입니다."

"대부분이 낭인들이지만, 남궁세가의 일원으로 보이는

이들도 보였습니다."

 단순히 의뢰만 하는 게 아니라, 자기들도 직접 나섰다는 건가.

 "그러면 저희도 대응을 해야겠군요."

 나는 팔갑을 불렀다.

 "팔갑아!"

 "네! 부르셨습니까요?"

 "가주님을 뵐 수 있는지, 여쭤보고 올래? 아주 긴급하고 중요한 일이라고, 오늘 꼭 뵙고 싶다고 전해 드려."

 "알겠습니다요."

 가주님의 시종이 나를 찾아온 건 그날 밤이었다.

 나는 그 시종을 따라 가주님의 집무실로 향했다.

 집무실 안으로 들어가니, 가주님께서 서류를 살펴보고 계셨다.

 그 분주한 모습이 남 일처럼 느껴지지 않았다.

 "편히 앉게. 차라도 마시겠는가?"

 "네."

 가주님은 시종에게 차를 가져오라고 말하면서 한 사람 몫만 가져오게 했다.

 "가주님도 차가 필요하실 겁니다."

 내 말에 가주님은 고개를 갸웃했지만 이내 고개를 끄덕이며 자신의 찻잔도 가지고 오라 했다.

 곧 시종이 차를 가져와 우리 앞에 차를 따라 주었다.

"들게."

"감사합니다."

음, 역시 가주님이 마시는 차답게 맛있네.

"그래, 무슨 일인가?"

"바쁘시니, 단도직입적으로 말하겠습니다."

"바라는 바이네."

"제남으로 수상한 자들이 모이고 있다는 것은 보고받으셨을 거라 생각합니다."

"……."

가주님은 말없이 나를 바라보다가, 이내 고개를 끄덕이셨다.

"맞네. 그런 보고가 있었지."

"남궁세가입니다. 남궁세가에서 낭인들을 고용하여 제가 이번에 구입한 채석장을 빼앗기 위해 습격을 감행할 예정이라고 합니다."

"역시 그들이었군."

"그래서 말인데, 남궁세가에 복수하고 싶지 않으십니까?"

"복수라……."

가주님은 차를 들이켜고는 찻잔을 강하게 내려놓으셨다.

탁!

"말해 봤자 입만 아프지! 내 손자를 내 손으로 그리 만들게 한 자들인데!"

"그리고 그 채석장이 남궁세가의 손에 들어가는 것도 막아야 하지 않겠습니까?"

"당연하지. 본가의 무사들을 지원해 주겠네."

"감사합니다."

"몇이나 필요한가?"

"한 오십여 명 정도면 충분합니다."

"……그것으로 되겠는가?"

더 많은 무사를 동원한다면 남궁세가에서 눈치챌 수 있다.

그리고 내 채석장에 황보세가의 영향력이 커질 수도 있고.

이래저래 따져 본 결과, 그 정도면 딱 좋다.

"충분합니다. 그래서 말인데, 황보선유 대협께서는 어디 계십니까?"

"아마 처소에서 쉬고 있겠지."

"그러면 그분을 좀 불러 주십시오."

내 말에 가주님은 시종을 불러 명했고, 잠시 후 황보선유 대협이 가주님의 집무실로 들어왔다.

"부르셨습니까?"

"그래, 앉거라."

그는 이 자리에 내가 있다는 것을 보고 의아해하며 자리에 앉았다.

"내가 너를 부른 게 아니라, 여기 선협미랑 대협이 너를 불러 달라고 한 것이다."

"그렇습니까?"

나는 차를 마셔 입을 축인 후 말했다.

"일전에 대협께서 황보세가에 도움이 되지 못했음을 자책하지 않으셨습니까?"
"그랬지."
그 말에 가주님이 말씀하셨다.
"그런 생각 가지지 않아도 된다. 너는 지금도 충분히 잘하고 있으니."
"아버지……."
그 다정한 모습을 보며 나는 살짝 미소 지었다.
"하여 황보선유 대협께서 도와주실 일이 생겼습니다."
"내가 도와줄 일?"
"네."
나는 자초지종을 이야기했고, 내 이야기에 황보선유 대협은 발끈했다.
"어찌 그런! 이 비열한 새끼들!"
"진정하십시오. 이 일은 냉정하게 접근하셔야 하는 일입니다."
"후, 미안하군. 그래야지."
나는 황보선유 대협을 진정시키고 본론을 꺼냈다.
"대협, 제남에 금의위 대협들이 있는 것으로 알고 있습니다만."
"지금 다른 금의위들을 이용하자는 것인가?"
그의 목소리에는 한기가 묻어 있었다.
자신의 가문을 위해 다른 금의위를 이용한다는 게 탐탁지 않은 거겠지.

나는 씨익 웃었다.

"심려치 마십시오. 제가 어찌 대협의 그 우려를 모르겠습니까?"

"그럼?"

"그러니까 이 일은 누이 좋고 매부 좋고, 도랑 치고 가재 잡고, 마당 쓸고 돈 줍는 일입니다."

"어떤 면에서 말인가?"

"대협도 아시다시피, 황제 폐하께서는 무림맹이 황궁을 침범하는 것에 대해 언짢아하시지 않습니까?"

"그렇지."

"그리고 현 무림맹을 주도하는 자들이 남궁세가입니다. 이런 상황에서 남궁세가의 이들이 금의위를 습격한다면 어떻게 되겠습니까?"

내 말에 황보선유 대협의 눈이 빛났다.

"그 일은 역모로 간주될 수 있지."

"맞습니다."

나는 말을 이었다.

"즉, 이를 통해 황제 폐하께서는 남궁세가를 압박할 수 있는 패를 손에 넣게 되시는 겁니다. 또한 이 일에 큰 공을 세운 금의위는 폐하의 신임을 공고히 할 수 있겠죠."

"음, 과연. 그렇군."

"어떻습니까? 구미가 좀 당기십니까?"

"자네."

황보선유 대협은 진지한 눈으로 말했다.

"금의위로 특채하고 싶군."

"하하하. 그런 이야기 많이 들었습니다."

등에서 식은땀이 흘렀지만, 능청스럽게 말을 이었다.

"하지만 그건 마음만 받겠습니다. 이럴 게 아니라 어서 움직이셔야 합니다. 저 밉살맞은 남궁세가에 한 방 먹여 줘야지 않겠습니까?"

"그렇지."

그는 서늘한 미소를 띤 얼굴로 자리에서 일어났다.

"아버지, 먼저 일어나겠습니다."

"그렇게 해라."

황보선유 대협은 다급히 인사를 남기고 가주님의 집무실에서 나갔다.

그 모습을 보며 가주님은 혀를 내두르셨다.

"그대, 참으로 무서운 사람이군."

"칭찬 감사합니다."

그럼 나도 이제 움직여볼까?

* * *

달이 없는 밤이었다.

오월 말이 가까워져 오는 계절 덕분에 밤에도 그리 춥지 않았다.

한 무리의 이들이 어둠을 틈타 분주하게 움직이고 있었다.

그렇게 움직이는 이들의 수가 백여 명.

곧 그들은 어느 산 초입에 도착했다.

횃불이 군데군데를 밝히고 있는 가운데, 한 무리의 이들이 둘러앉아 야식을 먹고 있는 모습이 보였다.

"노루고기도 이렇게 먹으니 맛있군."

"그러게 말입니다."

"은해상단에서 출시한 이 고기망치가 참 요물이란 말이지."

그 대화를 들으며 한 남자가 미소 지었다. 그의 이름은 남궁목.

은해상단의 채석장을 습격한 후, 관리 소홀을 이유로 채석장을 손에 넣기로 한 작전의 지휘를 맡은 이였다.

최근 남궁세가에서는 백천상단이 손에 넣은 채석장의 독점권을 무기로 황보세가를 압박 중이었다.

그렇기에 새로운 채석장의 존재에 예민하게 반응했다.

본가에서는 이 사실을 보고받자마자 그 채석장을 손에 넣으라 명했다.

남궁세가 입장에서는 상당히 달갑지 않은 소식이었으니까.

그렇기에 백천상단의 일임에도 남궁세가에서 나선 것이다.

그는 자신과 함께 온 자에게 말했다.

"이번 일은 반드시 성공시켜야 한다. 이번 일마저 실패하면 윗분들의 실망이 크실 것이다."

"그렇겠죠. 아마 우리도 그들처럼 버려질 겁니다."

그가 언급한 자들은, 최근 황보욱을 구슬려 황보세가에 대한 공작을 진행하던 자들이었다.

그들은 결국 들켜서 황보세가에서 사형을 집행했다.

하지만 남궁세가에서는 "우리는 모르는 일."이라며 시치미를 뗐다고 한다.

그러니 그들처럼 버려지지 않기 위해서는 반드시 성공해야 했다.

그렇게 약속한 시간이 되었을 때.

삐이이익!

남궁목은 호각을 불었다. 그것이 신호였다.

그가 모은 낭인들이 채석장을 지키는 무사들을 향해 달려들었다.

"쳐라!"

"다 죽여!"

하지만 채석장의 사람들은 당황하지 않고 대응했다.

"뭐야?"

"이 새끼들이 미쳤나?"

"허! 진짜로 왔네?"

챙! 챙!

깡! 까가강!

곧 채석장은 냉병기 부딪치는 소리로 가득 찼다.

그때였다.

"지금 너희, 무슨 짓을 하는 것인지 알고 이러는 거겠지?"

"우리도 돈 받고 하는 일입니다. 그러니 얌전히 죽어 주시죠. 히히."

"지랄하네. 새끼들!"

채석장의 이들은 거칠게 자신들이 입고 있던 윗옷을 벗거나 찢었다.

그러자 그 안에서 반짝이는 금빛 옷이 드러났다.

"헉!"

"허억!"

모닥불 덕분에 그 옷을 알아본 습격자들은 경악할 수밖에 없었다.

그도 그럴 것이, 그 옷은 그들이 금의위라는 증거였기 때문이다.

"감히 금의위를 습격하다니, 역모를 꾀하는 자들이 틀림없다! 모두 추포하라!"

"네!"

그 외침과 동시에 뒤쪽에서 숨어 있던 은풍대 무사들과 황보세가의 무사들이 달려 나왔다.

"우와아아아!"

"금의위 대협들을 지켜라!"

"역도들이다!"

한순간에 역도로 몰려 버린 상황에 낭인들은 겁에 질려 주춤거렸다.

"뭐, 뭐야? 어떻게 된 거야?"

"우리도 몰랐습니다!"

당연히 그들은 남궁목을 향해 원망과 비난을 쏟아 냈다.
"이런 ××! 그냥 채석장의 무사들을 처리하면 된다면서?"
"우리를 속였어?"
"우린 이만 빠지겠습니다! 세상에 건드리면 안 될 자들이 금의위인 것을 모르십니까?"

낭인들의 말대로 금의위를 습격하는 것은 철저히 금기시되는 일이었다.

그 누구보다도 끈질긴 금의위의 추적을 받아야 하며, 현상금까지 걸린다.

즉, 살아 있어도 산 사람이 아니게 되는 것.

그리고 낭인들에게는 그런 위험을 감수하면서까지 남궁세가의 의뢰를 받을 이유가 없었다.

순식간에 낭인들은 흩어져 도망쳤고, 어느새 남궁세가의 이들만이 남게 되었다.

"이런!"

그 말은 즉, 이 상황에서 벗어날 방법이 없다는 의미.

이런 상황에서 자신이 남궁세가의 사람이라는 것이 밝혀진다면, 이보다 최악이 없다.

남궁목은 입술을 깨물고 품에서 독환을 꺼냈다.

그리고 입에 넣으려던 그때.

퍽-!

"크윽!"

암기가 그의 손을 꿰뚫으며 독환이 바닥에 떨어져 버렸다.

스윽.

그리고 그 독환을 밟아 뭉개는 누군가가 있었다.

"어디서 비겁하게 도망가는 것이냐?"

"……."

"자네들은 황제 폐하께 바칠 귀중한 전리품인데, 도망가면 쓰나?"

황보선유가 씨익 웃으며 그들을 노려보았다.

* * *

나는 은풍대 대원의 옷을 입고 채석장에 있었다.

마음 편하게 구경하고 싶었기 때문이다.

그리고 황보선유 대협이 남궁세가의 이들을 압박하는 모습을 보고 쓴웃음을 지었다.

저 정도로 신나신 모습은 처음 보네.

나는 그 반대편을 보면서 혀를 찼다.

그러니까 왜 남의 재산을 노려서는. 쯧쯧.

그럼 이제 슬슬 마무리해 볼까?

이번 일은 전적으로 황보선유 대협의 공으로 처리할 계획이다.

이번 일에는 백천상단과 남궁세가가 엮여 있기 때문이다.

괜히 나섰다가 경계심이 커지면 곤란하지.

아직까지는 적당히 능력 좋은 은해상단의 소단주로만

보여야 하니까.

그리고 황제 폐하는 일을 잘하면 잘할수록, 더 일을 시키시는 분이거든.

그러니까 황제 폐하가 일을 덜 시키시도록 하기 위한 꼼수기도 하다.

이게 통할지는 잘 모르겠지만.

- 꾸이?

조용히 해. 나 슬퍼지잖아.

.

.

.

도망갔던 낭인들은 결국 잡혀서 끌려왔다.

그들은 중요한 참고인이기에 그대로 도망치게 둘 수 없었으니까.

그렇게 모두를 제압해서 제남의 현청으로 압송했다.

이제 그들의 입에서 남궁세가라는 말이 나오게 하는 건 금의위 대협들의 몫이다.

나는 채석장 습격을 막았고, 금의위에 은혜를 입혔으니 충분히 만족한다.

이제 한동안 백천상단과 남궁세가는 몸을 사릴 수밖에 없을 터.

그사이 채석장을 개발해서 질 좋은 숫돌을 황궁에 납품하기로 계약까지 맺으면 그때부터는 남궁세가나 백천상단에서도 함부로 이곳을 넘볼 수 없게 되지.

좋아. 완벽해.
나는 채석장을 살핀 후 황보세가로 돌아왔다.

.

.

.

날이 밝았다.
나는 가주님의 부름을 받고 내 처소를 나섰다.
내가 향한 곳은 가주님의 집무실이 아닌, 접빈실.
그 말은 즉, 내가 요청한 인선이 결정되었다는 의미다.
접빈실에서 기다리고 있으니 문이 열리며 가주님과 소가주님이 들어오셨다.
이번 인선은 소가주님이 담당하셨다고 했으니 같이 오시는 걸 테고.
그들 뒤를 따라 한 남자가 들어왔다.
황보세가의 일원답게 상당히 건장한 청년이었다.
나는 자리에서 일어났고, 가주님은 손짓하며 말했다.
"앉게."
"네."
가주님이 상석에 앉으시고, 다른 두 사람은 내 앞에 앉았다.
"생각보다 시간이 걸렸네. 요청한 인선의 조건이 까다로워서 말이지."
"폐를 끼쳐 송구합니다."
"아닐세. 내가 힘들었나? 내 아들이 해서 나는 하나도 힘들지 않았네."
"아버지……."
그 능글맞은 말에 소가주님은 한숨을 내쉬었다.
나는 어색하게 웃으며 말했다.
"폐를 끼쳤습니다."
"아닐세. 덕분에 본가에 인재들이 많다는 사실을 새삼 알 수 있었으니까."
소가주님이 너털웃음을 짓고는 동행한 청년을 소개시켜 주었다.
"내 막내 숙부님의 막내아들이네. 이름은 황보홍의. 올해 서른넷이네."
딱 좋네.
나는 자리에서 일어나 포권했다.
"은해상단의 소단주, 은서호입니다. 앞으로 잘 부탁드립니다."
그 역시 자리에서 일어나 마주 인사했다.
움직임 하나하나에 절도가 있는 게, 딱 봐도 명문세가의 자제라는 티가 났다.
"황보홍의라고 합니다. 미력하나마 최선을 다하겠습니다."
그래, 이게 바로 황보세가의 자제다운 모습이지.
황보욱, 아니 욱 공자가 이상한 거고.
우리가 인사를 나누고 자리에 앉자, 소가주님이 물었다.
"홍의가 언제 북경으로 가면 되겠나?"

"아마 올해 시월까지 무관으로 오시면 될 듯합니다. 때가 되면 사람을 보내겠습니다."

"알겠네."

이어서 가주님이 말씀을 꺼냈다.

"그런데, 내 딸인 인아도 무관의 교관으로 간다고 하던데……"

"네. 맞습니다. 무관의 기숙사 사감 자리를 부탁드렸고 긍정적인 답변을 들었습니다."

"그래. 교관 자리에 비해 부담이 덜한 자리라고 하더군."

가주님은 입 밖으로 내뱉지는 않았지만, 그 눈빛에는 고마움이라는 감정이 깃들어 있었다.

아무래도 딸과의 오해를 풀게 된 것이 나 덕분이니, 그에 대해 고마워하는 거겠지.

"인아가 하고 싶은 말이 있다고 하네. 이따가 만나 보게나."

"네. 그리하겠습니다."

"그럼 둘이 대화 나누게나."

그렇게 가주님과 소가주님은 자리에서 일어났다. 나와 황보홍의 공자는 자리에서 일어나 예를 갖추었다.

그리고 우리 둘만 남자 황보홍의 공자가 조심스럽게 물었다.

"저…… 인아 누님도 무관으로 가시는 겁니까?"

"네. 기숙사 사감 자리를 맡아 주시기로 했습니다."

하여 나는 지금 상당히 기분이 좋았다.

생각지도 않았는데 두 명이나 무관으로 영입할 수 있었기 때문이다.

이게 바로 일석이조 아닐까?

"으……."

그런데 황보홍의 공자는 어딘지 모르게 불안한 표정이다.

"왜 그러십니까?"

"그게…… 아닙니다."

"무슨 문제가 있다면 말씀해 주십시오. 그래야 제가 미리 조치를 취하지 않겠습니까?"

"그게, 그러니까……."

그는 한참을 머뭇거리다가 힘겹게 대답했다.

"무서운 분이라서 말입니다."

"네?"

"인아 누님께서는 본가의 기강을 잡으시던 분이었습니다."

아…….

내 앞의 황보홍의 공자가 그 이름을 듣는 것만으로도 덜덜 떠는 것을 보니, 제법 강하게 기강을 잡은 듯했다.

그렇다면 더욱 잘됐군.

기숙사 사감을 맡기에 적합한 인재라는 뜻이니까.

나는 웃으며 말했다.

"그분에게서 벗어날 수 있을 거라 생각했는데, 이렇게 함께 가게 되었으니 그에 대한 걱정이 많으신 모양입니다."

"할 말이 없습니다. 하하하."

.

.

.

그날 오후.

나는 황보인아 부인의 처소로 향했다.

그곳의 접빈실에서 차를 마시고 잠시 기다리자, 문이 열리고 부인이 들어왔다.

"소상 은서호가 부인을 뵙습니다."

"또 만나는군. 반갑네. 앉으시게."

"네."

우리는 다탁에 마주앉았다.

자리에 앉아 차를 마시는 모습에서 우아함이 엿보였다.

이런 분이 초절정의 고수라니.

그나저나 이전의 그 어두운색의 옷이 아닌 밝은색의 옷을 입고 계셨다.

훨씬 잘 어울리시네.

나는 먼저 입을 열었다.

"가주님께 말씀 들었습니다. 저를 만나고 싶어 하셨다고요."

"그렇다네. 내 그 무관에 가기로 했으나, 그 무관에 대해 잘 몰라서 말이지. 좀 자세한 설명을 듣고자 하네."

"아, 죄송합니다. 제가 불민하여 미리 말씀을 드리지 못했습니다."

"아니네. 이리저리 바쁘지 않았나?"
"이해해 주셔서 감사합니다."
나는 차를 한 모금 마셔서 입을 축인 후 말을 이었다.
"우선 이번에 세워지는 무관의 공식적인 관주는 황제 폐하십니다."
"황제 폐하시라고?"
"네. 그렇습니다."
이는 이미 태자 전하를 통해 그리 결정된 사안이었다.
내 말에 잠시 생각하던 그녀는 고개를 끄덕였다.
"확실히, 그편이 쓸데없는 의심을 피하기 좋겠군."
정확하게, 내 의도를 파악한 말이었다.
변두리라고는 하나 북경의 행정구역에 짓는 무관이다.
괜히 꼬투리 잡히면 골치 아프니까 아예 황제 폐하를 관주로 한 것이다.
어차피 그 무관의 첫 번째 목적도 황궁에 우수한 무관을 공급하는 거니까.
"그럼, 중간에 무관이 폐관될 일은 없겠군."
"물론입니다."
"무관의 이름은 지었는가?"
"아직 짓지 않았습니다만, 황제 폐하께 무관의 이름을 지어 달라 청을 올릴 생각입니다."
"잘했네."
공식적으로 황제 폐하가 관주이신데, 다른 사람에게 무관의 이름을 지어 달라고 하면 분명 삐지실 터.

이상하게 큰일에는 대범하시면서, 작은 일에는 소심하게 구신단 말이지.

"그럼 관주 대리는 누가 맡기로 했나? 황제 폐하께서 직접 맡으실 수 없으시니 누군가 대리를 세워야 할 것 아닌가?"

"맞습니다."

나는 씨익 웃었다.

"그 관주 대리 역시 선정했습니다."

아직 말씀을 드리지 않았을 뿐이지.

아마 그 당사자도 지금 본인이 관주 대리라는 것을 꿈에도 모르실 거다.

하지만 황제 폐하의 교지를 받으면 하셔야지 뭐.

"그렇군. 혹시 누군지 알 수 있겠나?"

"아직은 말씀드릴 수 없습니다만, 걱정하지 않으셔도 됩니다. 여러모로 존경받을 만큼 훌륭하신 분이니까요."

.

.

.

황보세가에서의 볼일은 다 마쳤으니 이제 돌아갈 때다.

나는 황보선유 대협과 일정을 조율했다.

"내일모레 아침에 돌아가도록 하지."

"알겠습니다. 그런데 추포한 이들은 입을 열었습니까?"

"흐흐흐, 입을 안 열 수가 없지."

하긴 금의위의 심문은 악명이 자자하다.

단순히 고통을 주는 데 능숙해서만이 아니라, 회유하고 구슬리는 심리전에도 일가견이 있으니까.

"남궁세가에서 일을 지시했다는 증언과 증거를 확보했고, 이를 보고하러 금의위 몇 명이 이미 북경으로 출발했네."

하긴, 이번 일은 속도가 관건이니까.

"그럼 왜 내일모레 출발하자고 하시는 겁니까?"

"그야, 나도 할 일이 좀 남았으니까."

내가 그를 빤히 바라보자 그는 헛기침을 했다.

"오랜만에 내 자녀들 교육도 좀 봐주고, 부인하고도 이야기도 하고 뭐 그러다 보니 시간이 지체되는 것이지."

"아, 부인과 자녀분들이 여기 계셨습니까?"

내 물음에 그는 고개를 끄덕였다.

"내 신분이 신분이다 보니 북경에 두기에는 조금 불안하지."

"그렇긴 하겠군요."

금의위는 대단한 권력을 누리는 조직이기는 하지만, 동시에 매우 위험한 조직이기도 하다.

금의위를 노리려는 자들은 그 가족들에게 접근할 가능성이 매우 높으니까.

"알겠습니다. 그럼 내일모레 출발하는 것으로 하겠습니다."

"양해해 줘서 고맙네."

"아닙니다. 편히 쉬십시오."

그럼, 오늘내일은 할 일이 없으니 오랜만에 좀 푹 쉬어 볼까?

북경으로 돌아가면 다시 밤잠을 줄여서 일해야 하니까.

．

．

．

북경으로 출발하는 날이 되었다.

백염상단의 호경 공자라든지, 다른 이들은 어제 미리 만나서 작별인사를 나누었다.

황보세가의 사람들이 나와 우리를 배웅해 주었다.

나는 황보인아 부인과 황보홍의 공자와 나중에 만날 것을 기약하며 인사를 나누었다.

"이번 가을에 뵙겠습니다."

"다시 만날 때까지, 건강하시게."

"네. 그때를 고대하겠습니다."

그리고 말에 올라타 북경으로 출발했다.

멀지 않은 거리였지만, 생각보다 많은 일이 있었던 여정이었다.

산동 초입에서는 토분근초로 종기 고약을 만들어 팔던 황전이라는 사기꾼을 잡아 족쳤었다.

귀면포 어르신이 남긴 물건도 손에 넣었고 그 와중에 생각하지도 못했던 보물을 발견했지.

그리고 제남에서는 숫돌 산지를 매입하여, 황보세가와 백염상단에 대한 남궁세가와 백천상단의 야욕을 부수었고.

그 와중에 황제에게 점수 딸 일도 좀 했지.

그때 진짜 고소했다.

작게나마 백천상단과 남궁세가에 복수를 한 셈이니까.

물론 그 정도에서 만족할 수는 없다.

저들은 결국 나를 죽이고 우리 상단을 무너뜨렸던 이들이니까.

내가 당하지 않으려면 내가 그들을 무너뜨리는 수밖에.

후, 이렇게 열심히 살다 보면 내 복수의 날도 점점 가까워지겠지.

* * *

황제는 업무를 보던 중에 기다리던 자의 방문을 받았다.

"황제 폐하. 황보선유 북진무가 폐하를 뵈옵기를 청하옵니다."

"아, 들어오라 하게."

"네."

곧 황보선유가 황제 앞에 나아왔고, 그 앞에 극상의 예를 올렸다.

"일어나 고개를 들게."

"황은이 망극하옵니다."

"그래."

황제가 고개를 주억이며 말했다.

"산동 경계에서 그 지현이 올린 장계는 잘 읽어 보았다. 토분근초…… 제법 질 나쁜 장난을 쳤더군."

"네. 그로 인해 더 큰 피해가 발생하지 않아 천만다행이옵니다."

"수고했다."

황제는 옆에 따로 챙겨 두었던 장계를 보며 말을 이었다.

"그리고 이번에 제남에서 남궁세가가 사고를 쳤군."

"그랬습니다."

황보선유가 고개를 살짝 숙인 채 그 일을 보고했다.

"……하여, 남궁세가의 일원 다섯 명과 백여 명의 낭인들을 추포하였습니다."

"그랬군, 그 와중에 제남의 채석장은 피해가 없는가?"

"피해는 전무합니다."

"그렇군."

황제는 고개를 끄덕였다.

"수고 많았다. 덕분에 무림맹을 압박하는 패를 하나 손에 넣을 수 있게 되었다."

무림맹을 주도하는 곳이 바로 남궁세가다.

그렇기에 황제는 황궁 안에 사람을 심어 둔 괘씸한 무림맹을 압박할 수단으로 이를 사용할 생각인 것이다.

"이런 기발한 생각을 해서 내 수고를 덜어 주니 참으로 장하고 기특하다. 내 이러니 금의위를 총애하지 않을 수가 없는 것이다."

"……황은이 망극하옵니다."

"그런데 은서호 소단주는 어디 가고 혼자 왔는가?"

"아, 은서호 소단주는 상단의 일이 많아 곧바로 은해상단 북경지부로 향했습니다."

그는 변명을 덧붙였다.

"그래도 같이 다녀왔으니 함께 폐하를 뵙자고 했지만, 본인은 한 일이 없는데 어찌 그런 자리에 나서겠느냐고 하여……."

"그랬군. 알겠다."

황제가 말했다.

"이만 물러가서, 쉬도록 하라."

"황은이 망극하옵니다."

그렇게 황보선유가 물러났다.

탁!

문이 닫히자, 황제는 피식 웃었다.

"이 새끼 봐라……."

"어디 언짢으신 일이라도 있으십니까?"

태감의 물음에 황제는 고개를 저으며 말했다.

"그 녀석의 생각이 훤히 보이는 것이 재밌어서 그러는 것이다."

"네?"

"여기 이번에 황보선유 북진무가 올린 장계를 보면 은서호에 대한 이야기는 쏙 빠져 있지."

"그렇습니까?"

"그대가 생각하기에 이런 책략이 저 딱딱한 머리들에서 나왔을 것 같은가?"

대답을 바라고 한 말이 아니었기에 태감은 잠자코 들었다.

"이거 분명, 은서호 그 녀석의 머리에서 나온 것이다. 그 녀석이 돈에 얼마나 진심인데 자신의 채석장이 습격당하는 것을 뻔히 보고만 있겠느냐?"

"그럼 황보 북진무가 본인의 공적을 위해 일부러 장계를 조작했다는 것입니까?"

"아니, 정반대겠지. 분명 그 녀석이 부탁했을 거다. '이번 일은 금의위 대협들을 위한 일인데 어찌 제 이름을 넣어 일을 그르치겠습니까?'라고 입을 털어서 말이지."

"……."

태감은 아니라는 말을 할 수가 없었다.

그 역시 오랜 세월 은서호를 지켜봤기 때문이다.

"그럼 이는 어찌하실 생각이십니까?"

"좋은 꿈을 꾸게 해 주는 것도 황제가 할 일이지. 그동안 고생했으니 조금 쉬게 둬야겠군."

"하오나, 폐하."

태감이 조심스럽게 아뢰었다.

"제가 볼 때 은서호 소단주는 그자 스스로가 일을 부르는 사람이옵니다. 폐하께서 그리 배려를 해 주신다고 해서 쉴 수 있는 사람은 아닌 듯하옵니다."

이에 황제가 씨익 웃으며 말했다.

"그러니까 좋은 '꿈'이라는 것이다. 꿈은 현실이 될 수 없으니 말이지."

"그건 그렇습니다."

"그리고 그 녀석의 공식적인 공적이 줄어든다는 건, 그만큼 내가 그 녀석에게 덜 줘도 된다는 의미인데 나야 나쁠 것 없지. 아니 그런가? 하하하."

"……."

152장. 위조전표 사건

위조전표 사건

 북경으로 돌아온 나를 기다리는 것은 정호 형과 서향 소저를 비롯한 사람들뿐만이 아니었다.
 "소단주님, 결재 부탁드립니다."
 "이건 어찌해야 합니까?"
 "저, 이것부터 처리 부탁드립니다."
 그래, 나를 기다리는 업무가 없었으면 서운할 뻔했지.
 그렇게 나는 돌아오자마자 씻고 밥을 먹은 후 곧바로 업무를 시작했다.
 그렇게 순식간에 이틀이 지나갔고, 겨우 숨을 돌릴 수 있었다.
 서향 소저가 나 대신 일을 많이 처리해 주었는데 이 정도라니…….
 서향 소저가 없었으면 정말 큰일 날 뻔했네.

그리고 연주혁 공자의 덕도 컸다.

내가 없는 사이, 서향 소저가 연주혁 공자를 제법 혹독하게 교육했는지 이제 그의 일 처리 능력과 속도는 서향 소저 못지않아졌으니까.

그렇게 나는 오늘 해야 할 일을 마친 후 처소로 향했고, 씻자마자 그대로 침상에 누웠다.

와! 오늘도 정말 힘든 하루였다.

"꾸이!"

그때 금령의 목소리가 들렸다. 고개를 돌려보니 금령이가 창문을 통해 바동바동 움직이며 들어오고 있었다.

벽을 통과해도 되지만, 그러면 금방 배가 고파진다고 저러는 거다.

나는 자리에서 일어나 금령을 두 손으로 받아 주었다.

"다녀왔어?"

"꾸이!"

금령이는 서신을 사부님께 전달하고 오는 길이다.

이번에 귀면포 황보휘 어르신이 나에게 물려주신 것들 중에는 설풍궁의 초급 무공서도 있었다.

그리고 나는 소궁주로서, 이걸 궁주인 사부님께 말씀드려야 할 의무가 있다.

물론 그 이전에, 이것을 보면 사부님께서 많이 기뻐하실 테니까.

그런데 어찌 말씀드리지 않을 수가 있을까?

나는 금령을 침상 위에 올려놓고 그 꼬리에서 답장을

풀었다.
 그리고 그 답장을 읽어 보았다.

 [소단주님께서 전해 준 소식은 확실히 기쁜 소식이군요. 초설희는 이 사부 역시 소싯적에 익혔던 무공서입니다. 마음 같아서는 당장 북경으로 달려가고 싶지만, 지금은 임무 중이니 그럴 수 없음이 안타깝습니다.]

 서신의 내용은 담담한 듯했지만, 그 필체를 보니 사부님의 마음을 알 수 있었다.
 춤이라도 추고 싶으신 마음을 꾹꾹 누른 티가 난달까?

 [임무를 마치면 북경으로 가겠습니다. 상을 뵐 일도 있으니 일부러 가는 건 아닙니다.]

 또 황제 폐하를 뵈러 오신다…….
 요즘 사부님께서는 황제 폐하의 명을 받아 여러 일을 하고 계시는 듯한데, 무슨 일인지는 내게 말씀해 주지 않으신다.

 [그 전에 호북에 오신다면, 금령을 통해 서신을 전해 주십시오. 이 사부는 제자가 항상 걱정입니다. 하루에 적어도 세 시진 이상은 수면을 취하십시오.]

사부님, 저도 그럴 시간이 있으면 좋겠습니다.

[초설희는 무척 중요한 기초 무공서입니다. 그러니 소단주님께서도 이를 여러 번 살펴 완벽하게 익혔으면 하는 바입니다.]

숙제가 생겼군.
그 뒷부분은 간단한 안부 섞인 인사다.
사부님께서는 여전히 잘 지내고 계시는구나.
"꾸이?"
그때 금령이가 입으로 내 옷자락을 물고 당겼다.
"응? 왜?"
"꾸이? 꾸!"
아…… 심부름시켰으면 심부름값을 줘야 하는 거 아니냐고?
역시 심부름값은 절대 잊어버리지 않는군.
나는 피식 웃으며 은자 하나를 꺼내 주었고, 금령은 은자를 안고 침상에서 데구루루 굴렀다.
역시, 돈을 좋아하는 건 한결같구나.
그나저나 슬슬 황제에게 이번 제남행 때 내가 해 준 일에 대한 대가를 받아야 하는데 말이지.
이틀이나 지났음에도 황제는 나를 호출하지 않았다.
즉, 내 의도를 알아차리고 쉬라고 배려해 주시는 거겠지.

하지만 그렇다고 내게 주셔야 할 보상까지 넘어가시려고 하면 안 되지.

조만간 북경지부에서 파견했던 이들이 돌아올 텐데, 그때 진영 대협을 통해 연락해야겠군.

정식으로 황실에 숫돌을 납품하는 일을 진행해야 하니까.

다음 날.
아침을 먹고 이제 일을 시작하려고 할 때.
벌컥!
문이 열리고 팔갑이 들어왔다.
"도련님! 급한 손님입니다요."
"급한 손님?"
"금산전장에서 오셨다고 합니다요."
금산전장에서? 무슨 일이지?
내가 속한 곳이 상단인 만큼 전장과 가깝게 지내고 있긴 하지만, 전장에서 이렇게 아침부터 찾아온다는 건 그리 좋은 일만은 아니다.
뭔가 문제가 터졌을 가능성이 크니까.
나는 고개를 갸웃하며 자리에서 일어나 접빈실로 향했다.
드르륵.
문을 열고 들어가니, 낯익은 얼굴의 남자가 앉아 심각한 표정으로 차를 마시고 있었다.
"오랜만에 뵙습니다. 보 부주님."

"아! 소단주님!"

금산전장은 가장 위에 전장주가 있었고, 그 아래 후계자인 소전장주가 있다.

그리고 각 부가 있는데, 그중 우리와 관련이 있는 곳은 갑 전장부이다.

소소한 금액 위주인 개인 거래가 아니라, 돈 많은 장주나 고관대작 또는 상단과 큰 금액을 거래하는 곳이지.

몇 달에 한 번 정도는 만나서 대화를 나누기에 친하다면 친한 사이다.

비록 업무적인 이야기로 만나는 것이기는 하지만, 그래도 그 정도로 많이 만나면 친한 거지, 뭐.

"편하게 계십시오. 다과는 입에 맞을지 모르겠습니다."

"무척 맛있다고 생각하던 참이었습니다."

"이따 가실 때 싸드리겠습니다. 가셔서 부서원들과 나누어 드시지요."

"감사합니다."

그는 손수건을 꺼내어 이마의 땀을 닦았다.

아직 땀을 흘릴 정도로 더운 날씨는 아닌데?

그는 한숨을 내쉬며 말을 꺼냈다.

"제가 이렇게 찾아온 것은, 은해상단의 전표 중에 똑같은 전표가 발견되었기 때문입니다."

"네? 똑같은 전표라니요? 그런 것이 있을 리가 없지 않습니까?"

전표를 발행할 때, 발행 지점의 번호와 발행 번호 등을 전표에 꼭 적는다.

  그렇기에 이 세상에 똑같은 전표라는 건 있을 수 없다.

"맞습니다. 똑같은 전표라는 게 존재할 리가 없죠."

"잠깐만요."

나는 손을 들어 보이며 말했다.

"똑같은 전표라면, 혹시…… 위조전표입니까?"

내 물음에 그는 고개를 끄덕였다.

"아무래도 그런 듯합니다."

이건 이전 삶에서 없었던 일인데?

"하지만 금산전장의 전표 위조 방지 기술은 최고라고 할 수 있지 않습니까?"

  덕분에 수많은 지점을 운영할 수 있는 것이다.

  그게 아니라면 전표의 일련번호를 확인하는 것만으로도 상당한 시간이 걸리니 이렇게까지 성장할 수 없었겠지.

  아무튼, 돈을 지급한 후 그 전표는 다시 발급한 곳으로 돌려보낸다.

  그렇게 돌아온 전표를 검수하는 과정에서 위조전표를 발견한 것일 터.

"그렇게 자부하고 있습니다만……."

그도 난감한 표정으로 전표를 꺼내 내밀었다.

"직접 보십시오."

나는 그 전표를 받아 두 장의 전표를 비교해 보았다.

"……."

그러고는 깜짝 놀랄 수밖에 없었다.

정말 한 치의 오차도 없이 똑같았기 때문이다.
심지어 위조 방지를 위한 장치까지도 똑같았다.
"혹시 귀 전장의 위조 방지 기술이 유출된 것 아닙니까?"
"그걸 의심하여 조사했지만, 그렇지는 않았습니다."
그는 말을 이었다.
"우선, 이번에 잘못 지급된 돈은 저희 쪽의 결손으로 처리했습니다만, 문제는 여기서 끝이 아닙니다."
"앞으로 저들이 위조전표를 계속해서 사용하겠군요."
"그렇습니다."
나도 심각해질 수밖에 없었다.
이는 금산전장만의 문제가 아닌 게, 우리 은해상단의 돈을 위조전표로 빼 가는 것이다.
그렇다면 지금 처리된 전표에 대한 진짜 전표가 등장하기 전에는 은해상단의 손해가 되는 것.
이는 다른 이들에게도 해당되는 일이다.
어라?
그때 나는 내가 들고 있던 전표에서 뭔가 이상한 기운을 느꼈다.
"혹시…… 이 오른쪽의 전표가 가짜 전표입니까?"
"네?"
보 부주는 눈을 깜빡이더니 말했다.
"어떻게 아셨습니까?"
"아! 가짜 전표를 밝혀낼 방법이 나온 겁니까?"
그리 말한다는 건, 가짜 전표를 알아냈다는 의미니까.

내 물음에 그가 고개를 저었다.

"그건 아닙니다. 그 전표가 특별한 경우였기에 가짜를 알아낸 것입니다."

"특별한 경우라면?"

"조사하던 과정에서 나온 사실인데, 그 전표를 작성할 때 직원이 실수로 전표 용지에 찻물을 흘렸다는 진술이 있었습니다. 하여 그 찻물의 얼룩과 전표 발행 장부의 얼룩을 맞춰보니 딱 맞더군요."

"그래서 이게 가짜라는 것을 알게 되셨다는 거군요. 그 말은 아직 밝혀내지 못한 것도 제법 된다는 뜻이고."

"후…… 맞습니다."

나는 내 오른손의 가짜 전표를 보았다.

이 전표에서는 수라혈교의 기운이 느껴지고 있었다.

잠시 스쳐 지나간 수준이 아니라, 제법 오래 그 자리에 있었던 듯한 수준이다.

생각해 보니 수라혈교는 내 행보로 인해 꽤나 고생 중일 터.

자금줄도 말라서 활동 자금을 마련하기 위해 이런 짓을 하는 게 아닐까 하는 의심이 들었다.

물론, 그렇다고 해서 이렇게 많은 사람들에게 피해를 주는 짓이 용납되지는 않지.

하긴, 그 새끼들이 그런 걸 생각했으면 지금까지 내가 목도했던 일을 했겠어?

아무튼, 이번 일은 반드시 해결해야 한다.

이 일은 상계에 엄청난 피해를 줄 테니까.
당장 은해상단도 큰 피해를 볼 위기이고.
"그런데 진짜 어떻게 아신 겁니까?"
"그건……."
나는 두 전표를 내려놓으며 말했다.
"왠지 이쪽이, 기분이 좋지 않아서 말입니다."
"……네?"
"여기, 이쪽을 줄 때 확실히 기분이 더러워지네요."
그는 당황스러운 표정을 지었다.
하지만 내가 그렇다는데 뭐 어쩔 거야?
"그렇군요. 그럼 저는 이만 물러가겠습니다. 혹시 다른 일이 생기면 다시 찾아뵙겠습니다."
"네. 조심히 돌아가세요."
그렇게 보 부주를 배웅한 나는 다시 집무실로 돌아갔다.

그날 저녁.
나는 잠시 북경지부의 정원, 누각에 나와 있었다.
그 자식들을 어떻게 잡아 족쳐야 하나 고민을 하다가 여기까지 온 것이다.
족치는 것도 족치는 것이지만, 가장 큰 문제는 그자들을 잡는 것.
하지만 이를 위해서는 그자들의 꼬리를 잡아야 하는데 그게 쉬운 일이 아니란 말이지.
내가 전장에서 일하는 것도 아니고…….

어?

문득 떠오른 묘안에 나도 모르게 미소 지을 때, 내게 다가오는 누군가의 기운이 느껴졌다.

그리고 코끝을 스치는 향기로운 매화꽃 향기.

매화가 필 시기가 아닌데 매화꽃 향기가 난다면 답은 하나지.

"곽 부관님, 여기는 어쩐 일이십니까?"

"여기 계시다고 해서, 차 가지고 왔어요."

"하녀를 시키셔도 되는데……."

"그녀들도 귀찮고, 저는 어차피 오는 길이잖아요."

"잘 마시겠습니다."

나는 누각에 앉아 서향 소저가 따라 준 차를 마셨다.

"맛있습니다."

"다행이네요. 팔갑 소이가 우린 차거든요."

"네?"

"소단주님이 여기 계신다면서, 이 주전자를 쥐여 주더라고요."

"아……."

팔갑의 짓궂은 표정이 자연스럽게 떠오르네.

"뭔가 고민이 있으신 모양이네요."

"네. 맞습니다."

나는 고개를 끄덕였고, 그녀에게 오늘 들은 이야기를 해 주었다.

보안이 중요한 이야기지만, 그녀에게는 말해도 괜찮다.

서향 소저가 입이 가벼운 사람도 아니고, 나와 인생을 함께 걸어갈 반려다.

그녀 역시 이 문제에 대해 알 권리가 있지.

"그렇군요. 확실히 심각한 문제네요."

"그렇습니다."

그때 그녀의 눈이 살짝 초점이 사라졌다가 돌아왔다.

"아……."

"왜 그러십니까?"

"내일 아주 중요한 손님이 오실 거예요."

누구기에?

"금산전장의 장주님께서 직접 오실 거예요."

"네에?"

그녀의 말에 나는 깜짝 놀랐다.

그도 그럴 것이, 금산전장의 장주는 실존하는 게 맞냐는 말이 나올 정도로 종적을 알 수 없는 인물이었기 때문이다.

그저 대외적으로 알려진 바에 의하면 초절정의 고수라는 것.

그는 소싯적에 모았던 돈을 도적에게 뺏기고 간신히 목숨을 구했다고 한다.

그 후 복수를 결심하며 도망치던 중에 기연을 만났다고.

그 기연으로 인해 무공을 접했고, 또다시 기연을 만나 초절정의 고수가 된 인물이다.

그는 다른 사람들이 자신처럼 억울하게 돈을 뺏기는 일을 당하지 않게 하겠다고 결심했고, 금산전장을 세웠다.

그 덕분일까, 금산전장은 하나의 대전제를 중심으로 운영되었다.

[고객의 돈은 소중하다]

모든 지점에 붙어 있는 일종의 사훈이랄까?

그렇게 모은 돈을 다른 자에게 이자를 받고 빌려주는 일도 했는데, 금산전장이 급속도로 성장했던 가장 큰 이유가 바로 빌린 돈의 환수율이 완벽했기 때문이다.

전장주가 초절정의 고수인 데다가 그가 양성한 녹의귀라 불리는 이들이 존재하는데, 돈 떼먹고 도망갈 수가 있을 리가 없다.

그가 그렇게 기를 쓰고 빌려준 돈을 환수하는 것 역시 고객님의 돈은 소중하다는 사훈에서 비롯된 것이다.

아무튼, 돈을 떼먹은 자가 고수일 경우에만 볼 수 있다는 전장주가 직접 찾아온다니…….

내 생각보다도 일이 훨씬 심각한 건가?

.
.
.

다음 날.

팔갑이 나에게 손님의 방문을 알렸다.

"저…… 금산전장의 전장주님께서 직접 오셨습니다요."

서향 소저의 말대로 진짜 오셨군.

나는 자리에서 일어나 접빈실로 향했다.

문을 열고 안으로 들어가니, 보 부주와 낯선 한 남자가 있었다.

보 부주는 긴장한 표정이었다.

그렇다면 그가 모시고 온 인물이 바로 금산전장의 전장주님이겠군.

그런데 기도가 장난이 아니시네.

나는 헛웃음이 나올 뻔했다.

대체 누가 이분이 초절정의 고수라고 한 거야?

이분은 초절정이 아니라 화경의 고수가 확실하다.

전장주님이 내게 먼저 인사했다.

"처음 뵙겠습니다. 금산전장의 전장주, 황산입니다."

"아, 뵙게 되어 영광입니다. 은해상단의 소단주 은서호입니다."

"이렇게 갑작스럽게 찾아뵈어 죄송합니다."

"아닙니다. 그리고 말을 편히 하셔도 됩니다. 전장주님께서 어찌 제가 공대를 하십니까?"

"아닙니다. 소중한 고객님께 어찌 하대하겠습니까?"

와우…….

사업적인 자세가 완벽하신 분이군.

그나저나 이 모습, 누군가를 닮은 것 같은데?

- 꾸이?

금령아, 그게 무슨 소리니.

나는 아니야.

.
.
.

나는 황산 전장주님의 말에 고개를 끄덕였다.

"전장주님의 뜻이 그렇다면 알겠습니다. 자리에 앉으십시오."

"감사합니다."

나는 자리에 앉으며 그의 옷차림을 살폈다.

무척이나 단정한 모습이다.

금산전장 직원들이 입는 남색의 옷을 입고 있었고 그 왼쪽 가슴에는 [전장주 황산]이라고 새겨져 있었다.

저 자수만 아니면 전장의 일반 직원이라고 해도 믿을 정도다.

겉으로는 아주 친절하고 고객을 섬기는 자세가 되어 있는 분이지만, 잘못 건들면 그땐 ×되지.

그가 먼저 본론을 꺼냈다.

"우선 여기 옆의 보 부주에게 들어서 알겠지만, 위조전표 문제가 아주 심각한 상황입니다."

"참으로 개탄스러운 일입니다."

"그래서 말인데……."

그는 품에서 여러 장의 전표를 꺼내어 탁자 위에 펼쳐 놓았다.

"혹시 이 중에서 가짜를 골라내실 수 있으시겠습니까?"

"네?"

"일전에 보 부주가 보여드린 전표 중에서 가짜 전표를 골라내셨다고 들었습니다."

"아…… 그냥 기분이 더러워지는 게 느껴져서 가짜라고 생각했던 건데, 우연히 맞힌 것뿐입니다."

"사람의 감이라는 것이 생각보다 정확할 때가 많습니다. 저 역시 감 덕분에 지금의 자리에 있는 것이고요."

음, 그렇게 생각한단 말이지?

사실 나도 생각하고 있는 게 있다.

이를 위해서는 그가 가져온 전표 중에 가짜를 정확하게 찾아낼 필요가 있지.

나는 손을 뻗어, 수라혈교의 기운이 느껴지는 것을 골라냈다.

전장주님은 무슨 생각인지 알 수 없는 표정으로 그런 나를 바라보았다.

"이것들이 가짜라고 생각됩니다."

"그렇습니까?"

전장주님은 고개를 끄덕이더니 내가 고른 전표의 뒷장을 하나하나 자세히 살펴보았다.

"후, 정말 감이 좋으시군요. 이렇게까지 정확하게 맞히시다니! 감탄했습니다."

"제가 정말 다 맞힌 겁니까? 와우! 제가 더 놀랍네요."

나는 말을 이었다.

"그런데 그것들이 가짜라는 건 어찌 아신 겁니까? 분명 어제 보 부주님께서 말씀하시길, 가짜를 판별해 내는 방법이 밝혀진 것이 없다고 하셨습니다만."

"아…… 대외적으로는 그렇습니다."

대외적으로?

"대외적으로 밝히지 않은 위조 방지 방법이 하나 더 있습니다. 그 덕분에 이것들이 가짜임을 밝혀낼 수 있었습니다."

"그렇군요. 다행입니다."

"자세한 방법은 말씀드릴 수 없어 죄송합니다."

"이해합니다. 그런 방법은 극비로 다뤄지는 것이니까요."

나는 고개를 끄덕이고는 조심스럽게 물었다.

"그런데 어찌하여 저를 찾아오신 겁니까? 그런 방법이 있다면 그 방법으로 위조 여부를 가리면 되는 것 아닙니까?"

"문제가 있습니다. 그 방법은 오로지 저만이 사용할 수 있는 방법이며, 또한 시간도 좀 걸립니다. 그런데 하루에 지급 요청이 되는 전표가 수만 장이나 됩니다."

그는 한숨을 내쉬었다.

"소단주님도 아시다시피, 우리 금산전장의 가장 큰 성공 요인 중 하나는 빠른 현금 지급에 있습니다."

그의 말대로다.

위조 방지가 철저하게 되어 있기에, 즉시 돈을 내주었으니까.

그 편리함 때문에 독보적인 제일전장이 된 것이다.

"그런데 지금 와서 그 방식을 바꾸면 고객님들이 어찌 생각하겠습니까?"

"진퇴양난이군요."

"그렇습니다."

그는 답답하다는 표정으로 말을 이었다.

"해결 방법은 하루라도 빨리 범인을 잡는 것입니다만……."

그는 말끝을 흐리며 나를 보았다.

뭔가 내게 도움을 청하는 눈빛 같은데?

그렇다면 망설일 게 없지.

"혹시 이 방법은 어떻습니까?"

"어떤 방법 말씀입니까?"

"전표가 거짓임을 알아내자마자 그 위조전표를 사용한 자의 뒤를 추적하여 본거지를 알아내는 것입니다."

"그렇게만 할 수 있다면 바랄 것이 없습니다. 하지만 위조전표를 즉시 알아낼 방법이 없으니……."

이에 나는 손가락으로 나를 가리켰다.

"제가 있잖습니까?"

"네?"

"저 말입니다. 전장주님께서도 인정한 제 감이라면, 즉시 위조전표를 알아낼 수 있지 않겠습니까?"

"그렇긴 합니다만…… 저들이 눈치챌 수도 있습니다."

"걱정하지 마십시오. 제가 전장의 직원으로 위장하면 됩니다."

"아무리 위장을 한다고 해도 그 얼굴이 너무 눈에 띕니다. 게다가 꽤 유명하시지 않습니까?"

"그렇다면……."

나는 신이변용술로 얼굴을 바꾸었다.

"이러면 되겠습니까?"

"방금 그건……."

"제 사부님께 배운 변용술입니다. 일종의 비기이기에 자세한 건 말씀드리기 어렵습니다."

"물론입니다. 저 역시 무공을 익히는 사람으로서 그 정도는 이해해 드려야지요."

내가 그 앞에서 신이변용술을 바로 보여 준 건, 그에게 신뢰를 주기 위함이다.

그는 가볍게 입을 놀릴 사람이 아니니까.

보 부주도 마찬가지고.

"좋습니다. 그 정도면 알아볼 자는 없겠군요."

.
.
.

이틀 후.

나는 공식적으로 출장을 다녀오겠다고 하고, 서우 무사와 진유 무사 두 명을 대동한 채 약속 장소로 향했다.

약속 장소는 북경에 귀주성의 포정사께서 오실 때마다 서향 소저를 만나곤 하는 곳이다.

북경 주변에서 이곳만큼 보안이 좋은 곳도 없긴 하지.

"일찍 도착하셨군요."

뒤를 돌아보니, 막 도착한 마차에서 전장주님이 내리며 나에게 말을 걸었다.

"오셨습니까?"

"마차에 오르시지요."

"네."

나와 일행은 마차에 탔다.

제법 큰 마차였기에 우리 셋을 포함하여 전장주님까지 네 명이 탔음에도 공간이 넉넉했다.

사실 팔갑도 나를 따라오고 싶어 했지만, 전장의 일반 직원이 시종을 부린다는 건 아무래도 눈에 띄는 일이니까.

"지금 향하는 곳은 교육원입니다. 전장에 투입되기 전에 교육을 받는 곳이지요. 사람들에게는 신입 직원으로 소개될 것입니다."

"알겠습니다."

"그런데 정말 괜찮으시겠습니까? 솔직히 신입 직원으로 일한다는 것이 쉬운 일이 아닙니다."

"저도 압니다. 저희 상단의 법도 때문에 상단에서도 신입으로 일을 시작했으니까요. 그럼에도 제 결심은 굳게 섰습니다."

"그 뜻이 그렇다면 알겠습니다."

"제가 이렇게까지 사서 고생을 하는지 궁금해하시는 것 같군요."

"부인하지 않겠습니다."

생각해 보면 이번 일은 내가 수라혈교의 자금줄을 끊어 버렸기 때문에 일어난 일.

그래서 내가 해결하기 위해 나서는 것이다.

하지만 사실대로 말할 수는 없는 노릇이다.

아직 수라혈교에 대해 알려지지 않은 상황에서 그들을 언급하는 건 지금까지 내가 해 온 일을 설명해야 이해시킬 수 있는 부분이다.

그러다 보면 자칫 저들에게 내가 노려지게 될 가능성이 생기니 아직은 비밀이다.

그래서 준비한 핑계를 댔다.

"저희 은해상단뿐만 아니라 제 개인도 금산전장에 맡긴 돈이 제법 되지 않습니까? 그런데 위조전표로 인해 그 돈이 출금된다면 배 아파서 잠도 못 잘 것 같아서 말입니다."

나는 주먹을 불끈 쥐어 보이며 말했다.

"제가 그 돈을 어떻게 벌었는데! 감히 내 돈을!"

"아…… 이해했습니다."

"후, 저도 모르게 흥분하여 추태를 보였습니다."

"아닙니다. 저 역시 같은 마음입니다."

그는 쓴웃음을 짓고는 내게 교육원에 대해 설명했다.

"교육원은 하북성에 있습니다. 그곳에서의 교육이 끝나면 하북성의 본점에 배치될 겁니다."

"알겠습니다."

"부디 잘 부탁드립니다."

우리는 앞으로의 일에 대해 자세히 논의하며 이동했고, 하북성의 어느 객잔에 도착했다.

그곳에는 나를 기다리는 한 중년의 남자가 있었다.

"인사 및 교육부의 부주입니다. 혹시 문의할 것이 있으면 구 부주에게 하면 됩니다."
"처음 뵙겠습니다. 구선모 부주라고 합니다."
"은서호입니다."
"말씀 들었습니다. 잘 부탁드립니다."
"저야말로 잘 부탁드립니다."
"교육 기간은 보름입니다. 그리고 함께 따라오신 두 무사님 역시 보름 동안 경비에 관한 교육을 받게 됩니다. 하지만 사흘 정도 일정이 지체되었으니 더 배움에 박차를 가하셔야 합니다."
"알겠습니다. 최선을 다하겠습니다."
"아! 일정에 늦은 것에 대한 핑계는 생각해 오셨습니까?"
그 말에 나는 뒤의 전장주를 일별하며 대답했다.
"물론입니다. 이따 말씀드리지요."
"네. 그럼, 저를 따라오십시오."
그때 전장주님이 나를 불렀고, 호각 하나를 주었다.
"나를 부를 일이 있으면 그걸 사용하게."
"알겠습니다."
호각을 목에 걸고 구선모 부주를 따라 교육원으로 향했다.
"교육원은 두 명이 같은 방을 씁니다."
"그렇군요."
"그리고 수업은 오전 사시부터 오후 신시까지 이어집니다. 또한, 교육을 받는 동안 외출은 금지입니다."

그렇게 가는 길에 구선모 부주에게 각종 주의사항을 듣고 교육원 안으로 들어갔다.

내게 주어진 방은 팔호실이었는데, 이미 그 방을 쓰고 있는 사람이 있었다.

"반갑습니다. 강일입니다."

"은서호입니다."

신이변용술로 얼굴을 바꾸었기에, 이름은 그대로 쓰기로 했다.

예상대로 그 역시 나를 은해상단의 은서호라고 생각하지는 않는 듯했다.

"어디서 오셨습니까?"

"저는 호북성에서 왔습니다."

"그러시군요. 저는 안휘성에서 왔습니다."

"안휘성이라면…… 아! 남궁세가가 있는 곳이군요."

"네. 그렇습니다."

그는 고개를 끄덕였고, 나는 슬쩍 그를 떠보았다.

"남궁세가가 참 대단한 곳이지요."

"그렇긴 합니다만……."

"네?"

"아무것도 아닙니다."

왠지 그에 대한 언급을 피하고 싶어 하는 기색이다.

뭔가 사정이 있나?

나는 더 이상 남궁세가에 대한 언급을 하지 않았다.

지금은 이 정도 반응을 알게 된 것만 해도 충분히 큰

수확이니까.

"이번 채용시험, 정말 어렵지 않았습니까? 저는 이번에 불합격하는 줄 알았습니다."

"저도 마찬가지입니다."

마침 이번 사월에 금산전장의 채용시험이 있었다고 했다.

제국에서도 손꼽히는 전장이다 보니 채용시험에 응시하는 이들이 많다.

월봉이 많기도 하고, 복지도 제법 훌륭한 편이니까.

"그런데 교육을 시작한 지 사흘이나 지났는데, 왜 이렇게 늦게 오셨습니까?"

"아…… 그게 사연이 있습니다."

나는 일부러 한숨을 내쉬며 말을 이었다.

"오는 길에 그만 녹림을 만났습니다."

"저런!"

"하여 가진 것을 다 뺏기고 녹림의 산채에 잡혀가 노예로 팔릴 처지였습니다. 그런데 제가 도착하지 않으니, 전장주님께서 직접 수소문하셔서 저를 구해 주셨습니다."

"세상에! 그런 일이 있었단 말입니까?"

"네. 정말, 이 은혜는 잊을 수 없을 것입니다."

강일 동기는 내가 꾸며낸 이야기를 곧이곧대로 믿는 듯했다.

그는 나를 안쓰러워하며 도와주겠다고 했다.

"정말 고생하셨군요. 그럼 사흘 동안 배우지 못한 건 제가 알려 드리겠습니다."

"감사합니다."

덕분에 그에게서 사흘 동안의 교육을 대충이나마 배울 수 있었다.

둥둥둥!

그때 들리는 세 번의 북 소리.

"아! 저녁 먹을 시간입니다. 저를 따라오십시오."

"네."

나는 그를 따라 식당으로 향했다.

"이곳에서는 이렇게 쟁반과 수저만 챙겨 가면 식사를 나눠 주시는 숙수 분들께서 쟁반 위에 그릇을 놓아주십니다."

"그렇군요."

"오늘 저녁은 닭고기 요리군요."

그렇게 나는 강일 동기가 알려 주는 대로 저녁을 배식받았고, 그가 권유하는 자리에 앉았다.

"모두 인사하십시오. 여기는 저와 같은 방을 쓰게 된 동기입니다."

그들은 강일 동기와 친하게 지내게 된 동기들인 듯했다.

"그렇군요."

"그런데 무슨 사정이 있어 이렇게 늦게 온 겁니까?"

"그게 좀 안타까운 사정이 있었다고 합니다."

나는 고개를 끄덕이며 강일 동기에게 말했던 사정을 말해 주었다.

"그랬군요. 그런 큰 고비를 넘겼으니 이제 평탄한 앞길만 계속될 것입니다."
"맞습니다."
다행히 좋은 사람들인 것 같군.
하긴 금산전장에서 직원을 채용할 때 인성도 상당히 중요하게 본다고 했으니까.

날이 밝았다.
수업 시작은 사시부터였지만, 일과의 시작은 묘시에 일어나 연무장을 달리는 것부터였다.
다행이군.
수련하지 못하면 몸이 찌뿌둥한데, 이렇게 연무장을 달리면서 몸을 풀 수 있어서 말이지.

* * *

구선모 부주는 한숨을 내쉬었다.
그건 지금 금산전장을 위협하고 있는 위조전표 때문이다.
그가 맡은 일은 교육 및 인사라서 직접적인 관련이 없기는 하지만, 어쨌든 그의 직장을 뒤흔드는 큰일이니 말이다.
'어서 빨리 그 일이 해결되어야 할 텐데 말이지.'
그때 한 직원이 다가왔다.
"방금, 교육원에서 올라온 문서입니다."
"아, 오늘이 교육을 수료하는 날이었던가?"

"그렇습니다."
"어디 보자······."
그는 문서를 열어 보았다.
그건 그동안 교육을 받았던 원생들의 성적표였다.
"호오?"
그는 한 사람의 성적을 보고 눈을 빛냈다.
"왜 그러십니까?"
"이 은서호라는 원생, 모든 분야에서 특상이군."
"네. 그렇습니다."
그는 고개를 끄덕였다.
"제가 보고받기론, 모든 교육원의 스승들이 입을 모아 기대되는 인재라 말했다고 합니다."
"그렇군."
구선모는 왠지 가슴이 쓰려왔다.
이런 뛰어난 인재가 금산전장에 뼈를 묻을 수 없다는 것이 안타까웠기 때문이다.
'하지만 이자가 위조전표 사건을 해결할 수 있다면 그것만으로도 만족해야······. 후, 진짜 생각할수록 아깝군.'

* * *

드디어 교육원에서의 생활이 끝났다.
이제 나는 완벽한 전장 직원이 되어 있었다.
수료식이 모두 끝나고, 우리는 잠시 대기 중이었다.

"은서호 동기는 어디로 발령이 날 것 같습니까?"
"글쎄요? 솔직히 그건 무작위 아닙니까?"
"그렇긴 합니다."

강일 동기의 말에 나는 하하 웃었다.

솔직히 나는 내가 어디로 발령이 날지 알고 있지만 그건 비밀이니까.

잠시 후, 강단 위로 누군가가 올라왔다.

"그럼 지금부터 발령처를 통지하겠습니다. 우선, 최우수 수료자. 은서호."

"네!"

"하북성 본점."

"네!"

전장주님이 말씀해 주신 대로군.

나는 씨익 웃었다.

이제 위조전표를 만들어 나를 빡치게 한 놈들을 때려잡을 일만 남았군.

* * *

금산전장의 하북성 본점.

무려 팔 층이나 되는 큰 건물이다.

본점답게 이 층부터는 다양한 부서들이 자리 잡고 있지만, 일 층은 전장 본연의 업무가 이뤄지고 있다.

"다음 고객님."

"네!"

"무엇을 도와드릴까요?"

공손하게 묻는 직원의 물음에 손님은 멍하니 그 얼굴을 바라보았다.

"고객님?"

"아! 죄, 죄송해요! 그, 그러니까…… 돈을 맡기러 왔어요."

"네. 전장금고패와 신분확인패를 주십시오."

"여, 여기요."

그녀는 본인의 전장금고패와 전장에서 발급한 신분확인패를 내밀었다.

직원은 확인 후 말했다.

"네. 확인되셨습니다. 얼마를 맡기십니까?"

"여기요."

그 손님은 부끄러운 듯, 동전을 내밀었다.

"네, 동 열 문. 확인되셨습니다."

직원은 동전을 받고는 능숙하게 문서를 작성해서 내밀었다.

"여기 확인증입니다. 더 필요하신 게 있을까요?

"아, 아뇨."

"그럼 안녕히 가십시오."

이에 그녀는 아쉬운 듯 자리를 떴고, 그 직원은 웃으며 다음 고객을 응대했다.

"다음 고객님."

그 모습을 보며 전장 안의 이들은 서로 소곤거렸다.
"저 직원이 이번에 교육원을 수료하고 새로 발령받은 직원이야?"
"응. 맞아. 지금 저 직원 보려고 저축을 시작한 애들도 많다니까."
"소문을 들었을 땐 대체 어떻게 생겼기에 그런가 했는데, 저 정도면 확실히 인정이네."
그렇게 전장 사람들의 모든 시선을 집중적으로 받고 있는 직원은 바로 초급직원 은서호였다.
그는 요즘 금산전장 하북성 본점의 유명인사였다.
덕분에 고객들이 맡기는 돈이 급격하게 늘고 있었다.
그런 만큼 본부점의 지점장과 영업 직원들은 아주 꿀이 뚝뚝 떨어지는 눈으로 은서호를 보고 있었다.
덕분에 실적 걱정은 하지 않아도 되었으니까.

* * *

후, 역시 힘드네.
나는 고개를 좌우로 꺾었다.
온종일 고객을 응대하고, 돈을 입금하고 출금하는 일을 반복하다 보니 피로가 쌓였기 때문이다.
나는 옆에 걸린 사훈을 보았다.

[고객님의 돈은 소중하다]

나는 고개를 주억였다.
전장에 맡겨지는 돈은 동전 한 푼이든, 금자 하나든 모두 같은 무게감을 가지고 있다.
그렇기에 소중하게 다뤄져야 한다.
그래서 더 피곤한 것일 수도 있지.
그때였다.
"……!"
"우리 은서호 직원. 많이 힘들지?"
뒤에서 다가와 어깨를 주물러 주는 지점주.
후, 하마터면 손이 나갈 뻔했군.
나는 반쯤 나가고 있던 손을 스윽 회수했다.
좋아, 아주 자연스러웠어.
"괜찮습니다. 단지, 지점주님께서도 이런 과정을 겪으셨을 것을 생각하니 존경스러워졌습니다."
나는 말을 이었다.
"저도 지점주님처럼 오래 버틸 수 있을지 모르겠습니다."
내 아부 섞인 말에 지점주는 웃으며 말했다.
"무슨 당연한 소리를 하나? 하하하! 자네처럼 유능한 직원이라면 버티고도 남을 걸세."
"감사합니다."
나는 고개를 숙이며 쓴웃음을 지었다.
유능한 직원이 오래 버틴다는 건, 그만큼 대우를 해 줬기 때문이지.
 그 정도의 인재는 어디서든 알아보고 탐내니까.
 그래서 은해상단이 직원 복지에 상당히 신경을 쓰는 것이다.
 그나저나 위조전표는 대체 언제쯤 내 손에 들어오려나?
 빨리 들어왔으면 좋겠는데 말이지.

 그날 밤.
 나는 사원 숙소를 나섰다.
 독신인 직원 중에서 원하는 이들에게는 개인 숙소가 제공된다.
 나 역시 그곳에서 지내고 있었고.
 "주군."
 익숙한 목소리에 고개를 돌리자 낯선 얼굴이 보였다.
 하지만 나는 그들을 반갑게 맞이했다.
 서우 무사와 진유 무사의 기운이었으니까.
 "저를 잘 알아보시는군요."
 "변용술로 얼굴을 바꾸어도 그 외모가 가려지지 않는다고 한탄하신 분이 주군이십니다만."
 "아, 그렇긴 하죠. 두 분은 지금 어디에 있습니까?"
 내 물음에 서우 무사가 답했다.
 "현재 저희는 경비대 소속으로 있습니다."
 "책임자를 맡지 않으려고 일부러 실력을 조금만 드러냈습니다."

책임자가 된다면, 이후의 일이 골치 아파지니까.

"아직 저들의 동태는 없습니까?"

그 물음에 나는 고개를 끄덕였다.

"제가 볼 때, 저들은 아마 순서대로 전장을 돌면서 범행을 저지르고 있을 겁니다."

내가 그리 생각하는 이유는 위조전표에 묻은 수라혈교의 기운이 비슷했기 때문이다.

아무리 같은 수라혈교라고 해도 사람마다 조금씩 그 기운이 다른데 말이지.

"그러니 기다리고 있으면 반드시 저들은 모습을 드러낼 것입니다."

금령에게 전표의 냄새를 맡게 해서, 그 전표의 냄새를 추적하는 방법도 생각했었다.

하지만 이미 여러 사람을 거친 탓에 정확하게 그 냄새를 구분하기 어려웠다.

그래서 지금 내가 이 고생을 하는 것이다.

금령에게 돈을 좀 더 많이 먹여야 하나?

- 꾸잇?

그냥 생각만 해 본 거야. 생각만.

- 꾸이…….

너무 실망하는 거 아니냐?

그런데 왜 나는 쉬지도 못하고 이러고 있는 걸까?

황제도 내게 쉬라는 뜻으로 부르지 않고 있는데 말이지.

이게 다 수라혈교 새끼들 때문이다.

그 새끼들 때문에 내가 이 고생을 하고 있는 거잖아.
"표정이 좋지 않으신데, 괜찮으십니까?"
"아, 네. 괜찮습니다."
나는 손을 내젓고는, 이후의 일을 지시하고 숙소로 돌아왔다.
그리고 혼자 씻고 옷을 갈아입는데, 문득 팔갑이 그리웠다.
북경지부에 있다면 팔갑이 도와줘서 편했을 텐데.

며칠 후.
나는 오늘도 친절한 전장 직원 행세를 하고 있었다.
그때 느껴지는 불쾌한 감각.
"……!"
이거 수라혈교의 기운이다.
드디어 나타났군.
나는 고개를 들어 그 기운의 범인을 찾았다.
그는 내 옆에 있는 직원에게 다가왔다.
내 옆의 직원은 강일 동기.
"이 전표의 돈을 지급해 주십시오."
"알겠습니다. 신분을 확인해야 하니 전장에서 발급한 신분패를 주시겠습니까?"
이에 그자는 전표와 신분확인패를 내밀었다.
나는 슬쩍 진기를 뿜어내어 전표를 바닥으로 떨어트렸다.

"어!"

이에 내가 얼른 고개를 숙이며 말했다.

"제가 주워 드리겠습니다."

그리고 그 전표를 쥐는 순간 알아차릴 수 있었다.

이게 위조전표라는 것을.

그런데 마주 고개를 숙인 강일 동기의 표정이 매우 어두웠다.

그래서 나도 모르게 물었다.

"왜 그러십니까?"

"……이거 위조전표입니다."

"……!"

뭐? 이게 위조라는 것을 알아차렸다고? 어떻게?

하지만 지금은 그걸 따질 때가 아니다.

"저를 믿고 정상 지급하십시오. 나머지는 제가 알아서 합니다."

순간적으로 내보인 내 기세 때문인지 강일 동기가 순순히 고개를 끄덕였고, 나는 그것을 다시 작업대에 올려놓았다.

그리고 경비 중이던 서우 무사와 진유 무사에게 전음을 보냈다.

- 제 앞에 있는 이 남자를 추적하십시오.

- 알겠습니다.

동시에 금령이에게도 부탁했다.

- 금령아. 이자의 냄새를 잘 기억해 놔.

위조전표 사건 〈259〉

― 꾸이!

그가 지급받은 돈은 무려 은자 백 냥.

위조전표가 통한다는 것을 알게 되니, 더 대담해지는 듯했다.

그가 나가는 모습을 확인한 후 나도 자리에서 일어났다.

그리고 미리 작성해 놓은 세 장의 병가 신청서를 꺼냈다.

상황을 알고 있으니 강일 동기를 통해 제출해도 되겠지.

나는 그에게 작은 목소리로 부탁했다.

"한 시진 후에도 제가 나타나지 않으면 이것을 대신 제출해 주십시오."

그러고는 얼른 뒷문을 통해 밖으로 나갔고, 금령에게 부탁했다.

"금령아! 방금 그 남자를 추적해!"

"꾸이!"

그렇게 우리는 그자를 추적했다.

얼마나 이동했을까?

그는 한 객잔으로 들어갔고, 나와 두 호위무사 역시 그 객잔 안으로 들어갔다.

그는 곧바로 삼 층의 객실로 들어갔다.

그렇다면 방법이 있지.

나는 객잔을 나와 지붕으로 올라갔다.

삼 층이 가장 높은 층이었기에 지붕에 매달려 그 객실 내부를 엿볼 수 있었다.

"흐흐흐, 이게 다 얼마냐?"

"상부에서 칭찬하겠죠?"

"당연하지! 그런데 요즘 전표 만드는 게 좀 느린 것 같단 말이지. 벌써 전표가 없다."

"전표 종이가 제때 나오지 않아서 그렇습니다."

"하여간 새끼들. 드럽게도 까다롭게 해 놨단 말이지. 그나저나 뜰 준비는 다 됐냐?"

"물론입니다."

"전장주가 눈치채면 우린 죽는다. 이만 뜨자."

"네."

그렇게 그들은 짐을 챙겼고, 객잔을 빠져나갔다.

저들은 더 이상 전표가 없다고 했다.

그렇다면 분명 위조전표를 보충하기 위해 움직일 터.

그 말은 즉, 이 추적이 시간이 제법 걸린다는 의미다.

- 금령아. 내 호위무사들을 전부 불러와.

- 꾸이!

그리고 나와 두 호위무사는 계속해서 그들의 뒤를 추적하기 시작했다.

어느덧 저녁이 되었고, 그들은 한 객잔으로 들어갔다.

나와 두 호위무사들은 객잔 밖에서 그들을 감시하면서 다른 호위무사들을 기다렸다.

"죄송합니다."

"좀 늦었습니다."

"괜찮습니다. 생각보다 빨리 오셨군요."

"여기 갈아입을 옷입니다."

나는 여응암 무사가 내민 옷으로 갈아입었다.
활동하기 편하면서도 눈에 잘 띄지 않는 색의 옷이다.
"팔갑 소이가 챙겨 주었습니다."
"역시 팔갑이군요."
우리는 모두 옷을 갈아입고는 계속해서 객잔을 감시했다.
다음 날 아침.
그들이 객잔을 빠져나가는 모습이 보였고, 우리는 그들의 뒤를 쫓았다.
그들은 생각보다 멀리까지 이동했다.
젠장, 이거 생각보다도 훨씬 더 시간이 걸리겠군.
우리가 있던 하북성을 지나는 것은 물론이고, 산동까지 들어왔다.
다행히 안휘성으로 넘어가기 직전에 그들은 객잔이 아닌, 산속의 장원으로 향했다.
엄중한 감시가 이루어지고 있는 곳.
이곳이 내가 찾던 목적지겠지.
- 제가 들어가서 확인해 보겠습니다.
- 부탁드립니다.
내 말에 진유 무사는 곧바로 움직였다.
사실 어딘가에 숨어드는 건 진유 무사를 따를 자가 없었다.
그전에도 그 실력이 뛰어났지만, 초절정의 경지에 오른 이후 그 실력은 귀신이 곡할 정도가 되었다.

스윽.

잠시 후, 진유 무사는 기척도 없이 모습을 드러냈다.

- 주군. 저곳이 위조전표를 만드는 이들의 본거지가 확실합니다. 수는 약 백오십여 명 정도입니다.

제법 규모가 있군.

하긴, 그런 엄청난 일을 하려면 그 정도의 규모는 되어야겠지.

- 그렇군요. 수고하셨습니다.

서우 무사가 물었다.

- 저희들끼리 저곳을 치는 것입니까?
- 그건 아닙니다.

전력상으로는 우리끼리만 해도 저들을 치는 데 문제가 없지만, 절대적인 인원이 적으니 도망치는 이들을 다 붙잡을 수가 없다.

게다가 고수도 여러 명 존재하고.

그리고 이 일의 마무리는 금산전장이 해야 한다.

나는 내 목에 걸고 있던 호각을 꺼내어 불었다.

혹시라도 호각 소리가 장원에 들릴 수 있으니, 기로 막을 쳤다.

한쪽만 막아도 어느 정도 소리가 죽으니까.

어?

하지만 제법 힘껏 불었음에도 호각에서는 아무런 소리도 들리지 않았다.

뭐지? 이거 잘못된 건가?

그런 의문을 품고 호각을 다시금 불어 봤지만, 여전히 소리가 나지 않았다.

원래 소리가 나지 않는 건가?

우리는 그곳에서 대기했다.

그렇게 시간이 얼마나 지났을까?

해가 떠오르기 시작했을 때 우리 위쪽으로 검은색의 매 한 마리가 나타났고, 빙글빙글 돌기 시작했다.

- 꾸이?

그걸 본 금령이가 고개를 갸웃하더니 나에게 말했다.

- 꾸이! 꾸이.

그러니까 지금 저 검은 매가 자신의 주인을 부르고 있다고?

그럼 설마?

곧 우리를 향해 무시무시한 속도로 달려오는 이의 기운이 느껴졌다.

그는 언제 달려왔냐는 듯 안정적으로 멈췄다.

나는 그에게 포권하며 인사했다.

"전장주님을 뵙습니다."

"후, 어딥니까?"

그의 물음에 나는 손으로 내 뒤쪽의 장원을 가리켰다.

"저곳입니다."

"확실합니까?"

"네. 확실합니다. 제 호위무사가 확인했습니다."

"그렇군요."

그가 팔을 뻗자, 우리 위에서 빙글빙글 돌던 검은 매가 내려와 전장주님의 팔에 앉았다.

전장주님은 품에서 무언가를 돌돌 말은 천 뭉치를 꺼냈다.

그것을 펼치니 각각 여러 색으로 칠해진 나무패가 나왔다.

그는 그중에 노란색의 패를 꺼내 매의 다리에 달린 작고 기다란 통 안에 넣어 날려 보냈다.

푸드덕!

"매를 이용하여 연락하시는 거군요."

"맞습니다. 저와 오랜 시간을 함께해 온 영리한 친우이지요. 아마 삼십 년 정도 되었을 겁니다."

삼십 년? 매가 그렇게 오래 살 수 있었나?

- 꾸이.

그때 금령의 전음이 들렸다.

아, 저 매도 영물이라고?

그러면 그렇게 오랜 시간을 함께해 온 게 이해가 되지.

"그나저나 보고는 받았습니다. 교육원에서 우수한 성적을 거두었다고요."

"하하하."

"그리고 하북성의 본점의 인기 직원이라는데, 제법 많은 이들이 아쉽겠군요. 이제 본업으로 돌아가실 거 아닙니까?"

"지금도 쌓이는 일을 생각하면 머리가 아픕니다."
"마음 같아서는 특채로 채용하고 싶지만, 소단주님이 만족할 만큼의 월봉을 맞춰드릴 수 없으니 아쉽습니다."
"말씀만으로도 감사합니다."
"그런데 궁금한 것이 있습니다."
"무엇입니까?"
그는 잠시 고민하다가 입을 열었다.
"소단주님의 무공이 상당히 뛰어나다는 것을 알고 있습니다. 확실히는 모르겠지만, 경험에 비추어 볼 때 세간에 알려진 것보다 훨씬 강할 겁니다."
"……."
감이 좋으시군.
"그 정도 실력이라면 솔직히 상단에 속하지 않아도 부귀영화를 누릴 수 있을 텐데……."
"왜 상단에 스스로 얽매여 있는지 궁금하시다는 거군요."
"그렇습니다."
나는 씨익 웃었다.
"그야, 저는 상인이니까요. 상인이 상단에 속해 있는 것이 이상한 것이 아니잖습니까?"
"그건 그렇습니다만……."
"그러는, 전장주님께서는 왜 그 실력으로 전장주를 하시는 겁니까?"
"그건 꿈이 있기 때문입니다. 힘없는 자의 재산을 지켜

주는 것 말입니다."
 "저 역시 마찬가지로 꿈이 있습니다. 은해상단을 천하제일상단으로 만드는 것이 꿈입니다."
 그리고 백천상단과 무림맹에 복수도 해야 하고.
 "그렇군요. 제 우문이었습니다."
 나는 미소 지으며 물었다.
 "그런데 저들은 어찌 처리하실 생각이십니까?"
 순간, 나는 모골이 송연해졌다.
 전장주님이 내뿜는 서늘한 기운 때문이었다.
 "그야 당연한 것 아니겠습니까?"
 아. 괜히 물어봤다는 생각이 들었다.

 .
 .
 .

 우리는 교대로 점심을 먹으며 그 장원을 감시했다.
 그사이에도 별다른 움직임은 없었다.
 슈우욱!
 그때 검은색의 매 한 마리가 날아와 황산 전장주님의 어깨에 앉았다.
 "오! 왔냐?"
 그리고 다가오는 한 사람.
 그가 입은 흑의는 경비로 위장 취업을 했던 두 호위무사가 입고 있던 것과 비슷했다.
 금산전장을 지키는 경비대의 정식 명칭이 흑의귀(黑衣

鬼)인 이유다.

그는 그 흑의귀의 대주였다.

"전장주님을 뵙습니다."

"오느라 수고 많으셨습니다."

전장주님은 내게 고개를 돌리며 말했다.

"상황을 보고해 주십시오."

"아, 네. 진유 무사님."

내 부름에 진유 무사가 즉시 장원 안의 상황을 자세하게 고했다.

"장원 내부 인원은 백오십여 명이며, 그들 중에 반수인 칠팔십 명 정도가 무사들입니다. 그리고 절정급의 무사들이 다섯 명 정도 됩니다."

절정급 무사가 다섯 명이라는 건 작정하고 일을 벌였다는 의미다.

그 정도면 중소 문파에서 장로급일 정도인데, 그런 이들이 이런 외진 장원에 다섯 명이나 있을 이유가 없으니까.

"그리고 장인들은 무사들의 감시 아래 일을 하는 것으로 보이는데, 그 장인들의 가족으로 보이는 자들이 남녀로 나누어 두 개의 방에서 함께 생활하고 있는 듯했습니다."

"그렇군요. 아마 협박을 당하는 모양입니다."

자신이 원해서 가진 기술로 범죄를 저지르는 자들이 많은 건 사실이다.

하지만 가족들 때문에 마지못해 범죄자가 되는 자들도 있다.

이번 경우가 바로 그런 경우라고 할 수 있겠지.

"어찌할까요? 전장주님?"

흑의귀주의 물음에 전장주님이 대답했다.

"일 조와 이 조는 타격, 삼 조는 장인 보호, 사 조는 가족들의 구출, 오 조는 봉쇄로 가지."

"알겠습니다."

나는 전장주님께 물었다.

"밤에 진행하시는 겁니까?"

"굳이요?"

그의 말에는 적들을 때려잡는 데 낮이건 밤이건 상관없다는 자신감이 보였다.

그리고 약 반 시진 후.

오백여 명의 인원이 장원을 포위하는 광경에 감탄하고 말았다.

"엄청나네요."

"고객님의 돈은 소중하고, 그 소중한 돈을 지키기 위해서 이 정도는 투자해야지 않겠습니까?"

그 말에 전장주님이 존경스러워졌다.

"그리고 가장 중요한, 저들의 본거지를 찾아 알려 주셨는데 그 나머지 일 처리를 저희 손으로 못하면 면목이 있겠습니까?"

전장주님이 말을 이었다.

"그럼 저는 잠시 다녀올 터이니, 소단주님의 돈이 어떻게 지켜지는지 보십시오."

그 순간.

전장주님에게서 저릿할 정도의 살기가 느껴졌다.

그의 어깨에서 검은 매가 날아오르며 날카롭게 울었다.

삐이이이익-!

그게 신호였던 듯, 흑의귀들이 장원 안으로 돌격하기 시작했다.

그리고 그 장원에 있던 수라혈교 일당들의 최후를 분명하게 목도할 수 있었다.

아…… 금산전장에 돈을 맡기길 잘했군.

.

.

.

그곳이 정리되는 데 한 시진도 걸리지 않았다.

이곳을 알아내기 위해 들인 시간에 비하면 어이없을 정도로 빠르게 정리된 것.

완벽하게 제압되어 끌려 나오는 이들 중에는 내가 미행했던 자도 있었다.

이제 저들의 미래는 뻔하다.

물론 불쌍하다거나 안타깝다거나 하지는 않았다.

안타까워해야 할 자들은 따로 있으니까.

바로 협박당하여 위조전표를 만들었던 자들이다.

"주군, 저들은 이제 어찌 되는 것일까요?"

명종 무사의 물음에 나는 고개를 저었다.

"그건 저도 잘 모릅니다. 그건 전장주님께서 결정하실 일이니까요."

"그렇긴 합니다."

그때 뒤에서 전장주님의 목소리가 들렸다.

"사정을 들어 보고 그에 따라 처벌에 참고할 생각입니다. 전문 용어로 정상참작이라고 하죠."

"전장주님."

전투에 참여했음에도 여전히 그의 옷에는 피 한 방울 묻어 있지 않았고, 머리카락 한 올 흐트러짐이 없었다.

이것이 바로 화경의 위력인가?

문득 다음에 나를 만나면 죽이겠다는 일사검이 떠올랐다.

그 역시 화경이었지.

내가 죽지 않으려면 나 역시 화경에 올라야 한다.

물론 내 최종 목표를 위해서라도 화경에 올라야 하기도 하고.

"일이 정리되었으니, 이제 저는 제 일터로 돌아갈까 합니다."

"더 붙잡을 수가 없으니 안타깝군요."

전장주님은 진심으로 아쉬운 표정이었다.

"이번 일로 소단주님께 큰 은혜를 입었습니다. 어찌 이 은혜를 갚아야 할지 모르겠군요."

"은혜랄 것도 없습니다."

나는 겸양을 표했다.

지금 내가 이 나이에 초절정에 오른 것은 내 자신의 힘과 재능만으로 된 건 아니다.

미리 알고 있는 정보와 설풍궁의 조사님을 비롯한 수많은 이들의 도움이 있었기 때문이다.

즉, 기연과 기적이 합쳐져 만든 결과지.

아무튼, 아직 화경이라는 경지는 요원하니 내가 할 수 있는 최선은 나를 지켜 줄 인연을 많이 만드는 것이다.

그중 한 분이 바로 내 앞의 전장주님이다.

그래서 내가 이번 일에 적극적으로 관여하여 은혜를 입힌 것이기도 하다.

"솔직히 이번 일은 은해상단의 돈과 제 돈을 지키기 위함이었습니다. 또한 상계의 혼란을 막기 위해서기도 합니다. 상계가 혼란스러우면 어찌 돈을 벌 수 있겠습니까?"

내 말에 전장주님은 감탄하며 고개를 끄덕였다.

"확실히…… 소단주님은 상인이 맞군요."

"칭찬 감사드립니다."

잠시 고민하던 전장주님이 말했다.

"그럼 이렇게 합시다. 나중에 혹시라도 소단주님께 큰 위험이 닥친다면 그때 이 황산이 손해를 보더라도 그대를 돕겠습니다."

"네? 그렇게까지 무리하실 필요는 없습니다."

말로는 그리했지만, 사실 내가 진짜 기다리던 말이다.

"이것마저 거절하지 않았으면 합니다."

"그리 말씀하신다면 알겠습니다. 전장주님의 그 약속, 기억해 두고 있겠습니다."

"기억해 두는 것만으로 되겠습니까? 확실하게 문서를 적어 드리지요."

"아닙니다!"

나는 손을 저었다.

"전장주님 그 자체가 신용의 상징입니다. 그리고 솔직히 잊어버리셔도 상관없습니다."

내 말에 그는 피식 웃었다.

"절대 잊어버리지 말아야겠군요. 그렇다면 그 호각, 지니고 계십시오."

"네?"

"그 호각을 불면 제가 어디에 있든, 듣고 찾아갈 수 있습니다. 그러니 위급할 때 사용하십시오."

그렇다면 받아두어야지.

"감사히 받겠습니다."

내 말에 그는 고개를 끄덕였다.

"그런데 그냥 이대로 북경으로 가실 겁니까? 그래도 함께 일한 동료들인데 정식으로 인사는 하고 떠나시는 것이 나을 듯합니다."

"물론입니다. 안 그래도 부탁드릴 생각이었습니다."

사람의 됨됨이를 보기 위해서는 그 사람의 뒤처리를 보라는 말이 있다.

위조전표 사건 〈273〉

그만큼 뒤처리가 중요하다는 뜻이다.

퇴사한 사람이 일을 엉망으로 했거나 정리를 제대로 하지 않은 것을 뒤처리하는 것보다 짜증 나는 일은 없지.

혹시라도 이 일을 빌미로 나를 공격하거나 원한을 가지게 돼서 좋을 건 없다.

나중을 위해서라도 일말의 빌미도 남겨 주지 않는 게 내 방식이다.

고작 며칠이지만, 그간 정들었던 이들에게 좋은 기억으로 남고 싶은 것도 있고.

확인해야 할 것도 있다.

.

.

.

나는 하북성의 금산전장 본지점에 들어갔다.

"아니! 자네! 어찌 된 일인가? 갑자기 병가를 내면 어찌하나?"

"아, 그게…… 죄송합니다. 사정이 있었습니다."

"사정?"

"그건 제가 설명하겠습니다."

그리 말하며 내게 다가오시는 전장주님.

"헉! 전장주님!"

그를 본 이들이 얼른 고개를 숙였다.

"이 직원은 여러분들도 알고 있다시피, 현재 금산전장에 당면한 위기였던 위조전표 사건을 방금 해결하고 오는 길입니다."

"네?"

"그게 무슨?"

직원들이 놀라며 수군거렸다.

"사실 이 직원은 제가 이번 사건을 해결하기 위해 투입했던 감찰과의 직원이었습니다."

"헉!"

"그, 그게 정말입니까?"

나는 멋쩍게 웃으며 고개를 끄덕였다.

"네. 그렇게 되었습니다."

여기 오기 전, 그렇게 설명하기로 전장주님과 말을 맞춘 상황이다.

"임무를 마쳤으니, 이제 본래의 자리로 돌아가게 되었습니다. 그동안 여러모로 신경 써 주셔서 감사했습니다."

"그런 일이 있었군요. 정말 일 잘해서 좋았는데."

"좋게 봐 주셔서 감사합니다."

나는 공손히 포권했다.

"제가 했던 일은 정리해서 다른 직원께 넘기겠습니다."

"아, 아닙니다. 그건 저희가 정리하면 됩니다."

"그리 오래 걸리지 않습니다. 한 시진이면 됩니다."

나는 곧바로 내가 맡았던 업무를 정리하기 시작했다.

그리고 점심시간.

나는 내 옆에 있던 강일 동기를 불렀다.

"잠시, 시간 되십니까?"

"아! 네!"

나는 그를 인적이 드문 곳으로 안내했고, 그에게 물었다.

"전에 제가 사라지기 전에 위조전표를 봤을 때 그게 위조전표라는 것을 어찌 안 것입니까?"

"……."

"사실대로 말해 줬으면 합니다. 제가 이렇게 은밀하게 자리를 마련한 건 그대를 돕기 위해서니까요."

내 끈질긴 설득에 결국 그는 한숨을 내쉬며 대답했다.

"저 역시 전표를 만드는 기술을 가지고 있으니까요."

"네?"

"사실 제 아버지는 금산전장에 납품하는 전표 용지를 만드는 일을 하셨던 분입니다. 그러다가 조부님이 위중하시다는 소식을 듣고 고향으로 내려가셨습니다."

"고향이 안휘성이라고 들었습니다만?"

"그렇습니다. 위중하시다던 조부님이 회복하시는 바람에 아버지는 그 옆에서 십 년을 봉양하셨습니다."

"그럼 생활비는 어찌하시고?"

"다행히 조부님이 재산이 좀 있으셨습니다."

"그랬군요."

"아무튼, 돌아올 수 없게 된 아버지께서는 자신의 아래에서 일하던 아저씨께 모든 것을 넘기셨습니다."

강일의 설명이 이어졌다.

"그렇게 십 년 후, 조부님께서 돌아가셨습니다. 그리고 어느 날 남궁세가에서 찾아왔다고 합니다."

"남궁세가에서요?"

"네. 그들은 아버지께 한 전장에서 전표용지 만드는 일을 제안했다고 합니다. 하여 저를 제외한 모든 가족은 남궁세가가 소개해 준 일을 하기 위해 떠났다고 했습니다."

나는 그의 말에서 위화감을 느꼈다.

아버지와 가족들의 행방에 대해 말할 때, 마치 전해 들은 듯 말하고 있었으니까.

"설마, 가족들과 함께 살지 않은 것입니까?"

내 물음에 그는 고개를 끄덕였다.

"네. 저는 북경에서 과거를 준비하고 있었습니다. 아버지께서 집안에 관리라도 하나 있었으면 좋겠다고 하셔서 시험을 쳤는데, 운 좋게 향시에 합격해서 거인이 되었거든요."

그는 입술을 깨물었다.

"남궁세가에 대한 건 아버지의 서신을 통해 알게 된 것입니다. 하지만…… 얼마 후 소식이 완전히 끊겼고, 저는 고향으로 내려가서 가족들의 소식을 수소문했습니다."

"……"

"후…… 그런데 그 누구도 가족들의 소식을 몰랐고, 어찌어찌 남궁세가에 문의했지만, 그쪽에서도 모른다는 답변이 돌아왔습니다."

그는 말을 이었다.

"그러던 중 제가 수학하던 곳에 도착한 서신이 하나 있었습니다. 그 서신을 열어 보니 전표가 하나 있었습니다."

전표?

"아버지의 솜씨로 만든 금산전장의 전표였습니다. 아까 저도 전표를 만들 수 있다고 말씀드렸지요?"

"네."

"어릴 적부터 아버지를 도와드리며 익힌 기술입니다. 그렇기에 그 전표가 아버지가 만든 것임을 알아볼 수 있었습니다. 동시에……."

그는 괴로운 표정을 지었다.

"아버지가 범죄에 휘말렸음도 알 수 있었습니다. 왜냐하면, 그 전표에 위조 방지 기술로 적혀 있었습니다. 이건 위조전표이니 만약 아버지가 만든 위폐를 발견하게 된다면 위조라는 것을 알려 피해가 없도록 하라고요."

그 장인도 대단하네.

분명히 감시가 엄중했을 텐데, 그것을 뚫고 아들에게 글자를 새겨서 보내다니 말이다.

그만큼 아들을 믿었다는 의미겠지.

"그래서 금산전장에 취업한 것입니까?"

"네."

그는 고개를 끄덕였다.

"금산전장에 있으면 아버지의 흔적을 다시 발견할 수 있을 것 같았거든요."

"그러셨군요."

"아버지가 만든 건 사업을 물려받은 아저씨가 만든 것

과 조금 다릅니다. 그건 오직 손의 감각으로만 알 수 있을 정도지만…… 오랜 시간 아버지가 만든 것을 만지며 살던 저에게 그 정도는 쉬운 일이지요. 그래서 그 전표를 만지자마자 알게 되었습니다."

그는 한숨을 내쉬며 말을 이었다.

"하지만 막상 위조전표라는 것을 알게 되자 당황해서 어찌할 바를 몰랐는데…… 그때 무슨 일이냐고 물어봐 주셔서 감사했습니다."

"별말씀을요. 덕분에 저도 이번 임무를 해결할 수 있었습니다. 그리고 저를 믿고 사정을 이야기해 주셔서 감사합니다."

그는 걱정스러운 얼굴로 물었다.

"저…… 혹시 이번에 추포된 이들 중에 제 가족들이 있습니까?"

"가족들의 이름이 어찌 됩니까?"

"아…… 제 아버지는 산 자를 쓰십니다. 그리고 제 어머니는……."

그때 전장주님이 다가오셨다.

"전장주님."

그는 강일을 보더니 고개를 끄덕였다.

"그런 사연이 있었군요. 미안합니다. 본의 아니게 엿듣게 되었군요."

"아, 아닙니다. 어차피 이에 대해 말하고 죄를 청할 생각이었습니다."

"죄를 청하다니, 왜입니까?"
"그야 목적을 숨기고 전장에 들어온 것이니……."
전장주님이 웃으며 말했다.
"목적이 어찌 되었든, 나는 그대처럼 유능한 직원을 얻게 되어 기쁩니다. 이럴 게 아니라 함께 가시지요."
"네? 어딜 말입니까?"
"가족들을 보고 싶지 않습니까?"
"그야 그렇습니다만……. 설마?"
"네. 가족들은 지금 흑의귀에 의해서 보호되고 있습니다. 그들은 죄를 지은 건 아니니 곧 방면될 것입니다. 그리고 그대의 아버지는 그 정도면 정상참작 될 것이니 곧 풀려나겠지요."
"감사합니다! 정말 감사합니다!"
나는 그 모습을 보며 흐뭇해졌다. 본의 아니게 한 가족이 생이별할 뻔한 것을 상봉하게 했으니까.
처음 강일을 만났을 때 그는 남궁세가에 대해 별로 이야기하고 싶어 하지 않았다.
그건 아마도 그 아버지가 남궁세가를 통해 일거리를 소개받았기 때문이겠지.
그리고 이에 대해 수소문하는 과정에서 별로 좋은 취급도 받지 못했겠고.
그렇다면 남궁세가도 수라혈교과 관계가 있다는 뜻인가?
무림맹과 수라혈교가 모종의 관계가 있음은 확실하고,

무림맹을 주도하는 세력이 남궁세가니 가능성은 꽤 높지.
 이에 대해 황제 폐하가 들으면 좋아하시겠군.
 사서 고생했다고 놀리시겠지만.

153장. 초설희

위조전표 사건을 무사히 해결한 후 나와 일행은 북경지부로 돌아왔다.

물론 신이변용술을 해제해서 원래 모습으로 돌아왔다.

강일은 가족들과 잘 해후했겠지?

뭐, 전장주님께서 잘 배려해 주셨겠지.

돌아온 나를 사람들이 맞이해 주었다.

"출장은 잘 다녀오셨습니까?"

"네. 제가 없는 동안 수고 많으셨습니다."

"도련님!"

팔갑이 저 멀리서부터 다다다 달려왔다.

"저를 놓고 가시다니! 제가 얼마나 도련님을 보고 싶어 했는지 아십니까요?"

"나도 많이 보고 싶었어. 들어가자."

나는 깨끗하게 씻어 상쾌하진 몸과 마음으로 집무실 안으로 들어갔다.

"어서 오세요."

"수고 많으셨습니다."

서향 소저가 집무실 서탁을 탁탁 치며 말했다.

"어서 앉으세요."

"네."

그렇게 나는 업무의 바닷속으로 빠졌다.

그래도 전장에서의 업무 경험이 헛되지는 않았는지, 이전과 좀 다른 시선으로도 서류를 볼 수 있었다.

이래서 경험이 중요하다는 건가 보다.

그래도 일은 일이다.

세상에 힘들지 않은 일은 없지.

그날 밤이 되어서야 간신히 업무의 바다에서 빠져나올 수 있었다.

"후우……."

"고생하셨어요."

"지난 보름 정도 자리를 비운 것의 여파가 제법 크군요."

"보통은 이렇게까지 크지는 않죠. 다만, 이제 곧 여름이잖아요."

하긴 여름은 작풍기의 계절이니까.

"그나저나 이번 여름이 걱정이네요. 이번 여름에 비가 꽤 올 테니까요."

"그래도 여름의 비는 괜찮습니다. 가을의 비가 문제 아닙니까?"

곡식이 무르익어야 하는 가을에 비가 자주 내리면 일조량이 부족해서 농작물에 영향을 미치게 되니까.

다행히 이번 연도에는 가을에 비가 많이 오지 않는다. 다만 여름에 비가 제법 내리지.

"그래서 말인데 문득 그런 생각이 들더라고요. 우산에 저희 상단의 이름을 새겨서 직원들에게 나누어 주면 홍보가 되지 않을까 하고요."

어?

생각해 보니 제법 괜찮은 생각이다.

"그리고 그 우산을 지니고 있다는 것 자체가 자랑스러운 일이 되도록…… 음, 소속감을 주는 거지요."

"좋은 생각입니다."

나는 흡족한 미소를 지으며 물었다.

"보통은 우산에 예쁜 그림을 그린다든지 하는 생각을 하는데, 어찌 그런 생각을 하셨습니까?"

"사방에 은해상단이 널리 알려졌으면 좋겠다는 생각을 하니, 문득 그 생각이 떠올랐어요."

"그렇군요. 고맙습니다. 은해상단을 그렇게까지 생각해 주셔서."

"한 배를 타게 되었는데, 제가 아끼지 않으면 누가 은해상단을 아끼나요?"

그녀의 말에 나는 가볍게 웃었.

오늘따라 그녀에게서 풍기는 매화향이 더욱 향기롭게 느껴졌다.

서향 소저의 제안은 바로 진행해야겠군.

다음날.

아침 일찍 일어나 연무장에서 수련을 했다.

늘 그렇듯, 서향 소저도 나와 함께 무공 수련을 하고 있었다.

그때 팔갑이 다가왔다.

"도련님! 지금 막 전령이 도착했습니다요."

"전령?"

"네. 제남에서 출발한 이들이 오늘 점심쯤 도착한다는 전갈을 가져왔습니다요."

아! 드디어 제남의 채석장에서의 인수인계가 마무리되었구나.

그 말은 즉, 제남의 채석장에 은해상단 본단의 이들이 도착해서 일을 진행하고 있다는 의미다.

반가운 소식이군.

"아! 그리고 일행 중에 상단주님도 계신다고 합니다요."

"어? 아버지가?"

아버지를 뵐 수 있다니 기쁘네!

하지만 그건 그거고, 일단 빠르게 움직여야겠다.

혹시라도 불시 점검에 걸리면 곤란해지니까.

"팔갑아. 정호 형과 지부장님을 당장 모셔와."

"알겠습니다요."

 그날 점심이 좀 지났을 무렵.
 산동성 제남의 채석장으로 파견되었던 이들이 북경지부로 귀환했다.
 그리고 그중 한 마차에서 내리는 반가운 얼굴.
 정호 형과 나는 아버지에게 포권하여 예를 갖추었다.
"소자 은정호, 아버지를 뵙습니다."
"소자 은서호, 아버지를 뵙습니다."
 그리고 정호 형의 가족과 서향 소저도 나와서 아버지에게 예를 갖추었다.
 아버지는 부드럽게 인사를 받아 주시고는 지부장과도 인사를 나누었다.
"상단주님을 뵙습니다."
"항상 수고가 많습니다. 앞으로도 잘 부탁합니다."
"저는 언제나 분골쇄신할 따름입니다."
 우리는 안으로 들어가 가족끼리 접빈실에 모여 이야기를 나누었다.
"가족들은 건강합니까?"
 정호 형의 물음에 아버지는 고개를 끄덕이셨다.
"그래. 모두 무탈하다."
"다행입니다."
"그나저나 아버지께서 직접 오실 줄은 몰랐습니다."
 내 말에 아버지가 웃으셨다.

"허허, 우리 은해상단에 그토록 큰 채석장이 생겼는데 당연히 가 봐야지."

무척 기분이 좋아 보이시네.

"사실 이번에 백천상단에서 숫돌 산지를 독점한 일로 인해 골치가 아프던 참이었다. 그런데 네가 짜잔! 하고 숫돌 산지를 매입했다는 소식을 전한 것이지."

"그래서 기분이 좋으신 거군요."

"마치 여름에 시원한 냉수를 들이켠 기분이었다."

"상단에 도움이 되어서 다행이네요."

"그런데 그 채석장에 남궁세가의 이들이 낭인들을 이끌고 습격해 왔다는 소식을 들었다."

"맞습니다. 다행히 금의위 분들과 황보세가의 도움으로 이를 물리칠 수 있었습니다."

내 대답에 아버지가 고개를 끄덕이셨다.

"그랬다지. 하여 내가 직접 황보세가에 가서 감사의 인사를 했다. 물론 그렇다고 숫돌 가격을 깎아 준 건 아니다."

역시 아버지시다.

나는 낮게 웃으며 설명을 덧붙였다.

"그리고 그 채석장에서 생산한 숫돌을 황실에 납품할 준비를 하고 있습니다. 그러면 남궁세가에서 함부로 그곳을 건드리지 못하겠지요."

"좋은 생각이구나."

"그리고 혹시 모르니, 그곳의 방비를 단단히 해야 할 듯합니다."

앞으로 몇 년 후면 백천상단이 이번에 손에 넣은 채석장에서는 더 이상 숫돌을 생산할 수 없게 된다.

석재가 고갈되거든.

그때가 되면 저들이 어찌 나올지 알 수 없다.

유비무환이라고 했으니 미리미리 대비하는 것이지.

"마침 황제 폐하를 만날 일이 있으니 제가 그 일은 진행하도록 하겠습니다."

"그렇게 하도록 해라."

아버지는 가져온 서류를 꺼내 내게 건네주셨다.

"그 채석장에 대해 우리 쪽 기술자들이 조사한 자료다. 황궁에 납품할 준비를 할 때 참고하도록 해라."

"감사합니다."

아버지는 미소를 짓고는 화제를 돌리셨다.

"그리고 내가 이렇게 직접 온 것은 채석장 때문만이 아니라, 네 혼사 때문도 있다.

아, 하긴 이제 내 혼사까지 몇 달 남지 않았지.

벌써 유월이니까.

"네 달 정도밖에 시간이 남지 않았더구나."

"네. 그렇습니다."

아버지는 또 다른 봉투를 꺼내 건네주셨다.

"여기 지금까지 준비한 것들을 정리한 것이다. 혹시 **빠**진 게 있다면 추가로 적어서 내게 주면 된다."

"알겠습니다."

그날 저녁.

나는 이필 무사에게 부탁하여 진영 대협에게 서신을 전해 달라고 했다.

황궁에 숫돌을 납품하는 일은 시간을 끌어서 좋을 게 없으니까.

진영 대협이 내 연락을 받고 북경지부에 방문했다.

"소상이 대협을 뵙습니다."

"그래. 이번에 어디 다녀왔다고 들었는데 잘 다녀왔나?"

역시 내 출타에 대해 알고 계시는군.

"황제 폐하의 은혜가 항상 저에게 머무니, 어딜 가든 편안할 따름입니다."

"하하하. 그렇군. 그럼 가지."

"네."

나는 진영 대협과 함께 황궁 안으로 들어갔다.

그리고 잠시 후, 황제 폐하를 뵐 수 있었다.

극상의 예를 취했고, 황제는 고개를 끄덕이며 말했다.

"고개를 들라."

"황은이 망극하옵니다."

나는 고개를 들어 황제를 보았다.

"좀 쉬라고 그냥 놔주었더니…… 대체 어딜 그렇게 바쁘게 돌아다니는 것이더냐?"

"그게, 급박한 일이 있었습니다."

나는 황제에게 자초지종을 설명했다.

"위조전표를 만드는 자들을 그냥 놔둘 순 없지 않습니까?"

"그래서 직접 움직였다?"

"그렇습니다. 그리고 그 와중에…… 보고드릴 일이 하나 있었습니다."

나는 강일이라는 자의 아버지에게 일을 소개한 자들이 남궁세가였다는 것에 대해 설명했다.

"확실히…… 의심이 가는군."

"그렇습니다. 물증은 없지만 심증은 꽤 있는 상황입니다."

"알겠다. 그 점도 참고하도록 하지."

황제는 나를 보며 혀를 찼다.

"네놈이 일을 찾는 것이냐? 일이 너를 찾아오는 것이냐?"

"그걸 알면 제가 이리 바쁘겠습니까?"

"확실히 네놈은 일복이 많은 놈이로다."

"어쩔 수 없는 제 팔자이니, 감안하고 있습니다."

예상대로 황제의 입가에는 미소가 걸려 있었다.

에휴, 자꾸 놀리지 마십시오.

안 그래도 부아가 치미는데 말입니다.

"그러니 어쩌겠습니까? 이왕 일이 많은 거 돈이라도 많이 챙겨야지 않겠습니까?"

나는 말을 이었다.

"그래서 말인데, 이번에는 뭐 없습니까?"

"응? 뭐가 말이냐?"

"그 토분근초로 만든 약을 팔던 사기꾼을 잡을 때 저도 꽤나 수고했습니다."

나는 말을 이었다.

"혹시 공식 문서에 제 이름이 없다고 해서 아무 보상도 주지 않으실 것은 아니라고 생각합니다만……."

내 말에 황제는 인자한 표정으로 말했다.

"물론이지. 어찌 그런 생각을 하겠느냐?"

그렇게 인자한 표정으로 말씀하시니까 더 의심스럽습니다만…….

황제는 자신의 서탁에서 주머니를 꺼내 태감에게 건넸고, 태감은 그것을 받아 나에게 전해 주었다.

"이것은?"

"열어 봐라."

나는 주머니를 열었고, 그 안에 들어 있는 금자를 보았다. 한 열 냥 정도 되는 것 같군.

"그거면 되겠느냐?"

"황은이 망극하옵니다."

황제가 축객령을 내리려는 듯하여 나는 얼른 말을 이었다.

"폐하, 드릴 말씀이 있습니다."

"무엇이냐?"

"저희 은해상단에서 황궁에 숫돌을 납품하고자 합니다."

"숫돌을?"

"예. 이번에 채석장을 하나 발견하게 되었는데, 그 품질이 매우 좋다는 평가를 받았습니다."

"그렇단 말이지."

황제는 태감을 바라보았고, 태감은 그 뜻을 이해하고 읍하며 대답했다.

"이에 대한 담당자를 불러오겠습니다."

잠시 기다리자 곧 한 관리가 들어왔다.

"소신, 공부상서가 황제 폐하를 뵙습니다. 만세 만세 만만세!"

와우…….

공부의 최고 책임자를 불러오셨구나.

"일어나 고개를 들라."

"네."

"여기 은해상단에서 황궁에 숫돌을 납품하고 싶다고 한다."

"안 그래도 기존에 숫돌을 납품하던 이들이 바뀌어 협상 중이었사옵니다."

공부상서가 그렇게 대답하고는 내게 물었다.

"혹시 백천상단에서 납품을 받아 재납품하는 것인가?"

"아닙니다. 얼마 전에 저희 은해상단에서 구매한 산에서 숫돌 산지가 발견되었습니다. 그곳에서 채석하는 숫돌의 품질이 매우 좋아서 황궁에 납품하고자 합니다."

"그렇군!"

그는 안심한 표정으로 물었다.

"얼마에 납품을 생각하는지 먼저 물어봐도 되겠나?"

"숫돌 마흔 근에 은자 반 냥입니다."

"……!"

내 말에 그는 깜짝 놀란 표정을 지었다.

"그렇게 싸게 말인가?"

그러고는 황제에게 말했다.

"폐하, 가격적으로도 매우 만족스러운 제안입니다. 현재 협상 중인 자들이 가격을 높여서 부르고 있습니다."

"얼마나 올렸기에 그러나?"

"이전보다 배 가까운 가격을 부르고 있습니다. 하지만 그들이 숫돌 산지를 독점하고 있어서 무작정 거절할 수가 없어서 고민 중이었습니다."

그래서 가격부터 물어본 것이로군.

그나저나 숫돌 마흔 근에 은자 한 냥을 불렀다고?

백천상단, 이런 양아치 같은 놈들!

황제도 같은 생각인지 얼굴을 찌푸렸다.

"그래서 편의를 봐주는 조건을 걸어도 제법 비싼 가격에 계약해야 하는 상황이었는데, 이런 제안이라면 마다할 이유가 없습니다."

그는 말을 이었다.

"다만 황궁에서 납품받을 숫돌은 그 질이 매우 중요하기에 그를 확인해 봐야 할 듯합니다."

"그 숫돌의 질에 대해서는 자신하더군."

황제의 말에 내가 부연 설명을 덧붙였다.

"이미 황보세가와 백염상단과 납품 계약을 맺었습니다. 그쪽에서도 극찬했을 정도로 질이 좋은 숫돌입니다. 또한, 숫돌의 거칠기도 여러 가지이기에 골라서 납품받으실 수 있습니다."

숫돌은 그 거칠기에 따라 용도가 달라지니까.

"백염상단이 극찬했다면 더 볼 것도 없습니다."
"그러면 자세한 사항은 나가서 논의하도록."
"네. 폐하."
"소상 물러가겠습니다."
그렇게 우리는 황제 앞에서 물러났다.
"은서호라고 했나?"
"네. 대인."
"이렇게 딱 맞추어서 납품하겠다고 찾아오다니! 정말 고맙네."
나는 멋쩍게 웃으며 물었다.
"백천상단과 납품 계약을 하는 것이 싫으셨나 봅니다."
그는 피곤한 얼굴로 고개를 흔들었다.
"후, 그럴 수밖에 없지. 한정된 돈으로 황궁 살림을 운영해야 하는데, 그렇게 갑자기 지출이 많아지면 안 되니 말일세."
공부상서의 마음가짐은 매우 훌륭하다.
그 돈은 제국민들이 피땀 흘려 일한 돈으로 낸 세금이다.
그 세금을 한 푼이라도 허투루 쓰고 싶어 하지 않으시는 그 마음이 느껴졌다.
"동전 한 잎이라도 따지지 않고 막 쓰는 거, 그거 황제 폐하께서 가장 싫어하시는 일이네. 그거 걸리면 사흘 동안 강제로 농사일을 하고 와야 하거든."
"아……."
하긴, 말로 듣는 것보다 직접 체험해 보는 게 잘 와닿는 법이지.

그렇게 공부로 향해 공부상서 및 관리들과 납품 건에 대해 협의하고 황궁을 나왔다.

.
.
.

다음 날.

아침 일찍 눈을 뜨자마자 운기조식을 했다.

평소보다 조금 더 일찍 일어난 김에 미뤄 뒀던 일을 하기로 했다.

설풍궁의 기초 무공서인 초설희를 살펴보는 것.

조만간 사부님께서 북경에 오실 터.

그러니, 사부님이 오시기 전에 초설희를 공부해 두어야지.

그리 생각하며 초설희를 읽기 시작했다.

이번에 열 번째로 읽는 것이다. 솔직히 이해되지 않는 곳이 제법 있었기 때문이다.

그럴 땐 여러 번 읽는 것도 방법이지.

그렇게 마지막 장을 넘겼을 때.

"어라?"

서책의 뒤표지 안쪽에는 그전에는 보이지 않던 것이 선명하게 보였다.

이게…… 뭐지?

나는 눈을 비비고 다시 봤지만, 여전히 하나의 문장(紋

章)이 보였다.
 마치 눈꽃을 형상화한 듯한 문장.
 어디선가 본 것 같은데…… 어디서 봤더라?
 아!
 곧 나는 그 문장을 어디서 봤었는지 깨달았다.
 조사님이 입고 계셨던 옷의 허리띠에서 봤었지.
 "설풍궁…… 설풍궁의 문장이구나."
 나는 그리 중얼거리며 그 문장에 손을 댔다.
 그 순간.
 "……!"
 어? 어라?
 분명히 내 침소의 침상에 앉아 있었는데, 왜 갑자기 설원에?
 "왔구나."
 오랜만에 듣는 목소리에 뒤를 돌아보았다.
 조사님이 나를 보며 서 계셨다.
 "조사님!"
 "네가 이곳에 왔다는 건, 내가 빼돌렸던 무공서를 봤다는 의미겠지."
 "무공서를…… 빼돌리셨다고요?"
 내 물음에 조사님은 고개를 끄덕이셨다.
 "그렇다. 설풍궁의 모든 무공서가 소실되는 미래에 대해 알게 되었으니 그에 대한 대비를 해야지. 하지만 모든 무공서를 빼돌릴 수는 없었고, 그 무공서가 타인의 손에 들어가는 것도 우려하지 않을 수는 없었지."

"그래서 선택하신 무공서가 초설희인가요?"

"그래, 그 외에도 몇 개가 더 있긴 하다. 타인의 손에 들어가도 상관없는 걸로만 고르느라 힘들었지."

"그렇게 하시는 김에 이렇게 안배를 심어 놓으셨군요."

"그렇지."

조사님은 씨익 웃으셨다.

"보아하니, 제법 많은 안배를 마주했던 모양이구나."

그러고 보니 안배와 안배는 서로 이어지는 부분도 있지만, 이어지지 않는 부분도 있다고 하셨지.

"네."

나는 당당하게 고개를 끄덕였다.

조사님의 안배를 통해 진설십이식검법의 진의를 익힐 수 있었고, 수공인 빙해동화심법과 빙해수절공도 익혔지.

그리고 극음혼빙투라는 백 가지 초식의 맨손격투도 배웠다.

축융궁의 서고에서 마주한 안배에서는 극빙검도 배웠지.

그때 설혼검법에 대한 안배도 마련해 놓으셨다고 했는데, 그건 어디에 있으려나?

"지금까지 네 번의 안배를 마주했습니다."

"그렇구나."

조사님은 고개를 주억이며 말씀하셨다.

"그렇다면 지금, 이 초설희에 대한 안배를 마주하게 된 것은 하늘의 뜻이겠지."

"네?"

"초설희를 완벽하게 이해하지 못한 채 다른 안배를 마주했다면 더 이상의 진전을 보지 못했을 거라는 의미다."

"초설희가 그렇게 중요한 무공서였습니까?"

"당연하지! 설풍궁의 무공의 기초니까! 너는 기초 없이 집을 짓는 것을 보았느냐? 하다못해 움막도 기초 작업은 하느니라."

"그야 그렇습니다만……."

나는 뺨을 긁적이며 대답했다.

"그런데 솔직히 초설희를 읽어 봐도 잘 모르겠습니다. 그냥 옛날을 회상하는 내용 아닙니까? 눈을 가지고 놀았다거나, 눈 오는 날의 추억에 대한 회상 같은 것만 적혀 있었습니다."

"……."

"그 안에 뭔가 심오한 의미가 있는지 여러 번 살펴봤음에도 잘 모르겠습니다. 제가 우둔해서 그런가 봅니다. 하하하."

내가 멋쩍게 웃으며 말하자, 조사님은 한심하다는 표정으로 혀를 차셨다.

"네 자신에 대해 잘 아는구나."

"……."

아니, 당연히 조사님보다 깨달음이 부족한 것은 맞습니다만…… 그래도 그렇게 직접적으로 말씀하시면 저, 상처받습니다.

"심오한 의미는 무슨…… 초설희는 그런 것이 아니다.

왜 그런 표정이냐? 우둔하다고 해서 상처받은 게냐?"
 독심술을 쓰시나? 어떻게 아셨지?
 "머리가 좋고, 기억력이 좋고, 이해력이 좋고…… 그렇게 오성이 뛰어나다고 해서 우둔하지 않은 것이 아니다."
 "네?"
 "본질을 보지 못하니 우둔한 것이지."
 "그 본질이 무엇입니까? 알려 주십시오. 경청하겠습니다."
 "초설희의 진의는 단순히 알려 준다고 해서 깨달을 수 있는 게 아니지."
 조사님은 나에게 다가오셨다.
 "그러니까, 몸으로 체득하거라."
 "네?"
 그 순간, 조사님은 발을 들어 나를 차셨다.
 분명 내 뒤에는 눈이 쌓인 설원일 터인데, 내 몸은 그 설원을 뚫고 계속해서 떨어져 내렸다.
 "으아악!"
 그렇게 내 시야는 아득해졌다.

 "꾸이? 꾸?"
 "음?"
 금령이의 소리에 나는 눈을 떴다.
 내 시야에 보이는 건 하늘에서 떨어져 내리고 있는 눈송이.
 "꾸이?"

그리고 금령이 내 무릎에 앉아 꾸이 거리고 있었다.
"이제야 일어났냐고?"
"그런데 나 왜 여기에 이렇게 누워 있는 거냐?"
"꾸이?"
그걸 왜 자신에게 묻냐고?
본인이 더 잘 알면서?
그래…… 이제야 기억이 나네. 조사님이 나를 차서 이곳에 떨어트렸지.
에휴. 너무하시네.
나는 자리에서 일어나 주변을 둘러보았다.
하늘에서는 눈이 내리고 있었고, 저 앞에 초가집이 보였다.
우선 저곳으로 가 볼까?
초가집 안으로 들어가 보니 따뜻한 화로가 있었고, 그 옆에는 옥수수와 떡이 있었다.
저걸 보니 배가 고파지네.
나는 옥수수를 화로 안에 넣었다. 꼬챙이도 있는 것을 보니 떡도 구워 먹으라는 거겠지?
잠시 후, 구수한 옥수수 익는 냄새가 나기 시작했다.
그렇게 옥수수와 떡을 먹은 후 창문을 통해 눈이 내리는 모습을 바라보았다.
초설희의 진의를 몸으로 체득하라고 이곳에 보내신 것 같은데…… 어떻게 해야 할지 모르겠다.
"꾸이?"

나는 금령을 품에 안고 한숨을 내쉬었다.
"혹시 이번에도 초설희의 진의를 몸으로 체득하지 못하면 여기서 못 나가는 거겠지?"
"꾸이!"
"그래, 그럴 줄 알았어."
물론 이곳에서 몇십 년 동안 있어도 밖으로 나가면 일각도 흐르지 않았을 거다.
하지만 그렇게 오래 있고 싶지는 않다.
그렇게 긴 시간을 견디는 건 생각보다 힘든 일이거든.
어서 빨리 나가야 할 텐데…….
"꾸이! 꾸이!"
금령이 앞발로 내 팔을 쳤다.
퍽퍽!
"윽! 왜 때리는데?"
"꾸이! 꾸!"
"조급해하면 안 된다고? 그러면 여기서 영원히 나갈 수 없다고?"
"……."
젠장, 그럼 나보고 어쩌라는 건데?

시간이 흘렀다.
체감상 이틀 정도가 흐른 듯했다.
밖으로 나가서 주변을 둘러보기도 했고, 무작정 걸어 보기도 했다.

덕분에 알게 되었다.

이 초가집에서 일정 거리 이상 벗어나면 다시 이 초가집으로 되돌아온다는 것을.

나는 눈 위에 누워 하늘을 보았다.

그렇게 한참을 그러고 있으니 뭔가 기분이 이상해졌다.

"그러고 보니 이렇게 오랫동안 일을 하지 않고 있는 건 오랜만이네."

조급함을 버리고 여유를 가지니 마음이 편안해지고 머리가 맑아지는 느낌이 들었다.

뭐랄까?

지금 그것들을 생각해 봤자 소용이 없으니 포기했다고 해야 하나?

처음 조사님의 안배에 갇혔을 때는 가족들이나 호위무사들이 나를 찾을 것을 걱정했지만, 다섯 번째인 만큼 이제 그런 걱정은 하지 않았다.

이러고 있으니 뭔가 평온하네.

"꾸이! 꾸이!"

그때 금령의 소리가 들려 몸을 일으켜 보니, 금령이가 눈밭에서 폴짝폴짝 뛰고 있었다.

"음?"

금령이가 눈밭에 찍은 발자국을 보니…….

"그림을 그린 거야?"

"꾸이!"

심심해서 그려 봤다고?

가만 보니, 금령이가 그린 건······.
"설마 금원보를 그린 거야?"
"꾸이."
역시 금령이. 돈 좋아하는 건 변함이 없단 말이지.
제법 잘 그렸네.
그때 문득 초설희에 적혀 있던, 눈으로 하는 여러 가지 놀이가 떠올랐다.
"어릴 때는 나도 눈이 오면 눈을 가지고 놀았던 것 같은데······."
나는 과거의 기억을 떠올리며 바닥에서 눈을 모아 뭉쳐 보았다.
단단하게 뭉쳐지는 눈덩이.
그때 조사님의 말씀이 떠올랐다.

"너는 기초 없이 집을 짓는 것을 보았느냐? 하다못해 움막도 기초 작업은 하느니라."

그러고 보니 초가집 안에 여러 도구가 있었지.
나는 초가집 안으로 들어갔고, 그 안에서 벽돌을 만들 수 있는 나무틀과 여러 모양의 끌을 발견했다.
좋았어!
나는 나무틀을 가지고 나왔고 그 안에 눈을 담아 눈 벽돌을 찍어 냈다.
"꾸이?"

"뭐 하는 거냐고?"

나는 웃으며 말했다.

"여기에 눈으로 만든 성을 한 번 만들어 보려고. 시간 보내기 딱 좋을 것 같지 않아?"

그리고 주변을 둘러보며 말을 이었다.

"솔직히 좀 심심하기도 하니까."

이곳에서 할 수 있는 건 옥수수와 떡을 구워 먹는 것밖에 없어 보였다.

그래서 조사님의 그 말씀이 떠오른 김에 눈으로 성을 한 번 만들어 볼 생각이다.

나는 벽돌을 찍어 기초를 쌓기 시작했다.

탁탁 탁탁 탁! 척!

눈이 잘 뭉쳐져서 그런지 아주 매끈한 눈 벽돌이 만들어졌다.

그 벽돌로 벽을 쌓다 보니, 어느새 나는 성을 만드는 일에 흠뻑 빠졌다.

이것 외에는 다른 생각은 들지 않았다.

"이거 꽤 재밌네?"

그렇게 차곡차곡 벽돌을 쌓다 보니 어느새 제법 높이 쌓을 수 있었다.

"이제 지붕을 만들어 봐야겠군."

미리 눈을 모양대로 판 후, 눈을 녹인 물을 부어 얼린 얼음으로 대들보를 만들었다.

그리고 눈 벽돌로 만든 기둥으로 대들보를 받쳤다.

"금령아, 이거 이렇게 맞춰 줘!"

"꾸이!"

그렇게 금령이의 도움을 받아 지붕까지 완성했다.

"그런데 이거 조금 모양이 심심한데?"

고민하던 나는 눈으로 만든 성의 위에서 아래로 내려오는 비탈길을 만들었다.

어릴 적, 눈이 쌓이면 비탈길에서 거적때기를 깔고 썰매를 탔던 기억이 났기 때문이다.

그렇게 눈으로 만든 성이 완성되었다.

"완성이다!"

"꾸이!"

체감상 열흘 조금 넘게 걸린 듯한 대공사였다.

이렇게 만들고 보니 뭔가 뿌듯한 느낌이었다.

"꾸이꾸이!"

"응? 썰매를 타 보고 싶다고? 그래, 너 먼저 타봐."

내 허락에 금령이가 눈 성의 계단을 통해 위로 올라갔고, 내가 만들어 놓은 비탈길의 맨 위에서 내가 나무 장작을 깎아 만들어 준 썰매를 타고 미끄러져 내려왔다.

슈우우욱!

"꾸이잇!"

무척 좋아하는군. 그럼 나도 타 볼까?

나 역시 장작을 깎아 만든 썰매를 타고 비탈을 미끄러져 내려왔다.

슈우욱!

이야, 재밌네.

나도 모르게 어릴 때로 돌아간 느낌이었다.

그때도 지금처럼 아무 생각 없이 놀았던 것 같은데.

그냥 눈이 오면 좋았으니까.

눈이 올 때 환호하면 어린아이고, 한숨을 쉬면 어른이라는 말이 있다.

그건 어른이 되면 더 이상 눈을 눈으로 보지 못하게 되기 때문이다.

눈은 그저 눈일 뿐인데, 그 사정에 따라 다르게 생각하게 되니까.

나 역시 그랬다.

눈이 오면 이동이 불편해지고, 눈을 치우는 데 필요한 인력을 계산해야 하고, 그로 인해 운송에 차질을 빚게 되는 것을 걱정하는 등.

눈을 가지고 놀았던 기억은 어릴 때의 추억이 되어 버렸다.

그런 생각에 피식 웃음이 나왔다.

"그래도, 오랜만에 이렇게 아무 걱정 없이 노니까 좋네."

그렇게 몇 번이나 썰매를 탔지만, 질리지 않았다.

"형들이랑 같이 놀았으면 좋았을 텐데."

어릴 적에 형들하고 같이 눈을 가지고 놀았었으니까.

그리고 형들만이 아니라 상단 내 직원의 아이들과도 같이 편을 나누어 눈싸움을 하곤 했다.

해가 지고 나서 각자의 부모님이 데리러 오기 전까지

신나게 놀았었지.

문득 서향 소저가 떠올랐다.

"서향 소저는 이런 눈썰매 같은 거 타 본 적이 없겠지?"

그녀는 귀주성 출신.

귀주성은 눈이 거의 오지 않는 곳인 만큼, 서향 소저의 소원이 눈을 보는 것이었을 정도다.

그래서 내가 북해에 가서 눈을 가지고 왔었지.

그때 내가 가지고 온 눈을 보고, 너무나도 행복하게 웃었던 그녀의 미소가 떠올랐다.

너무나도 아름다운 미소였다.

그녀가 내 마음에 들어왔던 것이 그때부터였던 것 같다.

내가 한 일에 대해 진심으로 행복해하고 좋아해 주던 사람은 처음이었으니까.

한 점의 다른 감정도 섞이지 않은 순수한 기쁨이었다.

그리고 그녀가 북경에 왔을 때, 눈을 맞으며 행복해하던 모습도 떠올랐다.

그걸 보며 나는 뭔가 모르게 설렜다.

그녀의 아버지가 나에게 말했던, 자신의 딸과 혼인해 달라는 말에 순간 당황했지만.

그때의 일이 떠올라 나도 모르게 웃었다.

"어?"

문득 든 생각에 눈을 깜박였다.

"이거…… 였구나?"

[초설희(初雪喜)]

처음 오는 눈을 기뻐한다는 의미다.

[설풍궁에 입궁한 아해여, 눈이 오는 날 즐겁게 놀던 그 마음을 기억하느냐?]

그리고 초설희의 첫 장에 적혀 있던 말이 무슨 의미인지 알 것 같았다.

심오한 의미 같은 건 없었다.

그냥, 눈이 오는 것이 즐거웠던 그 마음.

눈이 오는 날 설레었던 그 마음.

그것에서 비롯된 즐거움이 바로 설풍궁의 무공의 근간이었다.

휘이이잉-!

그때 갑자기 불어오는 눈바람.

나도 모르게 눈을 감았다가 뜨니, 어느새 주변이 바뀌어 있었다.

내가 처음 안배에 들어왔을 때의 그 장소였다.

그리고 조사님께서 옅은 미소를 지으며 물으셨다.

"그래서, 실컷 놀았느냐?"

"예. 하지만 더 놀고 싶었습니다."

솔직히 더 놀지 못해서 아쉬웠다.

"그리 생각된다면, 제대로 초설희를 체득한 것이니라."

조사님은 흡족한 표정으로 고개를 주억이셨다.

"진설십이식검법을 펼쳐 보거라."

"네."

이에 나는 발검하여, 진설십이식검법의 초식을 하나하

나 펼쳤다.

휘잉!

부웅-!

내 몸이 움직이면서 흩날리는 눈.

그 눈을 보니 신나게 놀았던 기억이 떠올랐다.

그러고 보니 초식의 동작들은 그저 상대를 베고 찢고 찌르기 위한 것이 아닌 것 같았다.

그리고 내 초식에 뭔가 빠져 있던 게 채워진 듯한 기분이 들었다.

그렇게 초식을 마무리하고 납검하며 말했다.

"설풍궁의 무공의 근간이 즐거움이었군요."

"그렇다."

"하지만 누군가를 해하면서 즐거워하면 좀 이상하지 않을까요?"

"그 마음에는 자신이 보호하고 있는 자가 즐겁게 놀 수 있기를 바라는 마음도 있다. 본인이 즐겁게 놀아봤으니까 내 아이와 제자도 즐거웠으면 하는 것이지."

조사님의 말씀대로다.

아이가 눈 속에서 즐겁게 놀 수 있는 건, 춥고 배고프지 않도록 그 아이를 지켜 주는 자가 있기 때문이다.

우린 그 존재를 '어른'이라고 부른다.

조사님은 미소 지으셨다.

"더 이상 질문은 없는 듯하니, 그럼 이제 가 보거라. 다음에 보자꾸나."

휘이잉-!

다시 불어오는 눈바람.

그리고 다시 눈을 떴을 때 나는 내 침소에 돌아와 있었다.

어, 자, 잠깐…… 내가 눈으로 만든 성은?

꾸이!

금령의 부름에 고개를 돌린 내 눈이 커졌다.

다탁 위에 올라가 있는 금령의 앞에 투명한 구슬이 하나 보였다.

"이건?"

나는 그 구슬을 살펴보다가 깜짝 놀라고 말았다.

그 구슬 안에 있는 건 분명히 내가 눈으로 만든 성이었기 때문이다.

구슬이 주먹만 하니, 눈으로 만든 성도 그 정도 크기로 축소되어 있었다.

"꾸이! 꾸! 꾸잇!"

조사님의 선물이라고?

내가 무척 아쉬워할 것 같아서 내가 만든 눈의 성만 이렇게 구슬 안에 담아 주셨다는 거구나.

내가 마주한 안배들은 보통 일회성이기에 그 안배를 통과하게 되면 그 공간은 사라지고 만다.

그렇기에 무척 안타까웠다.

무려 열흘이 넘게 수고해서 만든 성이니까. 그리고 즐거웠던 내 추억이 담긴 성이기도 했고.

그런데 이렇게 구슬에 담아 주시다니.

"이렇게 하시려면, 제법 많은 힘이 필요하셨을 텐데……."
"꾸이! 꾸!"
아, 내가 생각보다 빨리 안배에서 나오는 바람에 안배에 담긴 힘이 남아서 가능했다고?
그랬군.
조사님의 예상보다 빠르게 나온 셈이니 기분이 좋네.
그나저나 내게는 의미가 있는 구슬인데, 이 구슬에 이름을 지어 줄까?
설성주. 눈의 성이 담긴 구슬이라는 의미지.
어때?
"꾸잇?"
진심이냐고?
나 상처받았잖아. 내가 작명 능력이 없는 거 알면서 그러냐?
"꾸이! 꾸!"
그것보다는 즐거웠던 추억이 담긴 구슬이라는 의미의 희상주가 나을 것 같다고?
"그래, 그렇게 하자."
나는 고개를 끄덕이며 구슬을 살폈다.
'구슬 안에서 느껴지는 기운이 심상치 않은데…… 한번 시험해 볼까?'
나는 태음빙해신공을 운용해 구슬에 손을 대 보았다.
쏘옥.
어라?

주변 공간이 바뀌더니 어느새 나는 내가 만든 눈의 성 안에 있었다.

손으로 성의 벽을 만져 보았다.

차가운 눈의 감촉.

진짜 내가 만든 눈의 성이다.

그나저나 여기서 어떻게 나가야 하지?

음…… 일단 성을 나가 볼까?

성을 나와 조금 걷다 보니 투명한 벽에 부딪혔다.

아까처럼 태음빙해신공을 운용해 봐야겠군.

쏘옥.

그 순간 나는 다시 내 침소로 돌아와 있었다.

와…… 이거 뭐야?

이 구슬 안에 들어가 있으면 잠시 숨을 수 있다는 거잖아?

생각지도 못했던 기물을 얻어 버렸다.

그럼 혹시 이 안에 서향 소저도 함께 들어갈 수 있는 건가?

그렇다면 안에서 썰매를 같이 타 봐도 좋겠네.

.
.
.

아침을 먹고 평소처럼 집무실로 향했다.

어젯밤 황궁에서 임시로 협의했던 숫돌 납품 건에 대해서 오늘 정식으로 협의하기로 했기 때문이다.

이를 위해 공부상서 대인을 비롯한 관리들이 우리 북경

지부를 찾아오기로 했다.

공부에서 하지 않은 이유는 간단하다.

나를 제외한 은해상단의 실무자들이 황궁에 입궁하기 위해서는 절차가 까다롭고 시간이 걸리기 때문이다.

견본으로 가지고 온 숫돌을 반입하는 과정도 그렇고.

공부에서는 이 일을 되도록 **빨리** 진행하고 싶어 했기에, 장소를 북경지부로 한 것이다.

관리들이 북경지부에 들어오는 건 별다른 절차가 필요 없었으니까.

"여기에 대한 자료 부탁합니다."

"네."

"이건 어찌할까요?"

"아, 그건 제게 주시면 됩니다."

그렇게 열심히 일하고 있는데 아버지께서 집무실에 방문했다.

"수고가 많구나."

"시간 딱 맞춰서 오셨네요."

"그래야지."

그리고 아버지와 함께 온 이들은 이번 숫돌 사업을 맡을 성 대행수와 행수들이다.

"헉헉! 늦어서 죄송합니다."

그리고 뒤이어 다급하게 뛰어온 정호 형.

"괜찮다. 우리도 방금 왔다."

이렇게 모인 이유는 오늘 숫돌 납품 건에 대해 미리 준비하기 위해서다.

내가 숫돌 납품 건을 따온 것은 맞지만, 이 일을 계속 담당하지는 않는다.

나는 현풍국의 국주로서 다양한 업무를 담당하고 곳곳으로 움직여야 한다.

일종의 해결사랄까.

그리고 이렇게 물어 온 일을 아버지와 정호 형이 중심이 되어서 마무리하고 관리하게 된다.

그렇기에 이번 협의도 아버지와 정호 형, 그리고 성 대행수 일행이 중점이 되어서 진행해야지.

"어제 대략 의논이 된 내용들입니다. 그리고 오늘 여기에 대해 자세하게 논의한 후에 확정하게 되겠죠."

"그렇구나."

아버지는 다탁 앞에 앉아 내가 내민 자료를 보시며 고개를 끄덕이셨다.

"제법 깔끔하게 잘했구나. 덕분에 오늘 회의는 일찍 끝나겠구나."

"하하하. 칭찬 감사합니다."

점심을 먹고 일을 하며 기다리고 있자, 공부의 관리들이 북경지부에 방문했다.

공부상서 대인과 공부의 관리들.

우리는 그들을 정중히 맞이했다.

"소상 은길상이 대인들을 뵙습니다."

"허허, 이리 맞아 주어 고맙소이다."

공부상서 대인은 웃으며 아버지에게 인사를 돌려주었다.

"만나서 반갑소이다. 공부상서 소대원이오. 귀 상단에 초대해 주어 고맙소."

"방문을 환영하는 바입니다. 회의장으로 드시지요."

그렇게 우리는 회의실로 이동했다.

모두 자리에 앉자 하녀들이 각자 앞에 다과를 놓은 후 물러갔다.

그때 한 관리가 다른 관리들의 다과와 자신의 것을 번갈아 보더니 물었다.

"실례지만, 왜 제 과자만 다른 것입니까?"

이에 내가 대답했다.

"아, 오늘 준비된 과자에는 밤이 들어갔습니다. 대인께는 밤을 드리지 않기 위해 따로 만들었고, 그것을 표시하기 위해 대추로 장식을 한 것입니다."

"내가 밤을 먹으면 두드러기가 난다는 것을 어찌 안 것이오?"

"그만큼 이번 일에 저희 은해상단이 진심이기 때문입니다."

내 말에 공부상서 대인이 웃으며 말했다.

"이렇게까지 우리를 신경 써 줄 줄이야. 내 감사를 표하오."

"별말씀을요."

이는 일부러 그런 질문이 나오도록 의도한 것이다.

은해상단을 만만하게 보지 말라는 의미지.

그리고 이미 당신들에 대해 속속들이 알고 있으니, 장난질할 생각은 하지 말라는 경고이기도 했다.

그런데…… 그 반응이 내 의도와는 좀 달랐다.

"과연! 역시 은해상단입니다."

"그러게 말입니다."

아버지는 나를 보시며 피식 웃으셨다.

왜지?

.

.

.

회의가 끝난 후 우리 가족은 따로 저녁 식사를 했다.

회의에 참석한 관리들에게 예의상 저녁을 대접하겠다고 했지만, 공부상서 대인이 정중히 거절했다.

"제안은 감사하오만, 다음을 기약하겠소. 이런 계약을 앞두고 계약 당사자에게 향응을 제공받아서는 곤란하기 때문이니 양해를 부탁드리오."

하긴 황제 폐하가 이런 것에 대해 제법 철저하시지.

특히 이번 건은 직접 공부상서를 불러서 명한 건이니 더 신경을 쓸 수밖에 없을 것이다.

"그나저나 오늘 감회가 참 새로웠다."

아버지의 말씀에 나는 고개를 갸웃할 수밖에 없었다.

"공부상서 대인 같은 고관에게 그런 대우를 받아 본 것이 처음이구나."

사실 상인들이 관리들에게 받는 대우는 그리 좋다고는 할 수 없었다.

 하대는 기본이고, 흔들면 돈 나오는 돈주머니로 여기는 경우가 허다하니까.

 그런데 평범한 관리도 아니고 공부상서나 되는 고관이 우리에게 공손하게 대하는 모습이 퍽이나 신기하면서도 감회가 새로우신 모양이다.

 "역시 아들을 잘 둔 덕분이야."

 "네?"

 나는 아버지에게 반문했다.

 "저희 상단의 위상이 높아져서가 아니라요?"

 "우리 상단의 위상이 높아지긴 했지만, 아직 십칠 위다. 황궁에 불려가 황제랑 밥을 먹는 십대 상단도 아니고."

 아…… 그렇긴 하네.

 "저들이 우리에게 공손했던 건 서호, 네 덕분이지. 네가 황제 폐하께 총애를 받는다는 것을 모르는 황궁 관리가 있느냐?"

 "……없네요."

 그제야 나는 오늘 은해상단을 무시하지 말라는 의미로 준비했던 다과에 관리들이 내가 기대했던 반응을 보이지 않았는지 알아차렸다.

 그리고 아버지가 웃으셨던 이유도.

 그랬다.

 저들이 공손했던 건 다름 아닌 바로 나 때문이었다.

더군다나 황제가 직접 불러서 명한 일인데, 제대로 처리하지 않을 수가 없지.

 문득 황제 폐하의 충실한 일꾼이 된 것에 대해 작은 보람이 느껴졌다.

 황제를 마주할 때마다 수명이 몇 년씩 줄어드는 것 같은데 이런 장점도 있어야지.

 .
 .
 .

 이틀 후.

 아버지는 숫돌 납품 건으로 분주하게 움직이고 계셨고, 정호 형은 성 대행수 및 공부의 관리들과 같이 산동 제남의 채석장으로 향했다.

 실사가 필요한 일이기도 하고, 황궁에 납품할 곳이기에 채석장을 위한 경비도 배치해야 하기 때문이다.

 연주혁 공자가 내게 서류를 넘기며 말했다.

 "바깥은 점점 더워지고 있는데, 이상하게 이곳은 그리 덥지가 않습니다."

 이에 나는 고개를 끄덕이며 설명해 주었다.

 "그건 아마 제 무공 때문일 겁니다. 아시다시피 제 무공은 음기를 띤 성질이니까요."

 내가 천류공을 익혔다고 대외적으로 알려진 만큼, 이런 부분은 설명해 줘도 문제가 없다.

 "그러고 보니 곽 부관님께서도 천류공을 익히셨다고

했죠?"

"네. 맞아요."

"그래서 그렇군요! 두 분이나 천류공을 익히고 계시니 이 공간이 시원한 모양입니다. 지금 갑자기 더워져서 모두 힘들어하고 있는데 말입니다."

이럴 때 시원한 음자 한 잔 마시면 한결 기분이 좋아지지.

나는 자리에서 일어나 팔갑을 불렀다.

"팔갑아!"

"네! 부르셨습니까요?"

"나랑 일 하나 하자고."

"뭐든 말씀만 하시면 됩니다요."

역시 믿음직하네.

나는 부엌에서 큰 항아리들을 가져와 달라고 했고, 그 항아리를 깨끗이 닦았다.

그리고 그 안에 제철 과일들을 작게 잘라서 담도록 했다.

"이제 그 안에 꿀을 넣고, 끓인 물을 붓도록 해."

"알겠습니다요."

내가 항아리 여러 개를 가지고 뭔가를 하는 것을 본 하인들과 하녀들이 돕겠다고 나선 덕분에 작업은 빨리 끝났다.

그렇게 커다란 항아리들에 끓인 물을 붓는 것이 끝나고, 이제는 내가 나설 차례다.

빙공으로 항아리 안의 물을 차갑게 만드는 것.

쩌저적.

곧 항아리 안의 꿀물이 살얼음이 낄 정도로 차가워졌고 시원한 화채가 완성되었다.

"자! 그럼 이제 각 부서에 사람을 보내서 하나씩 가지고 가라고 해 줘."

"알겠습니다요!"

나는 따로 시원한 화채가 담긴 그릇을 하나 들고 아버지께 찾아갔다.

"아버지."

"그래, 무슨 일이냐?"

"화채 드시라고 가져왔습니다."

"화채?"

아버지는 내가 가지고 온 화채를 보시더니 살짝 놀란 표정을 지으셨다.

"허어, 이 귀한 얼음을 이렇게 많이 넣었다니!"

나는 미소를 지으며 고개를 저었다.

"걱정하지 마십시오. 비싼 돈 주고 얼음을 산 건 아닙니다."

이 오뉴월에 얼음은 상당히 비싸다.

황실이나 벌빙(伐氷)할 수 있는 고관대작들도 아껴서 사용할 정도.

"그렇다면 어떻게 얼음을 구한 것이냐?"

"아버지의 아들의 무공이 빙공이잖습니까?"

"아…… 그랬지."

아버지는 피식 웃으셨다.

"잘난 아들 덕분에 이 여름에 시원한 화채를 먹을 수 있구나!"

아버지는 화채 그릇을 들어 쭈욱 마시고는 흡족한 미소를 지었다.

"이거, 아주 속이 시원해지는구나."

아마 그럴 겁니다.

제 내공으로 얼음을 얼린 만큼, 더 시원할 테니까요.

그리고 해독과 정화의 공능도 있으니 더 기분 좋게 느껴질 것이다.

그렇게 아버지께 화채를 드린 후 집무실로 돌아가는데, 화채를 먹으며 시원해하는 이들을 볼 수 있었다.

그들은 나를 발견하고 감사를 표했다.

이게 소소하지만 소소하지 않은 보람이군.

그때 팔갑이 나에게 다가왔다.

"저, 도련님. 곽명현 표두님께서 오셨다고 합니다요."

"아! 그래?"

조만간 오실 것 같더니, 드디어 오셨구나.

나는 곧바로 접빈실로 향했다.

사부님의 앞에는 아까 만든 화채 그릇이 놓여 있었다.

"제자가 사부님을 뵙습니다."

"반갑습니다. 오랜만에 보는군요."

"네."

나는 고개를 주억이며 말했다.

"화채 맛은 괜찮았습니까?"
"아주 시원했습니다. 소단주님의 성취가 느껴졌습니다."
역시 사부님이시다.
내가 직접 얼린 얼음이라는 것을 알아차리셨군.
나는 그 앞에 앉아 무공서 초설희를 꺼내 탁자 위에 올려놓았다.
"이것이, 이번에 제가 찾은 초설희입니다."
"그렇군요."
사부님께서는 담담하게 말씀하셨지만, 초설희로 향하는 손은 떨리고 있었다.
톡.
그리고 초설희에 손이 닿자 입술을 깨무셨다. 마치 울음을 참으시려는 듯이.
"저도 어릴 때 이 초설희를 통해 무공을 접했습니다. 그래서인지 자꾸 옛날 생각이 나는군요."
사부님은 고개를 들어 나를 보셨다.
"사실 소단주님도 이 초설희를 통해 무공을 접하셨어야 했습니다만…… 지금이라도 늦지 않았습니다. 보셔서 아시겠지만 이건 간단히 이해할 수 있는 게 아닙니다."
"맞습니다. 그렇더라고요."
"내일부터 이 초설희를 가르쳐 드리겠습니다."
그 말에 나는 뺨을 긁적일 수밖에 없었다.
"저, 사부님…… 사실은 말입니다. 이미 익혔습니다."
"네? 벌써 익히셨다고요?"

"이 초설희에도 조사님의 안배가 남겨져 있었습니다."
"이 무공서에 말입니까?"
"네."
나는 고개를 끄덕였고, 조사님께 들은 이야기를 사부님께 말씀드렸다.
"하여 이 초설희에 안배를 남겨 두셨다고 하셨습니다."
"그랬군요. 고생했겠습니다."
"아닙니다."
나는 고개를 저었다.
"고생은요. 그냥 실컷 놀다 나왔습니다. 그리고 그 즐거움이 설풍궁 무공의 근간이라는 것을 깨달았습니다."
"역시나 잘 배우셨군요. 그럼. 이건 제가 가져가도록 하겠습니다."
"네."
"그리고 내일 아침, 이곳으로 오겠습니다."
"네?"
반문하는 나에게 사부님이 미소 지으며 말씀하셨다.
"수련하셔야지요."
"……."

.
.
.

다음 날 새벽.
운기조식을 끝내고 자리에서 일어나 내 처소를 나섰다.

바깥에서 호위하고 있던 명종 무사가 내게 말했다.

"운기조식을 끝내셨으면 지금 연무장으로 가셔야 할 듯합니다. 곽 표두님께서 기다리고 계십니다."

"네? 사부님께서 이미 와 계시다고요?"

"네. 반 시진 전쯤부터 와 계셨습니다."

이런! 제자가 되어 사부님을 기다리게 하다니!

서둘러 연무장으로 나가니, 사부님께서 검을 휘두르고 계셨다.

"늦어서 송구합니다."

내 사죄에 사부님은 납검하며 말씀하셨다.

"아닙니다. 제가 일찍 온 것뿐입니다. 오늘 소단주님의 수련을 위해서 이 연무장을 자세히 살필 필요가 있었기 때문입니다."

그러고 보니 사부님께서는 연무장이 바뀔 때마다 미리 오셔서 연무장의 바닥과 주변 상태를 면밀하게 살피셨었지.

그때 말씀하시기를 싸울 때 주변 환경, 심지어 바닥의 흙과 바람까지 살펴야 승산을 높일 수 있다고 하셨다.

그것과 비슷한 이유일 터.

"연무장 가볍게 한 바퀴 달리고 시작합시다."

"네."

그렇게 생각하지도 못했던 사부님의 지도가 시작되었다.

.
.
.

잠시 후.

"후욱, 후욱, 후욱."

나는 숨을 거칠게 몰아쉬었다.

하늘이 노랗게 보이는 건 정말 하늘이 노란 것일까? 아니면 내가 힘들어서 노랗게 보이는 것일까?

초절정에 오른 지 꽤 되었음에도 여전히 사부님의 수련은 내 한계를 시험하게 했다.

매번 '아, 더는 안 되겠다. 나는 틀렸어.'라는 생각이 들기 바로 직전에 멈추시거든.

이번에도 마찬가지고.

"꾸이? 꾸이?"

금령이 내 목 아래에 앉아 앞발로 내 얼굴을 툭툭 쳤다.

괜찮냐고? 괜찮아 보이냐?

아…… 반문하는 거 보니까 괜찮은 거라고?

할 말이 없군. 칫.

"그래도, 초설희를 익히셔서 그런지 확실히 이전보다 움직임이 더 좋아지셨습니다."

그때 사부님의 말이 들려왔다.

나는 몸을 일으키며 대답했다.

"저도 느꼈습니다. 그 이후로 왠지 발이 더 가볍게 느껴졌습니다."

"그래서 전보다 좀 더 강하게 압박했음에도 잘 견디셨군요."

네? 사, 사부님? 뭐라고요?

후, 역시 내가 수련을 게을리한 게 아닌데, 이렇게 빨리 뻗은 이유가 있었다.

"소단주님이 자랑스럽습니다."

순간 멍해졌다.

아, 그냥 이대로 넘어가면 안 되는데…….

평소 감정 표현이 극히 드문 사부님이시기에 나도 모르게 기분이 좋아지며 조금 전의 충격은 사라지고 있었다.

설마, 이걸 노리고 하신 말씀은 아니겠지?

"언제 호북성으로 돌아가십니까?"

"아마 내일 아침 일찍이 아닐까 합니다."

"생각보다 빨리 북경을 떠나시는군요."

"어제저녁에 새로운 임무를 하달받았습니다. 마음 같아서는 오늘 아침을 먹자마자 떠나고 싶지만, 저와 같이 온 표사들과 짐꾼들에게는 휴식이 필요하기 때문입니다."

"그러시군요."

하긴 표사들이나 짐꾼들은 사부님처럼 체력이 강하지 않으니까.

그러고 보니 아버지도 내일 아침에 떠나시기로 하지 않았나?

"그럼, 이왕 움직이시는 거 저희 아버지와 함께 움직이시는 건 어떻습니까?"

"상단주님을 말씀하시는 겁니까?"

"네. 마침 아버지도 내일 호북으로 돌아간다고 하셨습니다."

"그렇다면 저는 괜찮습니다."
"그럼 아버지께 여쭤보고 전갈을 드리겠습니다."
"알겠습니다."
사부님은 고개를 끄덕이셨다.
"그런데 하나 묻고 싶은 것이 있습니다."
"네. 말씀하세요."
"북해빙궁의 궁주님께 혼인 사실을 알렸습니까?"
"아……."
내 반응에 사부님이 말씀하셨다.
"아직 알리지 않은 모양이군요."
"불민한 제자가 미처 거기까지 생각하지 못했습니다."
내가 서향 소저와 혼인하기로 한 것이 작년 십이월이다.
그사이에 춘경성의 검총 사건을 해결하고, 사천성에 일어난 지진으로 인한 피해를 복구하고, 태자와 남경에 다녀오고…… 황보세가에 다녀온 후 금산전장에서 발견된 위조전표 사건을 해결했지.
반년치고는 정말 많은 일들이 있었다.
그러니 북해빙궁에 소식을 전할 시간이 없었지.
사부님이 말씀하셨다.
"설풍궁 소궁주의 혼사는 소궁주와 신부가 직접 북해빙궁의 궁주님께 가서 아뢰는 것이 법도입니다. 이를 행하지 않으면 궁주님께서 무척 서운해하실 것입니다."
"……."
"그런 법도를 차치하더라도 두 분의 관계는 제법 가깝

다고 생각합니다. 그럼 도의상으로도 이를 직접 알리는 게 맞지 않겠습니까?"

"미처 생각하지 못했습니다. 아둔한 제자를 일깨워 주셔서 감사합니다."

"그리고…… 그 할망구가 좀 쪼잔합니다. 두고두고 이에 대해 서운한 티를 낼 겁니다."

"……"

사, 사부님…….

아무튼, 사부님이 아니셨다면 큰 실수를 할 뻔했다.

그럼 최대한 이른 시일 내에 북해빙궁으로 갈 계획을 세워야겠군.

안 그래도 광준상단의 복윤 소단주에게도 청첩장을 전해야 했으니 말이다.

.
.
.

아침 식사 시간.

나는 아버지와 함께 아침을 먹었다. 그리고 내 옆에는 서향 소저도 함께였다.

어차피 혼인할 사이니 함께 아침을 먹자고 아버지께서 말씀하셨기 때문이다.

큰형수님도 함께다. 정호 형은 산동에 갔고.

"오늘 잣죽이 아주 맛있네요."

"그래, 오늘따라 더 맛있는 것 같구나."

나는 아버지께 넌지시 말했다.

"아버지. 내일 본단으로 가신다고 하셨잖아요."

"그래, 본단을 오래 비워 둘 수는 없으니 말이다."

"마침 제 사부님께서도 내일 아침에 호북성으로 귀환한다고 하시더라고요. 그래서 말인데 사부님과 함께 가시는 건 어떠신가요?"

내 제안에 아버지께서 미소를 지으며 말씀하셨다.

"내가 걱정되는 모양이구나."

"물론 아버지와 함께 온 은풍대의 전력을 무시하는 건 아닙니다만, 그래도 사부님 일행과 함께하는 것이 더 안전한 건 사실이니까요. 은풍대도 덜 피곤할 테고요."

"음, 그렇긴 하지. 그럼 표행을 의뢰하는 것이냐?"

"그건 아닙니다. 그냥 단순한 동행입니다만, 창인표국 입장에서 최대거래처인 상단 상단주의 위험을 그냥 보고 있겠습니까?"

"그렇긴 하지."

아버지는 고개를 끄덕이며 피식 웃으셨다.

음? 왜 웃으시지?

나는 고개를 갸웃했지만, 아버지는 아무런 말씀도 하지 않으셨다.

그래서 다른 화제를 꺼냈다.

"아…… 그리고 아버지. 저와 서향 소저는 잠시 북해에 다녀오겠습니다."

"북해에?"

"네. 청첩장을 전해야 할 분이 계셔서 좀 다녀와야겠습니다."

잠시 나를 바라보시던 아버지는 고개를 끄덕이셨다.

"그래, 조심히 다녀오거라."

"네, 살펴 다녀오도록 하겠습니다."

* * *

창인표국의 국주 곽명현은 은해상단의 상단주 은길상에게 다가갔다.

"이번 여정, 잘 부탁드립니다."

"나야말로 잘 부탁하는 바네."

그런 그들을 은서호와 북경지부의 사람들이 나와 배웅했다.

"모두 살펴 가십시오."

"나중에 다시 뵙겠습니다."

"너도 조심히 다녀오거라."

그렇게 인사를 나눈 후 곽명현이 일행들에게 말했다.

"출발한다!"

"네!"

서서히 대열이 움직이기 시작했다.

그리고 은서호와 일행은 한참이나 그 앞에 서 있었다.

끼이익.

그때 마차의 창문이 열리고 은길상이 얼굴을 내밀어 자

신의 옆에서 말을 타고 이동하는 곽명현에게 말했다.
"내 아들놈의 장단에 어울려 주느라 고생이 많으시네."
"괘념치 않으셔도 됩니다. 사실, 소단주님이 부탁하지 않으셨다면 이쪽에서 동행하겠다고 할 생각이었습니다."
"그런가?"
"저희 창인표국의 가장 중요한 거래처 아닙니까?"
"그것 말고도 이유가 있지 않은가?"
은길상은 자신의 제자이자 소궁주의 아버지다. 만약 그에게 뭔가 일이 생긴다면……
생각하고 싶지 않은 일이다.
하여 이를 막고자 은서호의 요청에 응한 것이다.
그러나 그는 은길상의 물음에 대해 대답하지 않고 그저 미소 지었을 뿐이다.
"내 하나 묻고자 하네."
"말씀하십시오."
"서호 녀석의 실력이 정확히 어느 정도인가?"
"네?"
"그 녀석이 본인의 실력을 정확히 알려 준 적이 없어서 말이지."
이에 곽명현이 대답했다.
"세간에 알려져 있기를 절정이라고 알려지지 않습니까?"
"그렇긴 하네. 하지만 내가 볼 때 절정의 경지가 맞는지 의심이 가서 말이지."
"무림에서는 자신의 실력의 삼 할을 숨기라는 말이 있

습니다. 이것으로 대답이 되었으면 합니다."

"그렇군. 고맙네."

은길상은 고개를 끄덕였다. 그 선문답 같은 대답에 숨겨진 의미를 간파했기 때문이다.

곽명현은 어제 아침 은서호의 수련을 봐주면서 검을 맞댔을 때를 떠올렸다.

그의 성장은 놀라웠다.

'그것이 현룡성체를 타고 난 자의 진면목인가?'

아주 오래전, 곽명현은 현룡성체에 대해 알게 되었다.

북해빙궁주의 체질이 현룡성체였으니까.

하여 이에 대해 아버지께 여쭈었다.

"아버지. 북해빙궁주님께 느껴지는 기운이 역시 평범하지 않았습니다."

"그걸 느낀 것을 보니, 이제 내 뒤를 이을 만한 능력이 되었구나."

"무언가 특별한 게 있는 겁니까?"

"그래, 북해빙궁주님은 현룡성체를 타고났다. 음기의 기운을 품은 여인으로서 최고의 체질이지."

아버지께서는 현룡성체에 대해 설명해 주셨다.

"그러면 혹시 남자가 현룡성체의 체질을 타고 태어나는 경우는 없습니까?"

"물론 있지. 그리고 우리 설풍궁에는 이와 관련된 예언이 하나 전해져 온다."

"예언이요?"

"현룡성체의 체질에 대해 알 수 있는 경지가 되었으니, 그 예언을 전해 줘도 되겠지."

아버지는 말을 이으셨다.

"설풍의 선택을 받아 현룡성체를 타고난 자는 남다른 오성과 재능으로 이 설풍궁을 번영으로 인도할 것이라는 예언이지."

"그렇군요."

"하지만, 마흔 살을 넘겨야 한다는 조건이 있다."

"어째서입니까?"

"남자가 현룡성체를 타고 태어나는 경우는 극히 희박하다. 게다가 체질적으로 문제가 있어서 그것을 극복해야 하지."

"무슨 문제입니까?"

"남성성이 제대로 발현되는 열다섯 살 전후쯤부터 급속도로 허약해진다. 몸의 양기와 체질의 수기가 충돌하기 때문이다."

"그렇다면 그것을 극복할 방법은 없습니까?"

"음기의 영약과 음기의 무공. 이를 적절하게 사용한다면 물 만난 물고기처럼 뛰놀 터."

"그렇군요!"

"하지만…… 그런다고 해도 마흔 살을 넘기기 쉽지 않다."

"네? 어째서입니까? 기운의 충돌을 해결하면 그 재능을 만개할 수 있는 것 아닙니까?"

그 물음에 아버지는 고개를 저었다.

"그건 나도 모른다. 억눌려 있던 양기가 폭발할 수도 있고, 주변의 질시를 받을 수도 있고, 하늘이 인재가 부족해서 일찍 데려갈 수도 있지."

"……."

"말이 길어졌는데, 우리 설풍궁의 궁주는 현룡성체를 타고난 남아를 발견하면 그를 보살필 의무가 있다. 우리 설풍궁의 번영을 이끌 자이니까. 하여 어떻게든 마흔 살까지 살아남을 수 있도록 해야지. 그렇기에 현룡성체를 타고난 자를 알아보는 것이 차기 후계자가 될 수 있는 중요한 자격 중에 하나다."

그는 자신의 장남을 살려 준 도련님에게 감사 인사를 하러 갔다가 깜짝 놀랐다.

그때부터 이어져 온 인연이다.

사실, 처음에는 의무감과 은혜를 갚는다는 마음으로 은서호에게 무공을 지도했다.

하지만 어느새 은서호라는 존재는 그의 마음 한쪽을 온전히 차지하게 되었다.

그는 아버지와의 기억을 다시 이어 갔다.

"그럼 아버지, 어떻게 해야 그자가 마흔 살을 넘길 수 있습니까?"

"전해져 오는 기록에 의하면, 설풍궁의 조사님께서도 현룡성체를 타고나셨고 마흔 살을 넘기셨지. 이를 미루어 볼 때 방법이 하나 있다."
"무엇입니까?"
"화경."
"네?"
"화경의 경지는 운명조차 뒤틀고 바꿀 수 있다고 하지. 그가 화경에 오른다면 마흔 살을 넘길 가능성이 생길 것이다."

곽명현은 주먹에 힘을 주었다.
'그게 유일한 방법이라면, 어떻게든 소궁주를 화경의 경지에 들게 해야지.'
지금 은서호의 나이는 스물네 살.
마흔 살까지는 아직 십오 년이나 되는 기간이 남아 있었다.
하지만 은서호를 위해서도 곽명현은 결코 스스로의 수련을 멈출 수 없었다.

* * *

정호 형이 제남에서 돌아왔다.
"어서 와! 형."
"그래."
"아버지는 얼마 전에 돌아가셨어."
"알고 있다. 돌아가시는 길에 제남에 들르셨거든."

아, 조금만 돌아가면 제남을 거쳐 갈 수 있으니 만나고 가셨구나.

"갔던 일은 어찌 되었어?"

내 물음에 형은 씨익 웃었다.

"말해 뭐 하냐? 그렇게 질이 좋은 건 처음 본다면서 뒤로 넘어가려고 하더라."

"견본을 봤잖아?"

"보통은 가장 좋은 것을 견본으로 가져오잖아. 그리고 그곳에서 나온 것인지도 확인할 수 없고."

"그렇긴 하지."

그래서 실사를 하는 것이다.

"그럼, 형. 이후의 일 잘 부탁해."

"응? 무슨 소리냐?"

"나 내일 아침에 서향 소저랑 잠시 외출하거든."

내 말에 정호 형이 나를 가만히 보더니 말했다.

"잠시 외출? 솔직히 말해 봐. 그 '잠시'가 며칠인데?"

"보름 정도……? 북해지부에 가거든."

"야! 북해면 보름 넘게 걸리잖아! 이게 어디서 거짓말을!"

거짓말 아닌데?

나는 주강마를 타고 가니까.

.
.
.

그날 오후.

부지런히 북해로 갈 준비를 했다.

북해로 가는 길도 험하지만, 용건이 두 개나 있기 때문이다.

음, 날도 좋으니까 잠시 걸을까?

그렇게 후원을 걷고 있을 때 한 앳된 얼굴의 은풍대 무사가 나에게 다가오는 것이 보였다.

어쩐지 무척 낯이 익은 얼굴이다. 그 무사는 나를 향해 깊게 숙여 포권했다.

"소단주님을 뵙습니다."

"무슨 일입니까?"

"사실은 청이 있어서 찾아왔습니다. 북해에 가신다고 들었습니다. 그래서 말인데 이 서신을 북해지부에 계시는 행수인 구표 아저씨께 전해 주셨으면 합니다."

그러고 보니 그의 손에 서신 하나가 들려 있었다.

"어려울 것 없죠. 그런데 당신의 이름은 어찌 됩니까?"

"아! 죄송합니다. 제 이름을 먼저 밝혀야 했는데……저는 마순복이라고 합니다."

그 이름을 들은 나는 깜짝 놀랐다.

뭐?

(은해상단 막내아들 31권에서 계속)